双葉文庫

贖い（上）

五十嵐貴久

目次

Part1　熱帯夜

1

ザップス・フィットネスクラブは、全国展開している一大スポーツジムだ。施設の数は百五十を超える。

設備に関しては国内最高レベルと言っていい。各種フィットネスマシン、エアロビクスタジオ、プール、サウナ、ジャグジーなど、あらゆるものが揃《そろ》っている。会員数は十年連続全国トップで、アンケートではその九十五パーセントが満足していると回答しており、充実ぶりを誇っていた。

加山良子《かやまよしこ》は銀座店のインストラクターだ。体育系の大学を卒業後、ザップスに入社して八年になる。

五月の連休明けの水曜日、ジム内に人影はまばらだった。加山はマシンの間を行き来しながら、トレーニングしている会員の様子を見て回っていた。

インストラクターとして、会員の名前や年齢、ジムに通う目的などはすべて記憶していた。健康のために運動をしている者もいれば、体を鍛えるために来ている者もいる。それぞれの目的に合った適切なアドバイスをしなければならない。

ランニングマシンで男が走っていた。名前は稲葉秋雄《いなばあきお》、年齢は五十九歳とつぶやいた。入会の目的は健康維持。

稲葉はランニングマシンの速度を時速十キロに設定していた。年齢から考えるとかなり速いと言っていい。白いTシャツ、グレーの短パン、黒いランニングシューズで走っているそのフォームは美しかった。

しばらく見ていると、マシンからブザー音が聞こえてきた。設定した時間が経過したことを知らせる音だ。稲葉がだんだんと速度を落とし、やがて静かに足を止めた。

稲葉さん、と加山は声をかけた。

「ああ、こんばんは」稲葉がマシンの上で振り向いた。「見てたんですか」

照れ笑いが浮かんだ。身長百六十センチの加山より十五センチほど高い。体重は六十キロ台前半だろう。均整の取れた体は、六十近い年齢にもかかわらず、よく鍛えられていた。

「頑張ってますね」

加山は笑いかけた。稲葉が東銀座の大手商社に勤めていることは、以前本人から聞いていた。ザップス銀座店の在籍歴で言えば、加山よりずっと長い。二十年ほど前から通っていると古参のインストラクターから聞いたことがあった。

「他に趣味がないので」

稲葉が言葉を返した。それはルーティンな会話で、挨拶のようなものだった。会社帰りにザップスに寄り、汗を流すことを日課にしている。ほとんど毎日で、稲葉のような会員は稀《まれ》と言ってよかった。

「失礼ですけど、来年六十歳ですよね。会社はどうされるんですか」

最近気になっていた事を聞いた。会員とインストラクターという関係から言えばやや踏み込んだ質問だが、それぐらいのことは聞いてもいいという信頼感が互いにある。

「定年ですよ」あっさりと稲葉が答えた。「サラリーマンは終わりです」

「会社に残ったりとかはできないんですか？」

「そんな話もありましたけど、断りました。第二の人生について考えるべき年でしょう」

汗を拭《ぬぐ》いながら言う。真面目《まじめ》なサラリーマンなのだ、と改めて加山は思った。

「このジムへも来なくなるんですか？」

「ここは会社に近いから会員になったんで、辞めれば銀座に来ることもなくなるでしょう。長年通いましたが、そろそろお別れです」

「残念ですね。できれば、ずっと通っていただきたかったです」

「そうは言っても、来年の話ですからね。それまではお世話になるつもりです」

よろしくお願いします、と小さく頭を下げた。そのままマットに座り込んで柔軟体操を始める。年齢に似合わない体の柔らかさだった。

何かあったら声をかけてください、と言ってその場を離れた。熱心な人だという思いがあった。稲葉の年齢でまだ体を鍛えているというのは、よほど健康に気を遣っているのだろう。ジムを退会するまでサポートしていこう、と加山はうなずいた。

2

「今日、どうよ」

隣席の田辺《たなべ》が首を伸ばして声をかけてきた。吉岡慎二《よしおかしんじ》はパソコンから目を離した。

「どうって?」

「いや、例の件も落ち着いたわけだろ。久しぶりにどうよ。ん?」

吉岡と田辺は渋谷にある扶桑通運という運送会社で働いている。ともに営業部で、年も三十五歳と同じだった。吉岡が課長代理、田辺が係長と役職に違いはあったが、そんなことと関係なく仲が良かった。

例の件、と田辺が言ったのは、吉岡の抱えている案件についてだ。取引先の大手自動車メーカーが扶桑通運に対して取引を停止すると一方的に伝えてきたのは、半年前のことだった。

その自動車メーカーは大口のクライアントで、取引の停止は会社にとって大打撃になる。手をこまねいて見ているわけにはいかない。営業部は総力を挙げて対応した。担当部署はもちろん、役員まで乗り出して翻意を促した。

その結果、料金の見直しをするという条件こそついたが、最終的に元の鞘《さや》に収まった。それが先週のことだ。社内にはひと安心といった空気が流れていた。

吉岡はその自動車メーカーの直接の責任者だ。半年間、必死で折衝を重ねた。入社以来、これほど忙しく働いたことはなかった。

田辺は担当ではなかったが、成り行きを心配してくれていたのだろう。こうして誘ってくるのは、慰労というつもりなのかもしれない。

吉岡としても気の休まらない半年が過ぎ、事態が収束した今、親友である田辺と飲みに行くのは望むところでもあった。いいねえ、と肩を叩いた。

「行くか」

「久々に行きますか」

顔を見合わせて笑った時、吉岡の携帯が鳴った。画面を見ると、ママ、という表示があった。妻の友江《ともえ》だ。悪い、と言って電話に出た。

「もしもし？　あたし。今、会社？」

時計を見た。六時十分。定時は五時半だが、これぐらいの時間まで会社に残っているのはいつものことだった。

「そうだよ。どうした。何かあったか」

「あのね、隆一《りゅういち》がまだ帰ってきてないのよ」

隆一は小学六年生の長男だ。下にもう一人、小学三年生の娘がいる。

「ちょっと遅いな」

「六時にご飯だってことはわかってるはずなんだけど」

友江がちょっと怒ったような口調になった。大学時代からのつきあいだ。時間にはうるさいところがある。悪いことではないが、時として融通が利《き》かないのが欠点だと思っていた。

「連絡は？」

「ないのよ」

「電話はかけてみたのか」

去年から隆一には携帯電話を持たせている。クラスの全員が持ってるという本人の訴えもあったし、持たせた方が何かと便利だと思って買い与えたのだ。何度もかけたわよ、と友江が尖《とが》った声になった。

「繋《つな》がんないの。電源を切ってるみたい」

「充電切れかな」

「かもね」

「友達と遊んでるんだろう。そういうことはよくある。男の子だ。少しぐらい大目に見てやれ」

「大塚《おおつか》くんと熊代《くましろ》くんの家には電話をしてみたの」

その二人が隆一ととりわけ仲が良いことは吉岡も知っていた。

「何て言ってた？」

「二人とも家に帰ってた。隆一とは放課後一緒にいたけど、四時ぐらいに別れたって」

電話を持ち替えた。二時間が経過している。一人で何をしているのだろう。

「まあ、ちょっと心配だな」

「そうねえ。どこへ行ったんだか」

言葉ほどには心配していないようだった。それは吉岡も同じだ。小学校六年生といえば、分別もある。自分が何をしているのかわかっている年頃だ。遊びに夢中になっても、暗くなって腹が空《す》けば帰ってくるだろう。

「今日は遅いの？」

友江が言った。どうなんだろう、とぼんやり考えた。仕事は一応終わっている。今日やるべきことは何もない。

あるのは今したばかりの田辺との約束だが、それをどうしたものか。少し考えたが、そんなことはない、という言葉が口を突いて出てきた。

「仕事は終わりだ。もう少ししたら帰る。飯はあるか?」

「作れというなら作りますけど」

吉岡の家は井の頭線の久米山にある賃貸マンションだ。駅から徒歩五分という立地が気に入って借りた。住んで七年になる。

二人の子供が大きくなり、そろそろ手狭になってきていると思っているが、まだ新しい物件を探すところまでは踏ん切りがついていなかった。金、学校、会社、考えなければならないことはいくらでもある。そう簡単には引っ越せない。

「一時間ぐらいで帰る。隆一が帰ったらメールで知らせてくれ。説教してやる」

「わかった。じゃあ待ってる」

友江が電話を切った。一瞬、吉岡は違和感を抱いた。空気を摑《つか》むような頼りない感触。

顔を上げると、田辺が見つめていた。

「どうした。奥様か?」

「悪い。明日にしよう」片手で拝むようにして頭を下げた。「さっきの話は無しにしてくれ。家に帰る」

「何かあったのか」

「何もない」

何も、ともう一度言った。何もないのなら帰らなくてもいいのではないかという考えが頭をよぎったが、それを強引にねじ伏せて立ち上がった。

「帰るよ」

何だよ、と田辺が冗談っぽく笑いかけた。吉岡も笑いを返そうとしたが、うまくいかなかった。

携帯や社員証を乱暴にカバンにほうり込んで、そのままフロアを出た。七月一日、午後六時半のことだった。

3

久米山駅に着いたのは七時十分だった。車内はエアコンが利いていたため、うっすらと寒さを感じていたが、外に出ると七月の熱気が全身を襲った。

着ていたジャケットを脱いだ。ネクタイは会社を出る時に外している。携帯をスラックスのポケットから取り出し、画面を見た。電話もメールもなかった。左手に持ったまま改札を抜け、家まで早足で歩いた。

四階建てのマンションにはエレベーターがない。それだけが欠点だと思いながら、三階の302号室まで階段で上がった。汗が背中を伝っていく。

玄関の明かりはついていた。カバンから鍵を取り出し、ドアを開ける。廊下を走ってくる足音が聞こえた。

「パパ、おかえり」

娘の晶《あき》だった。そのまま飛びついてくる。吉岡は晶を抱き上げ、家の中に入っていった。

「ああ、お帰りなさい」

リビングのドアを開けると、友江がテーブルに頬杖《ほおづえ》をついたまま吉岡の方を向いた。テレビがついているが、見ていたわけではないようだった。

「ただいま」

晶を下ろした。父親が帰ってきたのが嬉しいのか、元気に跳びはねている。

「ご飯あるわよ」

「うん……隆一は?」

「まだ。連絡もない」

そうか、と答えてテーブルの上を見た。魚の煮付け、ホウレン草のお浸し、ジャガイモのサラダが載っている。お茶をくれるかと言うと、用意していた急須に友江がポットのお湯を注いだ。

吉岡は家で酒を飲まない。営業という仕事柄、接待やつきあいで飲みに行くことはあるし、飲むこと自体嫌いではないが、家でも飲みたいと思ったことはなかった。友江は酒を飲まないが、それと関係があるのかもしれない。

お茶をひと口飲んで、辺りを見回した。十畳ほどのリビングだ。朝出た時と何も変わったところはない。友江は食事の用意をし、晶は楽しそうに走り回っている。ただ、隆一の姿がなかった。

着替えてテーブルに着き、箸を取った。友江は料理が上手で、レパートリーも多い。いつもならすぐに食べ始めるところだが、箸は動かなかった。

携帯の画面に表示されている七時四十分という時間を確認してから、電話帳機能を使って隆一の番号を呼び出し、そのままボタンを押した。すぐに合成音が流れてきた。

『お客様のおかけになった電話は、電波の届かない場所にあるか、電源が入っていないため、かかりません……』

携帯をテーブルに置いた。まったくねえ、とつぶやいた友江が味噌汁を運んできて、そのまま向かいに腰を下ろした。

「どこにいるんだか」

「ちょっと遅いな」吉岡はジャガイモのサラダを口にほうり込んだ。「担任の先生には電話したのか」

「ううん。長岡《ながおか》先生、お子さんが産まれて復帰したばかりだから、何となくかけにくくて」

かけた方がいいんじゃないか、と箸を置いた。

「お前がかけにくいと言うんなら、おれがかけよう」

「どうしたの」

「何が」

「あなたがそんなこと言うなんて、珍しいと思って」

吉岡は学校のことに無頓着だった。学芸会や運動会には行くが、保護者会などのPTA活動に積極的に参加したことはない。担任の長岡先生にも、挨拶ぐらいしかしたことがなかった。なぜ電話をかけようと言ったのか、自分でもわからなかった。

「いや、一応話しておいた方がいいと思う」番号はわかるか、と言った。「教えてくれ。おれがかける」

「いいわよ。あたしがかけます」友江がエプロンのポケットから携帯を取り出した。

「そうね、聞いておいてもらった方がいいわよね」

吉岡は友江が電話をかける様子をじっと見つめた。汗が額を伝って頬に垂れてくる。拭っても拭っても、汗は止まらなかった。

「もしもし、長岡先生ですか？　すいません、こんな時間に。吉岡隆一の母です」

友江が何度も頭を下げている。電話口から女の少し高い声が漏れてきたが、何を言っているのかはわからなかった。

しばらく話していたが、よろしくお願いしますと言って電話を切った。どうしたと聞くと、わからない、とぼんやりした表情で答えた。

「学校には二時半まで間違いなくいたって。今日最後の授業が終わったのがその時間だったから、確かだそうよ。その後、友達とサッカーをやるとかでグラウンドへ走っていったのは覚えているけど、それからのことはちょっとって……」

「友達っていうのは、大塚君とか熊代君とかだな。一緒にサッカーをやってたということか」

「うん、そうだと思う。さっき電話をした時、二人ともそんなことを言ってた。四時ぐらいまで学校で遊んでいて、それから別れたって」

吉岡は腕時計を見た。八時になろうとしている。四時に別れてから、四時間が経っていることになる。腹も減っただろう。なぜ帰ってこないのか。

ちょっと表を見てこよう、と吉岡は立ち上がった。

「ひと回りしてくる。お前は家にいてくれ。隆一から電話がかかってくるかもしれない」

「あたしも行った方がいいんじゃないかしら」

友江が中腰になった。待ってろ、とその肩を押さえた。

「すぐ戻る。晶のこともある。お前はここで待て」

おにい、どうしたの、と晶が小さな声で不安そうに言った。心配するな、と吉岡はその頭を撫《な》でた。

4

外に出ると、熱気が体を包んだ。蒸し暑い。首に触れると、汗の感触があった。

当てはなかったが、とりあえず学校へ向かうことにした。徒歩で二十分ほどの距離だ。五年以上同じ通学路を使っているが、脇道は少なくない。どこかで道を逸れて、迷子になった可能性もないとは言えない。

街灯が照らしているので道は明るかった。周囲には一軒家やマンションなどが立ち並んでいる。左右に目を配りながら、ゆっくりと歩いた。時々、夕食の匂いが漂ってきた。

しばらく進むと、やや広い通りに出た。手前に小さな公園がある。最近は行っていないが、隆一と晶が小さい頃にはよくここで遊んだものだ。

車が通り過ぎ、ヘッドライトが公園を照らしたが、人影はなかった。誰もいない。別の車が吉岡を追い越していった。井ノ頭通りへ出る裏道になるので、地元の住民や道を知っている者はよく使う。日頃から隆一と晶には、車に気をつけるように言っていた。

迷子はもちろんだが、事故に遭ったということも考えられる。隆一はやや臆病なところがあり、日頃から車には他の子供より注意していた。

あの子に限ってまさかという思いはあったが、事故は誰の身にも起こる。何があるかはわからない。

通りに目をやった。事故が起こった形跡はない。警察のパトカーや救急車は出ていなかった。サイレンの音なども聞こえない。

そのまま歩いていくと、ファミリーレストランの大きな看板が見えた。その店には家族で何回か行ったことがあった。

出入り口のドアを押し開くと、いらっしゃいませ、と明るい声がした。笑みを浮かべた女の子が立っている。高校生か大学生か、と思った。アルバイトなのだろう。

吉岡は自分の携帯電話を取り出し、画像ファイルを呼び出した。隆一の写真が数え切れないほど保管されている。一番最近撮った正面からの顔をアップにして見てもらったが、わかりませんと女の子は首を振った。他の女の子にも聞いてみたが、答えは同じだった。すいません、と礼を言って店を出た。

そこからはまた住宅が並び、子供が立ち寄りそうなところはない。十分ほど歩くと、前方に明かりが見えてきた。コンビニエンスストアだった。

学校の帰りに、隆一が時々このコンビニに寄ることは知っていた。校則で寄り道は禁止されていたが、目くじらを立てるほどのことではないだろうと黙認していた。

マンガが好きな隆一は、毎週数種類のマンガ雑誌を買ってくれとせがんだが、全部買うわけにもいかない。結果として、コンビニで立ち読みすることになった。

今日もそうなのではないか。時間を忘れてマンガを読みふけっているのではないか。

自動ドアが開き、いらっしゃいませ、という声がかかった。吉岡は右にある雑誌コーナーに進んだ。若い男性が二人と会社帰りらしい女性が一人、雑誌を広げているが、隆一の姿はない。徒労感を覚えながらレジに向かった。

二十代の女と初老の男がレジの前に立っていた。笑みを浮かべている男に近づいて声をかけた。雰囲気から、店長かオーナーなのではないかと思いながら、吉岡は事情を説明した。男の顔から笑みが消えた。

「すいませんが、わたしはちょっとお役に立てないかと。というのも、今日は仕事を始めてから三十分も経っていないんですよ」

ついさっき来たばかりで、と言った。そうですか、と肩を落とした吉岡に、でもあの子は昼からいたはずですから何か知っているかもしれません、と隣のレジに立っていた女を呼んだ。

「葉《よう》さん、ちょっといいかい」

「何ですか」

葉と呼ばれた女が仏頂面《ぶっちょうづら》でやって来た。中国人なのだろう。こちらのお客さんがね、と男が説明を始めた。

黙って聞いていた葉が、ああそう、と言った。まだ日本語は勉強中のようだった。

「コドモいっぱいくる。覚えてるかどうか、わからない」

葉が一本調子で言った。事情はわかったらしい。吉岡は写真を見せた。

「この子なんですが」

「わかる。知ってる。よく来る」

今日は来ましたか、と聞いた。たぶん、と葉が答えた。

「夕方くらい？　一人だった。マンガ読んでた。気がついたらいなくなってた」

「何時頃でしょう。どれぐらいここにいましたか」

「わからないよ」ちょっと面倒臭そうな表情になる。「四時？　五時？　三十分か一時間ぐらいいたかも」

それからしばらく質問を続けたが、葉の記憶は曖昧《あいまい》だった。時間についてもはっきりと覚えていないという。粘ってみたが、それ以上の収穫はなかった。礼を言ってコンビニを出た。

隆一は放課後、サッカーをして遊んでいた。四時に友達と別れて家に帰ろうとした。その後、どこへ途中、コンビニに寄って三十分から一時間ほどマンガを立ち読みした。その後、どこへ行ったのだろう。

歩き続けると、道路に沿って木が植えられている通りに出た。隆一の通っている小学校は近い。交差点の信号は赤だった。何度も歩行者用のボタンを押した。焦りがあった。信号が青になり、走って横断歩道を渡った。小学校は目の前だ。通りには誰も歩いていない。

小走りで正門の前に出る。奥を見ると、明かりは非常灯以外すべて消えていた。時計を見た。九時十分。そのまま携帯を取り出した。着信はない。友江の番号を押した。

「おれだ。隆一は帰ってきたか」

「ううん」

「連絡は」

「ない。どうだった？　何かわかった？」

「いや、何も。警察に相談してみようと思う」

友江が黙った。警察に連絡すると繰り返すと、わかった、というつぶやきが聞こえた。

電話を切り、１１０とボタンを押した。

「はい、警視庁。事件ですか、事故ですか」

男の声がしたが、何と説明していいのか吉岡にはわからなかった。

「どうしました？」

男が落ち着いた声で言った。子供が、と言いかけて、息子が、と言い直した。

「……息子が、帰ってこないんです」

それだけ言うのがやっとだった。詳しくお聞かせください、と男の声がした。

吉岡は話し始めた。蒸し暑い夜だったが、腕に鳥肌が立っていた。

5

警察がマンションに来たのは、吉岡が戻って三十分ほど経った十時過ぎだった。チャイムが鳴り、玄関に出てみると、のんびりした顔の中年男が立っていた。

「東杉並警察署少年係の長友《ながとも》と申します。こちら、吉岡慎二さんのお宅で間違いないですね？」

目の前に警察手帳があった。戸惑いながらうなずくと、もう夜も遅いですからと長友が言った。

「ちょっと失礼して上がらせてもらってもよろしいですか。中で詳しいことをお聞かせください」

後ろにいた友江が前に出て、お使いください、とスリッパを出す。長友が靴を脱いで玄関に上がった。

「おじさん、だれ？」

廊下に駆け込んできた晶が叫んだ。おまわりさんだよお、と長友がおどけた顔を作る。吉岡は一瞬、苛立《いらだ》ちを覚えた。

「部屋に戻りなさい」

友江が低い声で言った。何かを感じたのか、晶がおとなしく部屋に下がっていく。こちらです、と吉岡は長友をリビングへ案内した。

「何か冷たいものでも」友江が冷蔵庫を開いた。「麦茶でもいかがですか」

「いただきます」長友が椅子に座った。「さて、息子さんが帰ってこないそうですね」

そうなんです、と吉岡は反対側の椅子に腰を下ろした。

「こんなことは今までありませんでした」

「小学校六年生ということですが、十一歳か十二歳でしょうか」

「誕生日が八月なので、まだ十一歳です」

友江が氷を入れたグラスに麦茶を注いで、吉岡と長友の前に置く。ひと口飲んだ長友が、奥さんもおかけください、と言って吉岡を見た。

「お二人ともそんな顔をすることはありません。迷子ですよ。捜せば見つかります」

そうでしょうか、と椅子に座った友江が怯《おび》えたような声を上げた。

「心配なのはわかりますが、落ち着いて待っていれば大丈夫です。ご主人から伺った息子さんの背格好、着ていた服などの情報は、都内の警察署に流しています。すぐ見つかるでしょう。息子さんはぴんぴんしてますよ。お腹は空かしているでしょうがね」

長友が笑った。安心させるためなのだろうが、吉岡はうまく笑えなかった。

「学校やクラスメイトの家には連絡しましたか?」

長友がもうひと口麦茶を飲んだ。はい、と答えた友江が状況を説明する。黙って聞いていたが、友江の話が終わると、なるほどとうなずいた。

「四時までは学校にいたわけですね。それからがわからないと」

「帰り道の途中で、コンビニに寄っていたようです」吉岡は聞いてきた話を伝えた。

「はっきりとはしませんが、見た人がいます。四時か五時ぐらいだったということですが」

「一応、調べることにしましょう。その前に息子さんは見つかると思いますがね」微笑んだ長友が、念のために伺いますと口を動かした。「吉岡さんは会社にお勤めですか?最近何かトラブルはありませんでしたか?」

笑みはそのままだ。だが、かすかに暗い何かが声に混じっていることに吉岡は気づいていた。

九十九パーセント、隆一は迷子になったと長友は考えているのだろう。だが、万が一の可能性を考慮していないわけではない。何か別の理由で隆一が姿を消したことを想定して、そんな質問をしているのだとわかった。

一時間ほど、質問が繰り返された。会社のこと、学校のこと、家庭のこと、経済的な状況について。他人に恨まれている覚えはないか、ということまで話は及んだ。

何も思い当たることはない、と吉岡は答えた。扶桑通運は一部上場企業だ。大会社というわけではないが、知名度もある。課長代理という役職に就いており、同期の中で昇進は早い方だが、出世頭というわけでもない。そんなことを理由に恨みを買っているとは思えなかった。

家庭もうまくいっている。細かいことを言えば不平不満はあったが、それはどこの家でも同じだろう。経済的に余裕があるわけではなかったが、困っているということもない。

吉岡はギャンブルをやらない。これといった趣味もない。子供といればそれで満足で、普通の市民が普通の暮らしをしているという自覚があった。

長友は友江にも質問をしたが、答えに淀みはなかった。子育てと家の中のことを一生懸命にやっていることは吉岡にもわかっている。悪い妻、悪い母親ではない。

十一時を回ったところで、長友が帰っていった。見つかり次第連絡します、と最後に言った。

十二時、吉岡は友江とベッドに入った。起きて待っていても仕方がない。休んだ方がいいという判断があった。

枕元に携帯と固定電話の子機を置いて横になったが、眠れるはずもない。夜明けまでずっと隆一の行方を案じて二人でひそひそと話していたが、午前五時頃僅《わず》かにまどろんだ。携帯が鳴ったのはそれから二時間後の朝七時過ぎだった。

6

警視庁捜査一課強行犯捜査三係に所属する鶴田里奈《つるたりな》は、切断された子供の頭部が杉並区で発見されたという第一報を受けて、早朝六時半に現場の久米山第一小学校正門前に到着した。

既に所轄の東杉並警察署から警察官が入っている。機動捜査隊、鑑識などもだ。所轄が現場を保全し、機捜は分担を決めて聞き込みを始めていた。三係の係長の島崎《しまざき》以下、数名の捜査員が現着していたが、まだ来ていない者もいる。里奈は小さく息を吐いた。

警察官になって三年、捜査一課勤務はまだ一年足らずだ。経験が浅いことは自分が一番よくわかっている。現場に着くのが少しでも遅れれば、何を言われるかわからなかったが、とりあえず今日のところは怒られたりしないだろう。

島崎は何も言わなかった。目を向けようともしない。見つめているのは小学校の正門のすぐ下にある小さな塊だった。上から毛布がかけられている。

「係長、あたしは……」

里奈を一瞥《いちべつ》しただけで、すぐ視線を戻した。島崎が女性刑事である自分を快く思っていないのはわかっている。嫌われているというのではなく、女には向いていないと思っているのだ。

この三年、形式的に捜査本部詰めになったことはあるが、実際に捜査の現場に入ったことはほとんどない。島崎を含め、他の捜査員から〝シエン〟と陰で呼ばれているのも知っていた。後方支援要員の略称だ。必要ないと思われている。ため息が漏れた。

しばらくすると、三係の捜査員が集まってきた。皆、緊張した表情を浮かべている。当然だろう。詳しい話は何も聞かされていないが、切断された子供の頭部が発見され、まだ手足や胴体は見つかっていない。異常な状況だった。

島崎を取り囲むようにして、捜査員が並んだ。正門から目を離さないまま、島崎が口を開いた。

「少年の頭部を発見したのは小学校の柳井《やない》という男性教諭だ。部活の準備のため学校へ来たところ、正門に頭部があるのを見つけ、すぐ通報している。本人は非常に興奮しており、現在は病院だ。所轄がついているが、こっちからも誰か行かせなきゃならんだろう」

全員がうなずく。

「機捜と所轄で付近を調べている。今のところ目撃者もいないし、不審者、あるいは車などを見た者も見つかっていない。聞き込みを始めてからまだ一時間かそこらだ。その辺はこれからの話だろう。地取りの分担はすぐ決める」

「子供の身元は？　この小学校の生徒なんですか？」

質問が挙がった。確認中だ、と島崎が答えた。

「十中八、九そうだろう。所轄の人間と話したが、近所に住む吉岡慎二さんから、息子が学校から帰ってきていないという届けが昨夜遅くにあったそうだ。隆一くんと言って、六年生の男の子だ。その子かもしれん。ただ、少し離れているが徒歩圏内にもう二つ小学校がある。そちらも調べている」

「その吉岡隆一という少年だとして、学校から帰っていないということですが、状況は？」

「詳細はまだわからん。夕方小学校を出て、帰宅途中に姿を消したようだ。所轄の担当者が事情を確認した上で、都内の警察署に照会をかけていたが、その約七時間後に頭部が見つかったことになる」

嫌な事件だと顔をしかめた。被害者が十一、二歳の子供だということもあるし、猟奇的な犯行のためでもあるのだろう。

「すぐ機捜から連絡がある。それまで待機して――」

島崎が口を閉じた。三人の男が近づいてきていた。そのうち二人が捜査員なのが里奈にもわかった。

もう一人は一般人のようだ。顔が真っ白で、頬が細かく痙攣《けいれん》している。三十代半ば、と見当をつけた。吉岡隆一という子供の父親なのだろう。

二人の捜査員が毛布に近づいて何か囁《ささや》いた。男の顔が歪《ゆが》む。いやいやをするように首を振った。年かさの方が肩を抱くようにして、申し訳ありませんがと言ったのが聞こえた。

もう一人が少しだけ毛布をめくった。顔を逸らしていた男が、一瞬だけ目を向ける。崩れ落ちるように座り込んだ。

「……なぜだ」

声が通りに響く。男が地面に伏したまま泣き始めた。

年かさの捜査員が腕を取って起こした。泥酔した人間のように、また男が膝から落ちる。低い呻《うめ》き声が口から漏れた。

「なぜだ……」

肩が震えている。自分の頭を叩き始めた腕を捜査員が止めた。幼児のような泣き声。

男の顔が人間のものではなくなっていた。二人の捜査員が引きずるようにして正門前から離れていく。

「……間違いないようだ」島崎が腕時計に目をやった。「七時二十分。始めよう。ひとつだけ言っておく。本件は異常性が強い。切断した頭部を学校の正門に放置しておくというのは、猟奇的としか言いようがない。マスコミはもちろん、世論も騒ぐだろう。早急に犯人を逮捕する必要がある。それを理解した上で捜査に当たってくれ。では、分担を決める」

全員が大きくうなずく。里奈も一歩前に出た。

7

七月二日午後三時、浅川茉理《あさかわまり》は勤務先である埼玉県朝霞市の同巡会総合病院ナースステーションで、最後の申し送りをしていた。夜勤明けだった。本来は正午までのはずだったが、立て続けに救急患者が搬送されてきて、三時間の超過勤務となっていた。

二十歳から同巡会病院で働き、今年で十六年が経っている。救急搬送を積極的に受け入れる病院のやり方はよくわかっていたから、いつもなら構わなかったが、今日は少し事情が違った。

昼前、三歳になる息子の憲太《けんた》を預けている保育園から連絡があった。熱があるという。すぐにでも迎えに行きたかったが、搬送されてきた患者の容体が思わしくなく、やむを得ず仕事を続けた。引き継ぎを済ませ、病院を出た時には三時半になっていた。

ただ、焦ってはいない。憲太は心配だが、大丈夫だという気持ちがあった。茉理には順子《じゅんこ》という娘がいる。中学二年生だ。憲太が熱を出したことと、自分の帰りが夕方ぐらいになるだろうというメールを送り、状況を伝えていた。

カンベンしてよ、というタイトルの返信がすぐに届いた。あたしが憲太を迎えに行く、と書いてあった。

ゴメンね、とハートマークを五つつけてもう一度メールした。それには返信がなかったが、安心していた。順子は頼りになる。あの子に任せておけば間違いない。

帰り道の途中にあるスーパーマーケットに寄って、夕食の買い物をしていくことにした。店に入ったところで、後三十分ほどで帰ります、とメールを送った。

結婚したのは十五年前のことだった。夫は大樹《ひろき》といい、二つ年下だ。スノーボードで足を骨折した大樹が、同巡会病院に入院して知り合った。一カ月後に退院したが、その間に交際の約束をしていた。

多少だらしないところがあるが、甘え上手な大樹との相性は良く、数カ月後には同棲していた。更に半年後、茉理は妊娠した。当時大樹はまだ大学生だったが、子供ができたとわかると、学校を辞めて働くと言った。実際に中退して、埼玉県内にあるパソコンの販売会社に入った。

その後、大樹は何度か転職している。ただ、長期間無職状態になったことはない。最低限の金は家に入れていたし、借金を作るわけでもなかった。

楽観的なのは茉理の性格だ。何とかなると思ってやってきた。

憲太を妊娠した時は、思いがけないことだったので動揺し、看護師という仕事のことを考えると不安はあったが、どうにかなると思った。大樹も喜んでくれた。

順子の存在も大きかった。小学五年生だった順子は、弟か妹ができることを告げるとことのほか喜び、お父さんとお母さんは仕事があるから面倒はあたしが見ると言った。

順子は、本当に自分の娘だろうかと思うほどしっかりした性格で、生まれたばかりの憲太の面倒をよく見た。たどたどしい手つきでおむつを替えたり、寝かしつけもしてくれた。もちろん、できることに限界はあったが、一生懸命力になろうとしてくれる気持ちが嬉しかった。

育児休暇をとって仕事に復帰する際、中学生になっていた順子は、炊事、洗濯、掃除といった家事全般も手伝うと決め、その通りにした。看護師という仕事に理解があり、シフト勤務で帰宅が遅くなるときも憲太をしっかり見てくれていた。安心して任せられた。

それを理由に、クラブ活動や勉強を怠《なま》けることもまったくなかった。小学四年生から始めたバスケットボールを現在も続け、中学でもレギュラーだった。学業成績も優秀で、学年でつねに上位十位に入り、数学と国語はトップを争っている。

いったいどうやったらそんなことができるのか、茉理にはわからなかった。憲太の面倒を見て家事をする以外、家での順子は普通の女の子だった。テレビもよく見ているし、中学入学時に買い与えたスマートフォンで友達とラインやメールのやり取りを延々と続けている時もある。

テスト前になるとさすがに机に向かっていたが、それ以外で勉強しているところはほとんど見たことがない。自分の娘ながら不思議だった。

その順子が帰っている。落ち着いて買い物を続け、帰宅したのは五時だった。家は和光市駅から十五分ほど歩いたところにある公団住宅だ。二つの大きなビニール袋をぶら下げて、406号室に着いた。さすがに疲れていた。

だが、帰る時は精一杯明るい顔をすると決めていた。子供たちには笑顔で接する。それは、大樹と決めた子育てのルールだ。頬をゆるめ、鍵を開けようとした。

鍵は開かなかった。いや、開かないのではない。ロックがかかっていなかったのだ。ドアノブを回すと、静かに開いた。順子は帰っているのだろうかと反射的に思った。帰っていれば鍵をかけないはずがない。

今日、最後に家を出たのは大樹のはずだ。大樹なら鍵をかけ忘れることは有り得る。似たようなことは何度もあった。

鍵をかけずに大樹は出かけ、順子は何か理由があって帰れなくなった。そして自分の方が先に帰ってきた。そういうことなのだろうか。

急いで家に入ると、玄関にスニーカーがあった。ビニール袋をその場に置き、スニーカーを確かめた。いつも順子が履《は》いているお気に入りのものだ。

二年近く履き続けている。かなり汚れていたが、このデザインが好きなの、と毎朝履いて学校に通っていた。それがここにある。どういうことか。

「順子？」

呼びかけた。広い家ではない。３ＬＤＫの公団だ。声は届く。だが返事はなかった。

パンプスを脱いだ。短い廊下があり、左側が順子の部屋だ。

「ちょっと、いるの？」

声をかけてドアを開けたが、誰もいなかった。廊下を進み、その他の部屋を順に見た。

風呂場やトイレも確認したが、順子の姿はない。

一番奥にある自分と大樹の部屋に入った。憲太が布団の上で寝ていた。額に手を当てると確かに熱い。だが特に苦しそうな様子はないから、あまり心配する必要はないのだろう。

布団をかけ直して、玄関に戻った。スリッパ立ての横に、順子の通学用バッグが置いてあった。

順子は帰ってきたのだ。靴を脱ぎ、バッグを置いて家に入った。弟を布団に寝かせ、その後家を出ていった。熱のある弟を放ったらかしにして、鍵をかけることも忘れて出ていった。

そんなことあるはずがない、と茉理は頭《かぶり》を振った。決してそんなことをする娘ではない。

何か理由があれば、家を出ていくこともあっただろう。だが、憲太を置いていくはずがない。鍵をかけ忘れることなど考えられない。出るなら出るで、連絡があるはずだ。

玄関を出て、外廊下を見た。右隣の405号室から隣人が出てきたところだった。クリーニング屋にでも行くのか、手に男物の背広を二着抱えている。河野《こうの》さん、と呼んだ。

「あら、奥さん」河野が笑顔になった。「どうしたのよ、そんな変な声出して。仕事帰り?」

「そうだけど」茉理は一歩近づいた。「順子を見なかった?」

更に近づいた。さっき帰ってきたんじゃないの、と言った河野が後ずさる。

「さっきっていつ?」

「さあ、わからないけど……四時過ぎかな。玄関の方で音がしたような気がしたけど」

茉理は手にしていたポーチから携帯電話を取り出し、順子の番号を押した。呼び出し音が鳴る。二十回まで待ったが、順子は出なかった。

「どうしたの? 何かあった?」

「順子がいない」

「順子ちゃん？」

「一度帰ってきて、その後いなくなった」茉理はつぶやいた。「そんなことあるはずがない」

何のこと？　と河野が言ったような気がしたが、迷わず携帯電話で110と押した。

「埼玉県警です。事件ですか、事故ですか」

「事件です」努めて冷静に言った。「娘がいなくなりました」

「お待ちください。担当と替わります」

保留音が流れ始めた。茉理は電話を握りしめて、ただ待ち続けた。

8

七月二日午後七時、捜査本部が設置された東杉並警察署の講堂で、久米山小学生殺人事件の第一回捜査会議が始まった。里奈も捜査員の一人として加わった。

通常の殺人事件がそうであるように、捜査を主導するのは所轄ではなく警視庁捜査一課だ。今回は三係の島崎係長が全体を指揮する。

事件について、既にマスコミの報道が始まっていた。各テレビ局の昼のニュースはもちろん、ワイドショーなどでも取り上げられている。各新聞の夕刊でも、ほとんどが第一面で報じていた。インターネットのニュースサイトでも、事件の情報が流れている。残虐で異常な殺人だという認識を、誰もが持っていた。警視庁並びに警察庁も同じだ。可及的速やかに犯人を逮捕しなければ、警察に対する批判が始まるだろう。

そのため理事官、管理官はもちろんだが、捜査一課長の長谷川《はせがわ》警視正も捜査会議に参加していた。事件解決に警視庁が全力を注いでいるという強い意志の現れだった。

それぞれの担当レベルでの報告はあったが、全体を横断する形での捜査会議は初めてであり、多くの捜査員が顔を揃えていた。警視庁捜査一課強行犯三係を中心に、四係、五係、六係の一部、機動捜査隊、鑑識、所轄の刑事課、その他百名ほどだ。

彼らは今朝の段階から一時間前まで現場を調べ、目撃者を捜し、周辺状況を追っている。情報を整理し、共有することが必要だった。

島崎は四十歳になったばかりの警部だが、経験は豊富で殺人事件捜査にも精通している。今回の責任者として適任といっていいだろう。

島崎が捜査員を指名する形で会議は進行していった。まずは被害者である吉岡隆一少年の行動だが、七月一日の朝、いつも通り登校していたことが報告された。

見送ったのは母親で、学校の担任も不審な様子はなかったと話している。授業が終わった放課後、隆一少年は友人と校庭でサッカーをして遊んでいた。午後四時前後に学校を出ていることが、一緒にいた友人たちの証言でわかっている。

では次、学校についてはどうか、と島崎が尋ねた。学校そのものに何らかの問題はなかったかという意味だ。

それについては別の捜査員が確認していた。区立の小学校で、有名私立中学に進学する者も少なくない。いじめや校内暴力などの報告はなく、不良化した生徒もいないということだった。

同時に隆一少年自身についての報告もあった。クラスで目立つ存在ではなく、成績も中程度、運動は好きだったが特に得意なスポーツはないという。

性格は明るく、友達は多かった。テレビの戦隊ヒーローものが好きでグッズを集めていたというが、そういう小学生は珍しくないだろう。携帯電話を親から買い与えられていたことは事件発生時に情報が回っていたが、現段階で見つかっていなかった。

よろしいというなずいた島崎が、学校を出てからの足取りをと言った。また別の捜査員が立ち上がって報告を始めた。

小学校の周辺は住宅街で、隆一少年はいつもと同じ下校路を歩いて帰宅したと考えられる。三百メートルほど離れた場所にあるコンビニエンスストアで店員に目撃されており、同店の防犯カメラにもその姿が撮影されている。

約一時間、雑誌などを立ち読みしてから店を出た。店から自宅まではおよそ五百メートル。だが、店を出てから少年の姿を目撃した者は今のところいなかった。

少年が通ると思われた道に防犯カメラは設置されていない。コンビニを出てから普段とは違う経路で帰宅した可能性についても検討されているが、望みは薄いだろうというのがその捜査員の意見だった。

コンビニについてですが、と立ち上がった中年の捜査員の顔を見て、里奈はかすかに首を傾《かし》げた。同じ三係の星野《ほしの》という警部だ。今朝、少年の頭部が発見された現場に島崎以下三係の捜査員が全員集まっていたが、星野だけは顔を見せていなかった。

「問題のコンビニは大手チェーン、Q&Rの久米山東通り店という店舗です」

独特の抑揚《よくよう》で話し始めた。比較的小柄で、着古した背広を着ているその姿は地方の役場の職員を思わせるが、重みのある声で滑舌もいい。声だけ聞いていると、渋い役柄を得意とする舞台俳優のようだった。

「多少重複しますが、小学校から本人の自宅までは約八百メートル、その途中、学校から三百メートルほどの場所にあります。よくある店舗ですが、車七台分の駐車スペースがあるのは住宅街の店として珍しいかもしれませんな。店員とも話しましたが――」

十分だ、と島崎が発言を止めた。はあ、とうなずいた星野がおとなしく座る。半年前、強行犯に異動してきたばかりのこの警部を島崎が煙たがっているというのは、里奈にも何となくわかっていた。

正確に言えば島崎だけではない。三係の捜査員全員が同じだった。遠巻きにして様子を見ている、そんな印象がある。

印象だけではない。星野が移ってきてから数件の事件が起きていたが、島崎は責任のあるポジションを任せようとしなかった。異動したばかりで不慣れだからという理由をつけていたが、警部職の人間に書類仕事しかさせないというのは、意図的にそうしているとしか考えられない。

周りの捜査員も積極的にコミュニケーションを取ろうとしない。セクト主義の警察にありがちなことだが、同じ捜査一課に所属していたとはいえ、畑違いの特殊犯捜査係（SIT）から移ってきた星野のことを部外者と考え、よそ者扱いしているのだろうか。

里奈にはよくわからなかった。

その後は、と島崎が身を乗り出して辺りを見回した。少年は店を出て、自宅に向かったと思われます、とメモを見ながら若い刑事が立ち上がった。

店から自宅までの道路などで少年の目撃情報がないことから、その間に犯人が少年を連れ去ったと考えられた。少年には人見知りなところがあり、知らない大人と話すような性格ではなかった。顔見知りの犯行という可能性を一旦置いておくと、犯人は暴力その他の手段を用いて拉致《らち》していったのではないか。

ただし、少年の身長は百四十センチ、体重は三十五キロだ。特別に大柄ではないが、簡単に連れ去ることができるとは考えにくい。おそらく犯人は車を使ったはずだが、今のところコンビニ周辺で不審な人物や車を見たという情報はないということだった。

顔見知りということも、ないとは言えない、と島崎が言った。

「あるいは被害者が好きだったという戦隊ヒーローのグッズをあげるなど、うまく騙《だま》して別の場所に連れ去ったことも考えられる。現段階ではどんな可能性も排除してはならない」

会議に出席している捜査員全員がうなずいた。島崎の言う通りだと里奈も思っている。

それにしても、夕方とはいえまだ陽のある時間だ。住宅街にある五百メートルほどの道で子供をさらい、誰にも目撃されていないのは計画的な犯行だからなのか、それとも偶然か。

発見された頭部について、と声が上がった。警視庁の鑑識課員で、里奈も顔を知っている男だった。

頭部の状態から、死因は首を絞められたことによる窒息死。死亡推定時刻は昨夜十二時前後。細いロープ状のもので強く絞められ、その後ノコギリ状の刃物で首を切断されている。犯人は別の場所で殺害した後、頭部だけを小学校に運び、校門に置いたというのが結論だった。

学校周辺の聞き込みを担当していた数人の捜査員が、状況をまとめて報告を始めた。深夜十二時以降、頭部が発見された朝五時半まで、小学校付近を通った車両、近隣住民などを捜しているが、目撃情報は上がっていないという。理由として、夜間の交通量が少ないことが挙げられた。小学校前の通りは暗く、街灯も離れている。人が通っても、校門に近づかなければ、何があるのかわからなかっただろう。

むしろ問題なのは、なぜ犯人が小学校の校門に頭部を置き捨てていったかだ。目撃される可能性が低かったとはいえ、ゼロではない。リスクはわかっていたはずだ。

なぜそんな危険な真似をしたのか。全捜査員が同じ疑問を抱いているのが里奈にもわかった。

犯人が徒歩だったか、車などを使ったのか、それもはっきりとはわかっていない。被害者の頭部が発見されてからまだ十二時間しか経過していないから、今後の捜査で判明することになるのだろうが、初動捜査がうまくいっているとはお世辞にも言えない状況のようだ。

それは犯人が少年を殺害した場所が不明なことからも明らかだった。警視庁、東杉並署、近隣の警察署からも大人数が動員され、小学校の周囲三キロ圏内を調べている。付近はほとんどが住宅地で、雑木林や空き地などは少ない。無人の廃工場や潰《つぶ》れた病院などがあったが、血痕などは見つかっていなかった。今後は捜索対象範囲が広がることになるだろう。殺害現場の特定は急務だった。

ひとついいか、と長谷川一課長が口を開いた。

「犯人の意図がわからない。最初から隆一少年を狙っていたのか、子供なら誰でも構わなかったのか。計画的な犯行なのか、それとも偶発的な事件か。小学六年生を殺害するような恨みを持つ者は考えにくいだろう。ましてや、首を切断して学校の校門に晒《さら》すというのは異常な行為だ。考えられるのは例の酒鬼薔薇《さかきばら》事件だが、本件の犯人はある種の模倣犯ではないだろうか」

酒鬼薔薇事件とは、平成九年に起きた猟奇殺人事件だ。里奈は小学五年生だったが、当時の報道は覚えている。殺害された子供の頭部が小学校の校門に置かれたという異常な事件だったが、更に衝撃的だったのは犯人が近所に住む中学生だったことだ。

今回の事件はそれと酷似している。残虐極まりない犯人の所業は、酒鬼薔薇事件を想起させるものがあった。小学校の頭部発見現場を見た捜査員からも、そっくりじゃないかという声が上がっていた。

既にマスコミも騒ぎ始めている。酒鬼薔薇という名前を出して、模倣犯の可能性があると論じているニュース番組もあった。

可能性は十分に考えられます、と島崎が答えた。

「ただ、現時点で決めつけるのは早急ではないかと思います。変質者、異常性欲者ということも有り得るでしょう。切断した少年の頭部を置き捨てていくというのは確かに異常です。被害者本人に対する怨恨の線は薄いでしょうが、近親者に何かあったのかもしれません」

それなんですが、と別の捜査員が発言した。吉岡家は父親、母親、妹の四人暮らしで、会社関係、友人関係を当たったが、現在のところ両親を恨んでいる者は見つかっていないという。借金などもなく、父親の勤務先は上場企業で生活も安定している。女性関係もきれいで、二人の子供に対する暴力、虐待などもない。一家を知る者は、幸せそうな家庭だったと口を揃えて言っているということだった。

報告はそれで終わった。マイクを取った島崎が、事件の異常性を強調した。

「被害者が少年であること、状況が猟奇的であることを踏まえ、一刻も早く犯人を逮捕しなければならない。万が一にも、第二、第三の犠牲者を出すことは許されない。今後、少年がさらわれた場所、小学校付近の聞き込みを徹底してほしい。重要なのは実際に少年を殺害し、首を切断した場所の特定だ。それがわかれば犯人の足取りも判明するだろうし、遺留品なども出るだろう。被害者の頭部以外が見つかる可能性もある。それこそが犯人を特定する証拠になるのは言うまでもない。では、今から新しい編成を決める。地取り鑑取り、その他各担当は迅速に捜査を進めるように。以上だ」

名前を呼び始めた。経験の豊富な捜査員を優先的に殺害現場の捜索班に回している。当然の措置だろう。

里奈は自分が呼ばれるのを静かに待った。おそらく最後になるはずだ。期待されてはいない。大きく息を吐いた。

9

里奈は東杉並署を出て、前を歩いている男を追いかけた。身長は低いが、意外に足は速かった。

「星野警部」

声をかけると、ゆっくり振り向いた。ええと、と首を傾げる。

鶴田ですと名乗り、置いていかないでくださいと歩み寄った。

「コンビニに行かれるんですよね？　ご一緒します。あたしも担当を命じられています」

そうでしたな、と星野が額を手で叩いた。落語家のような仕草に、思わず苦笑が漏れた。

近くで見ると、天然パーマの髪の毛のせいか、愛嬌のある犬のようだ。変わり者らしいという噂《うわさ》を耳にしたことがあるが、何となくわかる気がした。

「いや、そんなつもりではなくて」歩きだした星野がつぶやくように言った。「忘れたわけではないんです。いろいろ考え事をしていたら、つい……」

並びかけながらうなずいた。悪気はないのだ。半年前に異動してきた時から、そういう男だとわかっていた。

星野が誘拐やたてこもり事件を捜査する特殊犯捜査係に所属する犯罪交渉人だったという話は聞いていたが、強行犯係員としての経験は里奈よりも浅い。一般に強行犯では二人一組で捜査を行うが、そのルールがまだ身についていないようだった。

「足手まといにならないよう、頑張ります」

頭をひとつ下げた。通常、今回のようなケースでは警視庁と所轄の捜査員が組む場合が多い。本庁の、しかも同じ係に所属する者同士がコンビを組むことは稀だったが、島崎がそう指示していた。

「そういうことです」星野が右手で目の回りをこすった。「申し訳ありませんが、わたしはまともに殺人事件の捜査をしたことがありません。重要な任務に就けることはできないということなんでしょうな」

星野の言葉遣いは丁寧だった。年齢、階級、男女の性差とは関係なく、そういう話し方をするようだ。噂以上の変わり者かもしれない、と里奈は思った。

これまで、星野と話したことはほとんどない。この半年の間に起きた事件で、里奈と担当が重なったこともなかった。捜査本部が設けられるほど、大きな事件が少なかったためでもある。春先に連続して二件の殺人事件が起きた時も、それぞれ別の担当だった。

ただ、星野が優秀な犯罪交渉人であり、過去にいくつかの難事件を解決していることは里奈もよく知っていた。受け入れる側の三係の刑事たちも、なぜ星野警部がうちへ来るのか、と当惑していたぐらいだ。

簡単に警部というが、四十六歳という年齢、刑事部という多忙な部署で、ノンキャリアが警部職に就くというのは異例と言っていい。係長の島崎をはじめ、他の捜査員が星野に対して一線を引いているのはそのためなのだろう。

そもそも島崎が警部職だ。いきなり同じ階級の人間が部下になるというのは、やりにくいはずだった。

年齢は島崎の方が少し下だ。強行犯の経験が浅い星野に、強い命令をしないのは、警察という組織の場合それほど不思議ではない。捜査員もそれに倣《なら》っているようだった。

殺人事件の捜査に不慣れな警部と新米の女刑事を組ませておけばいい、と島崎は考えたのだろう。担当をコンビニにしたのも同じ理由だ。既に捜査は終了している。自分たちが任されたのは確認作業に過ぎない。

厳しいな、とため息をついた。捜査一課は女性に務まる部署ではない、と誰もが考えているのが改めてわかったような気がしていた。息苦しい毎日が続いている。やはり辞めようか、という思いが胸をよぎった。

最初から捜査一課を希望していたわけではない。大学を卒業して採用試験を受け、警察官になっていたが、半年間所轄署で交通課に勤務していたところを本庁に引っ張られた。

配属が捜査一課という辞令を受けて、何かの間違いではないかと耳を疑ったが、そうでもないんだ、と人事の担当者が口元を歪めながら言った。上の方針だという。

一九九九年に改正された男女雇用機会均等法で、採用や配置などについて男女差をつけることが禁止された。だが、現実はそうなっていない。この十年、警察も女性警察官の採用を増やしているが、配置についてはその限りでない。

だが現政権はその実態を是正することを公約にしている。具体的には公務員が範を垂れるべきだとして、その俎上《そじょう》に載ったのが警視庁だった。女性に向かない部署と言われる捜査一課に女性刑事を増員せよという命令が下り、その対象の一人として自分が選ばれたという。

里奈の叔父は本庁勤務の警部補で、血縁者にも警察関係者が多い。身元はしっかりしている。加えて剣道二段という経歴が推薦理由だと聞かされ、拒否できなかった。剣道の段位は父親が体育教師だったために無理やり取らされたに過ぎなかったが、警視庁にも事情があるのだろう。

やむ無く捜査一課に移ったが、待っていたのは冷たい視線だった。里奈自身、向いていないと思っている。

男女差があってはならないという理念自体は間違っていないが、現実には無理なこともあるのだ。辞めたいわけではないが、これ以上は難しいだろうと考えるようになっていた。

似た者同士なのかもしれない、と顔を向けた。警察官として枠組みからはみ出してしまった窓際族。

「コンビニで何を調べるんですか?」

巡査である自分と警部の星野とでは四つも階級が違う。捜査一課での経験はともかくとして、ここは指示に従うべきだろう。

被害者は家に帰る途中、コンビニに寄っていました、と星野が丁寧に答えた。

「防犯カメラに写っていましたから、それは間違いありません。ですが、店員への詳しい事情聴取はまだです。被害者の行動を確かめる必要があります。それがわかれば、犯人を追う手掛かりのひとつになるでしょう」

コンビニの捜査は既に済んでいるはずだったが、更に詳しく調べるつもりのようだ。あまり意味があるとも思えなかったが、仕方ないだろう。

行きますか、と星野が前方を指した。蒸し暑いですね、と里奈は首筋をハンカチで拭った。

10

コンビニまで行き、店長に挨拶した。あなたにお任せしますと星野が言ったこともあり、里奈が訪問の意図を説明することになった。

わたしは人見知りでして、と星野は言ったが、まんざら冗談ではないようだ。微妙な笑みを浮かべながら様子を見ている。話を聞いていた中年の店長が、申し訳ないですと頭を下げた。

「アルバイトの子がね、葉さんっていう中国の留学生なんですけど、ちょっと遅れると電話があったんです。すいませんねえ」

いいんです、と里奈は答えた。警察の都合で他人は動いてくれないとわかっている。待つのも仕事のうちだった。

星野は店内をうろうろ歩き回っているが、それでいいのだろうか。少なくとも店長に挨拶ぐらいはした方がいいのではないか。

だが、星野は雑誌コーナーで週刊誌を眺めているだけだった。例の子供はあそこでマンガか何かを読んでたんです、と店長が星野の立っている辺りを指さした。

「写真、見せてもらいましたよ。よく来る子です。正直、何か買っていったかって言われると、そういうわけじゃないんだけど、客は客だから」微妙に言葉遣いが変わっていた。「枯れ木も山の賑《にぎ》わいっていうでしょ。子供だって追っ払ったりしませんよ。おとなしい子だったし、邪魔になるわけでもないし」

店内に客は少なかった。事件の影響なのか、それともいつも通りということなのか。店長はそれからしばらく話し続けた。報告にあった通りの内容で、相槌《あいづち》を打つのもひと苦労だった。

二十分ほど経った頃、店の自動ドアが開いてジーンズと黒いTシャツ姿の痩《や》せた若い女性が入ってきた。葉さん、と店長が手招きする。

「こちら、警察の鶴田さん。ええと、あちらは……」

「星野と申します」近づいてきた星野が笑みを浮かべた。「よろしくお願いします」

あの子のことで、葉さんに話を聞きたいんだって、と店長が説明した。

「見てるのあんただけだし、知ってることあったら話してよ。店はいいから」

別に、と葉が言った。怒っているのか緊張しているのか、表情からは判断がつかない。

少年を見たそうですな、と星野が横から言った。のんびりした口調だった。

話しかけようとしたが、視線を合わせようともしなかった。

「よくわからない。覚えてない」

「おや、そうですか。昨夜、少年の父親がここへ来た時、あなたは少年を見たと言ってませんでしたか？　警察にもそう話してますよね」

「そんな気がしたけど、わからない」葉の声は一本調子だった。「覚えてない」

「少年のことは知っていましたか」

里奈の質問に、まあね、と葉がうなずいた。

「よく来てた。顔は知ってる。それだけ」

「昨日も来ていましたか」

「たぶん。それ以上わからない」

何が気に入らないのか、ぶっきらぼうな答え方だった。

そうかもしれませんな、と星野が独り言のように言った。

「ですが、何か覚えてはいませんか。少年を見ていた人はいませんでしたか。駐車場に車は入ってきませんでしたか。どんなことでも結構です。教えてもらえないでしょうかね」

「何もない」葉が首を振った。「知らない」

そうですか、と星野がうなずいた。背を向けた葉が店の奥へ入っていく。いいんですか、と里奈は囁いた。

「彼女にもっと詳しい事情を聞いた方がいいのでは？　何かを見ていたとしても、このまま放っておけば本当に忘れてしまいますよ」

覚えていないものを無理に思い出させることはできません、と星野が微笑んだ。

「無理を通そうとすれば、どこかで歪みが生じます。いい結果には結び付きません」

里奈は口を閉じた。それが星野のやり方のようだった。

「すいません、DVDをお借りしたいのですが」

星野が店長に言った。店の防犯カメラがDVDに録画するタイプであることはわかっていた。

用意してあります、と店長が数枚のディスクを差し出した。前に店を調べていた刑事たちが回収できなかった分が含まれている。小さく頭を下げた星野が、大事そうに受け取った。

店の奥から、制服に着替えた葉が出て来た。何時までですかと星野が聞くと、朝六時まで、と答えた。それは大変ですなあ、と星野がぼりぼりと頭を掻《か》いた。その顔をじっと見ていた葉が、コドモがいた、と唐突に言った。

「子供?」

「何か読んでた」葉が雑誌コーナーの方に目をやった。「もっと小さい子がいた。何か話しかけてた。すぐにその子はいなくなってた。それだけ」

「その小さな子は、店によく来るお客さんですか」

「時々。いつもじゃない」

「その子が来たら、教えてもらえませんか」星野が名刺を取り出して、葉に渡した。

「電話をいただければ、すぐに来ます。お願いできませんか」

葉は名刺を見つめていたが、わかった、と言って制服の胸ポケットにしまった。お邪魔しました、と言って星野が出口に向かった。

「どうしてあの人は話す気になったんでしょうか」

里奈は質問した。最初は敵意に近い感情があったはずだ。急に気が変わったように話し出したのはなぜなのか。

深追いしなかったからです、と星野が答えた。

「しつこくすれば、誰だって嫌がりますよ。それだけのことです」

「心理学ということですか？　交渉術の応用とか……」

人としての常識ですな、と星野が歩を速めた。

11

埼玉県志木市にある春馬山の雑木林で、制服を着た少女が死んでいると通報が埼玉県警に入ったのは、七月三日の早朝、五時四十分のことだった。

通報してきたのは同市に住む早坂泰次《はやさかたいじ》という大学生で、少女の左胸部に刃物で刺した跡があり、殺されたのではないかと話していた。

県警捜査一課強行犯捜査係塩谷《しおや》班の神崎俊郎《かんざきとしろう》は、班長の塩谷忠《ただし》からの連絡で七時ちょうどに臨場したが、既に所轄署である新志木署の警察官が現場保存にあたっており、塩谷を含めた五名の班員も全員揃っていた。

現場に着いた神崎に、遅いぞと肩をどやしつけてきたのは最年長の立川《たちかわ》だった。

「すいません、山というからちょっと靴を……」神崎は足元を指した。「まあ、低くて助かりましたけど」

現場が山だと聞いて、ある程度険しい山道を想像していたが、来てみると標高五百メートルほどの低い山だった。県警本部勤務になって八年経つが、春馬山について聞いたことはなかった。登山道も整備されていて、車も通ることができる。トレッキングブーツに履きかえる必要はなかったな、と神崎は苦笑した。

立川と並んで登山道を歩いた。両側に雑木林が続いている。奥を見ると、数人の制服警官がいた。鑑識も来ているようだ。かすかにカメラのシャッター音が連続して聞こえた。

立川が足を止めた。神崎も立ち止まる。雑木林から塩谷と中江由紀《なかえゆき》巡査が出てきた。

「どうも。遅くなってすいません」

この奥だ、と不機嫌な顔で塩谷が背後の雑木林を指さした。

「見てくるか?」

顔を上げた由紀が神崎を見て、おはようございます、と低い声で言った。表情が暗い。

お疲れ、と声をかけたが、うなずくだけだった。

由紀は塩谷班に加わって四年ほどになるが、塩谷を含め他の刑事たちと積極的に話すことはなかった。薄い膜が一枚かかっているようだ。

二十八歳とまだ若いこの女性刑事にどうやって接していいのか、神崎はよくわからないでいる。本部にも女性刑事はいるが、強行犯に所属しているのは由紀だけだ。女性だからといって特別扱いはしないと決めていたが、それが正しいのかどうか判断がつかなかった。

塩谷と由紀が出てきたばかりの雑木林に戻っていった。立川と共にその後に続く。長く歩く必要はなかった。十メートルほど入ったところに、少女の死体があった。

周りを数人の鑑識員が取り囲んでいる。発見時のままです、と由紀が囁いた。神崎は死体に目をやった。

少女は頭を雑木林の奥に向け、仰向けで倒れていた。制服姿だった。

着衣に乱れはなく、足は素足だったが汚れてはいない。どこの制服だ、と塩谷が言った。

「市立和光第四中学です」

由紀が低い声で答えた。さすが元少年係、とからかうように立川が言ったが、由紀は無表情のままだ。

中江由紀は大学卒業後、埼玉県の警察官として採用され、所沢の所轄署で生活安全課少年係に一年間在籍した後、捜査一課に異動している。少年係にいたから県内すべての中学の制服を知っているかといえばそうとも言えないが、根拠のないことを言うはずもない。知っているから答えたのだろう。

「その子の名前は？」

神崎は聞いた。わかりません、と由紀が首を振った。

「所持品は見つかっていません。探していますが、まだ何とも……犯人が持ち去った可能性もあります」

班長、と神崎は一歩進んで塩谷の前に立った。

「昨夜六時半頃ですが、少女が行方不明になったという連絡が入ってましたよね」

そうだったな、と塩谷がうなずいた。

「その件について、俺は外出してたから詳しく聞いてない。お前、わかるか？」

帰る前に連絡資料を読んだんですが、とメモを見ながら答えた。

「昨日の夕方五時半頃、和光市内に住む主婦から娘が行方不明になったと一一〇番入電。名前は浅川順子。和光四中に通っています。もしかしたら関係があるんじゃないですか」

「その女の子の特徴は？」

塩谷が尋ねた。そこまでは、と神崎は首を振った。写真も来ていないのだ。

「偶然……ではなさそうですね」

由紀がつぶやいた。

12

コーヒーの入った紙コップを両手に持ったまま、里奈は大勢の捜査員がいる講堂に入っていった。こぼさないように注意しながら進む。一番奥に星野が座っていた。

紙コップを差し出すと、コーヒーとは結構ですなと口をつけた。熱い、と太い眉が大きく動く。

東杉並署の講堂に置かれたデスクで、コンビニから借りていた防犯カメラの映像を夜明けまで確認していた。すべて見終わったのは明け方だ。

里奈はそのままDVDの内容を報告書にまとめるため、別の部屋で作業をしていた。その間、星野が何をしていたのかはわからなかったが、寝起きの顔をしている。熟睡していたところを起こされた小犬のようだった。

「朝のニュース、見ました?」手近の椅子を引き寄せて座った。「大きく扱われてましたよ」

星野が机の上に置かれていた新聞を指さした。社会面に、杉並で少年惨殺、と太い文字の見出しがある。朝刊を読んでから寝たということらしい。

「世間が騒ぐのも当然ですな。異常な事件です。注目されるでしょう」

何度もうなずくその様子も犬に似ていた。

これを、と里奈はプリントアウトした数枚の紙を差し出した。

「防犯カメラの映像からわかったことを報告書にまとめました」

「ずいぶん早いですな」

星野が報告書に目を通し始める。里奈はコーヒーをひと口飲んだ。

昨夜から今朝にかけて確認したことだが、殺された吉岡隆一少年は間違いなくコンビニにいた。防犯カメラが少年の姿をはっきりと捉えていた。

葉というアルバイト店員が証言した通り、夕方に来店してマンガ雑誌を読んでいた。正確な時間もわかっている。四時四十二分に店に入り、五時二十一分に出ていた。

素晴らしい、と星野が感心したように小さく手を叩いた。

「余計なことは書かれてませんし、事実だけがまとめられている。わかりやすい内容です」

ただ、もう一人の子供について書いていませんな、と言った。もう一人ですか、と里奈は聞き返した。

「あなたも見たでしょう。四時五十分過ぎ、四、五歳の子供が被害者に近づいて、話しかけていました。二人はマンガを読みながら、少しの間会話をしていた。アルバイトの葉さんが言っていた通り、被害者と話している子供がいたんです」

「いましたけど、別にたいしたことじゃないと思いました。子供は小さかったし、話したといっても……報告する必要はないでしょう」

「ですが、何を話したのか、被害者の様子はどうだったか、何か見てはいないか、その子供に確かめたいとは思いますな」

「覚えてないんじゃないですか？ あの子はたぶん幼稚園児ですよ。もしかしたら保育園かもしれませんけど、そんな子供に何を聞いても答えられないと思います」

里奈は捜査本部に備え付けられたテレビに目を向けた。

どうしました、と尋ねた星野に、ニュースで事件のことを言ってます、と里奈は立ち上がった。

そうですか、とつぶやいた星野を置いて、テレビに近寄っていった。何人かの捜査員が並んで画面を見ている。事件に関する報道が終わり、デスクに戻ると、星野が親指の爪を爪切りのヤスリ部分でしきりにこすっていた。

「どうでした？」

知ってる話ばかりでした、と答えた。情報は警察から出ている。知っていることしか報道されないのは当然だ。

「模倣犯の疑いがあると、しつこく言ってました。元刑事とか、心理学者とか、作家とか……その方が面白いってことなんでしょうか」

「かもしれませんな」

「埼玉でも中学生の女の子が殺されたらしいですよ。山の中で死体が見つかったんだそうです。嫌な事件ばっかりですね」

「子供が殺されるっていうのはねえ……あまり聞きたい話ではありませんな」

星野警部、と声がした。振り向くと、四係の若い刑事が立っていた。

「コンビニを担当されているのは、警部ですよね」

「そうです。我々です」

お客さんです、と刑事が小さく息を吐いた。

「親子なんですが、被害者の少年がコンビニにいた時、自分たちもいたと言っています。どうやら、子供が被害者と話したようですね」

あの子でしょうかと言った里奈に、そうかもしれませんな、と星野がうなずいた。

「どこにいます?」

「第三取調室が空《あ》いていたんで、とりあえずそこに通しました。話を聞いてほしいようですが……あまり期待しない方がいいと思いますけど」

「なぜです」

「会えばわかりますよ」

第三取調室です、と刑事が去っていった。どういう意味でしょう、と里奈は首を傾げた。会えばわかると言ってますからね、と星野が微笑んだ。

「会ってみるしかないでしょう。第三取調室というのは、どこでしたかな」

たぶんわかると思います、と里奈は立ち上がった。星野が爪切りを大事そうにポケットにしまった。

13

少女の死体を発見したという三人の男女が、登山道の端にあった窪地に立っていた。三人とも不安そうな表情を浮かべている。

神崎は由紀と共に歩み寄った。二人は若い男女で、一人は老人だった。

若い男女の方は知り合いらしい。雰囲気から、おそらくは交際しているのではないかと思われた。老人とは別々に行動していたようだ。

「県警の神崎です」

声をかけると、三人がそれぞれ頭を下げた。由紀は何も言わない。

「警察に通報したのはあなたですか」

神崎は若い男に向かって言った。通報者が若い男性であることは報告を受けていた。

早坂です、と男がうなずいた。

「ぼくが電話しました」

「あなたが死体を発見したということですか」

いいえ、と早坂が首を左右に振った。

「見つけたのはこちらの方です。ええと……」

丸川《まるかわ》と申します、と老人が低い声で言った。顔に脅えの色が強く残っている。

改めて話を聞かせてください、と神崎は言った。

「あなたが第一発見者ですか」

丸川がうつむいてため息をついた。ややあって、そうです、と更に低い声で答える。何でこんなことに巻き込まれてしまったのか、と悔やんでいるのがわかるような声音だった。

「……五時半頃でした。正確にと言われても、はっきりとは覚えていません。山を下りる途中で見つけました」

死体をとは言わなかった。怖いのだろう。

「五時半というのは、ずいぶん早いですね」

「近くに住んでおりまして、ここまでは歩いて十分ほどでしょうか。朝の散歩は習慣なんです」

今日は朝三時に目が覚めてしまいまして、と丸川が薄くなった頭を掻いた。どのような状況で発見しましたかと尋ねると、そう言われても、と登山道に目をやった。

「頂上から下りてきたんです。夜明け前でしたが、辺りはぼんやり見えてました。ゆっくり歩いていると、雑木林の奥に二本の足らしいものが……人形かマネキンだろうと思いました」

「わかりますよ」

「いずれにせよゴミです。持ち帰って捨てようと思い、雑木林に踏み込んで近寄ると、女の子だとわかりました。何となくですが、死んでいることも……。どんなに怖かったかは、言っても伝わらんでしょう。腰が抜けて、動けなくなった。十分か二十分か経った時、下から声が聞こえてきたんです。必死で雑木林を出て、こちらのお二人に助けを求めました。そんなところです。何だか夢を見ているみたいで、よく覚えていません」

「死体のそばに、あるいは雑木林の中に誰かいませんでしたか」

「いなかったと思いますが、わかりません。それどころじゃなくて……」

「山に登っている途中、あるいは下山する時、人や車を見ませんでしたか」

「それは……見てないです。朝が早かったですからね。通る者は他にいなかった」

丸川が困惑しているのは明らかだった。何が起きているのか、よくわかっていないようだ。丸川さんはあなたがたに助けを求めたわけですね、と若い男女の方を向いた。

いきなり雑木林の中から、丸川さんが出てきたんです、と早坂が目をやった。

「驚きました。誰もいないと思ってたんで」

「早坂さんは大学生でしたよね」

そうです、と答えた。こちらは、と神崎は女に顔を向けた。友人です、と早坂が言ったが、つきあってるんです、と女が言い直した。

「お名前を教えてください」

「相原久代《あいはらひさよ》。埼玉流通産業大学の三年生です。彼とは同じサークルで……」

「ずいぶん早くに山へ来たんですね」神崎は久代の話を遮った。「何をしてらしたんですか」

「散歩っていうか……」早坂が言い淀んだ。「別に意味はなかったんですけど」

言いにくそうな表情だった。野暮なことは聞くなと言いたいようだ。由紀が咳払いをした。

「二人でここまで登ってきて、丸川さんを見つけた。助けを求められて、雑木林に入ったわけですね」

はい、と早坂がうなずいた。

「丸川さんはほとんど喋《しゃべ》れなくなっていました。雑木林の中を見てくれと言われて、ぼくが一人で入りました。はっきりとは見ませんでしたけど、女の子が死んでいるのはわかりました。胸から血を流しているようでした。とにかく警察を呼ばなきゃならないと思って通報したんです。嫌なものを見ちゃいましたよ」

「あなたたちは山に登る途中だった。誰か、あるいは何かを見ませんでしたか」

見なかったよな、と早坂が言うと、久代はうなずいた。

「誰かいればわかります。一本道だし、見通しもいいし、気づかないことはないと思います」

神崎は登山道を見つめた。舗装された道路が下へ続いている。なだらかな坂で、視界を遮るものはなかった。人でも車でも、すれ違えばわかるだろう。

「神崎さん」

呼びかける声がした。顔を向けると、同僚の山辺《やまべ》が立っていた。二十五歳とまだ若い。配属されてきたばかりだった。

「……浅川さん夫婦がいらしたそうです。どうしますか」

中江、と神崎は声をかけた。

「確認してもらおう」

うなずいた由紀が、ご両親はどちらですか、と歩きだした。

14

七月三日昼、愛知県名古屋市栄新町にあるスーパーマーケット玉河屋で、小池平次《こいけへいじ》は客が使ったカートをまとめて運んでいた。一時か、とつぶやいて腰を伸ばした。

小池が駐車場係として働くようになってから三年経つ。六十五歳まで家電量販店で白物家電を売っていたが、定年を迎えて退職した後、玉河屋で働いていた甥の誘いで店の駐車場係になった。

玉河屋は県内でも有名な高級スーパーマーケットで、地元では〝名古屋の明治屋〟と言われている。販売している商品は上質なものばかりで、客層もいい。給料はそれほど高くなかったが、別に構わなかった。

買い物客が店から駐車場まで買った品物を運ぶために使ったカートを片付けるのが主な仕事だ。駐車場での作業が多いが、駐車する車を見ている必要はない。駐車場係というのは単なる呼称だ。

昼食をどうするか、ぼんやり考えた。中華は昨日食べた。油っこいものは食べたくない。砂田屋のそばにしようか。いいかもしれない。

「あの……すいません」

細い声がして、小池は顔を上げた。三十代半ばと思われる女が目の前にいた。

わたしの車、あれなんですけど、と女が駐車場の奥を指さした。

「あの黒いフィット、あれなんですけど」

「どうしました？　ぶつけましたか？」

面倒なことになった、と小池は思った。見ている必要はないが、駐車場内で起きたことは駐車場係が処理すると決まっている。客同士の車の接触はたまにあった。基本的には当事者間で解決するべき問題だが、駐車場係として双方の話を聞き、保険会社や場合によっては警察を呼ぶなど、事後処理の手伝いをしなければならない。せめて昼飯の後だったらと思ったが、それは口にできなかった。

「いえ……違います」

女が首を振った。どうしました、と顔を覗《のぞ》きこんだ。細面で整った顔立ちをしているが、顔色が悪かった。

「わたしの子供、見ませんでしたか」

「子供？」

「車に……乗せていたんです。助手席に。一歳になったばかりです。わたし、買い物をしていて、一度車に戻って、あの……」

「落ち着いてください。ゆっくり、順番にお願いしますよ」

お店で買い物をして、荷物を車に運んだんです、と女が大きく息を吐いた。

「いろいろ買ったんで、袋が二つになって……荷物を車に積みました。洗剤を買うのを忘れていたのを思い出して、もう一度店に戻ったんです」

「はあ」

「洗剤をカゴに入れて、あと二つ三つちょっとしたものを買いました。レジへ行ったら、少し混んでて、五分ぐらいかかったと思います。それから駐車場に戻りました。そうしたら……真人《まさと》がいなくなってて」

「真人?」

「子供の名前です。男の子なんです。真人がいないんです。どこへ行ったんでしょう。知りませんか」

女の言っていることは要領を得なかったが、言いたいことは理解できた。要するに子供を車内に置いて買い物に行き、戻ってみたらいなくなっていたということなのだろう。

さあねえ、と小池は首を傾げた。

「あたしもずっと見張っているわけじゃないんで……車の鍵はかけたんですか」

「この駐車場に駐めた時はかけました。間違いありません」

「お子さんを中に入れたまま?」

「長い時間じゃないと思っていたので……」

小さい子供を連れた母親が、買い物をしている間だけ車に子供を残していくことがあるのは知っていた。あまりいいことではないと思っていたし、気がつけば注意したこともある。

だが、ほとんどの場合放っておいた。玉河屋の客は常識があり、長時間子供を放置しておくことはないと経験的にわかっていたからだ。注意して揉《も》めるのが嫌だったということもある。

だから女がしたことは理解できた。短い時間だけ買い物をして、すぐ戻るつもりだったのだろう。

「あなたは買い物を済ませて駐車場に戻り、車に荷物を入れた。その後買い忘れたものがあるのを思い出して、また店に行った。その時はどうですか。鍵はかけましたか」

女が黙った。かけなかったようだ。

「一歳とおっしゃっていましたよね？　どうなんでしょう、歩けるんですかね」

「這《は》い這いは。でも、そんなに遠くまでは……」

小池は周囲を見渡した。駐車場には車を五十台駐められる広さがある。女が車を駐めていたのはほぼ中央だった。五分で一歳の子供が車のドアを開け、外に出ていけるはずがない。

駐車場の周りは金網で囲われていて、出入り口は二カ所ある。南側と北側だ。南側は店から数十秒ほどの距離で、北側は国道から入ってくる客のための出入り口だった。北側から入ってきた客も、店に行くためには南側出入り口を通る。

ただ、どちらにも監視する人間はいなかった。玉河屋は駐車料金を取らない。駐車場は客へのサービスだった。管理しているのは玉河屋だが、駐車する車を管理する人間はいない。

今日出勤している駐車場係は二人だけだった。もう一人の富山《とやま》という男は、三十分ほど前から昼食を取るために駐車場から離れている。小池はカートの整理に追われていて、駐車場を出入りする車を見ていなかった。子供を見た覚えもない。

「離れていたのは五分ぐらいですか」

「はい……そうですね、十分ってことはないと思うんですけど……」

「とりあえず、捜してみますか」首筋の辺りを指で掻いた。「ちょっと、誰か呼んできますよ。あたしだけじゃ無理だ」

お願いします、と女が深く頭を下げた。店に向かって歩きながら、昼飯はどうなるのかなあ、と小池はため息をついた。

15

東杉並署の廊下を里奈は進んだ。星野が左右に目をやりながらついてくる。

少し行くと、右手に第三取調室、とプレートのかかった茶色い扉があった。ノックすると、はい、というほとんど聞き取れないほど小さな声で返事があった。

ドアを開けると、小柄な女が立っていた。二十代後半だろう。髪の毛は短く、頬の辺りにかすかな翳《かげ》があった。

わざわざすみません、と里奈は声をかけた。星野は黙って見つめているだけだ。

第三取調室はその名称の通り、被疑者を取り調べる際に使う部屋だった。室内にはスチールの取り調べ用デスクがひとつと、扉近くにもうひとつ小さめの机があるだけだ。

お座りになってください、と言いかけて口を閉じた。椅子に小さな男の子が座っている。里奈と星野の方を向いて、にこにこ笑っていた。

深町《ふかまち》と申します、と女が言った。

「深町朝子《あさこ》です。この子は優斗《ゆうと》といいます。四歳です」

こんにちは、と星野が丁寧に言った。子供が相手だとすらすら話せるらしい。答えはなかった。ただ笑っている。

お住まいは久米山近辺ですか、と尋ねた里奈に、はい、と朝子がうなずいた。少し怯えているようだ。

「鶴田さん、椅子はありますかね」

部屋の隅にパイプ椅子が立て掛けられていた。里奈は椅子を星野のところに運んだ。星野が子供と向き合う形で座る。里奈は小さめの机の方に腰を下ろした。

「暑いですな」エアコンは利いてるのかな、と星野が天井を見上げた。他人と話すのが得意ではないと里奈に言っていたが、世間話はできるようだ。「わたしもこの警察署は初めてでしてね。何というか、なかなか古い建物ですな。趣《おもむき》があると言えばいいんでしょうか」

テレビを見ました、と立ったまま朝子が口を開いた。

「ニュース番組です。殺されたというお子さんの写真も見ました。隆一くんという名前だったと思います。そうですよね？」

「はい、吉岡隆一くんです」

「顔は知っていました。見たことがあって……」

どうぞ、と里奈は椅子を勧めたが、朝子は座ろうとしなかった。表情は強ばったままだ。

「見たことがある……お知り合いですか？」

星野が聞くと、いえ、と朝子が首を振った。

「近所のコンビニで、時々見かけたことがあって」

コンビニ、と里奈は口の中でつぶやいた。被害者がコンビニで目撃されているという情報は、伏せておくようマスコミに通達している。一般人は知らないはずだった。

あの日の夕方、わたしたちはコンビニにいました、と朝子が話を続けた。

「いくつか買い物をして……この子はいつものように雑誌コーナーで待たせていました。店には十分ほどいたと思います。帰ってしばらく経った頃、マンガのお兄ちゃんとお話をした、とこの子が言いました」

「マンガのお兄ちゃん？」

「その時は名前を知りませんでしたが、隆一くんのことです。一年ほど前から、わたしはあのコンビニに優斗を連れて行くようになりました。買い物をしている間、この子はマンガを眺めているんですけど、いつの間にか隆一くんと顔見知りになっていたようです。優斗は人懐っこい子で、隆一くんに話しかけていたのだと思います」

「なるほど」

「二人は会えば少し話をして、後はマンガを読んだり、時にはテレビの話もしたりしていたようです。あの店でしか会ったことはありませんが、この子は隆一くんのことをマンガのお兄ちゃんと呼んでいたんです」

それはそれは、とつぶやいた星野が、座っている子供を見つめてから、鶴田さん、と顔を向けた。

「防犯カメラに写っていた子ですね」

里奈はうなずいた。

「隆一くんという子は、優斗に優しくしてくれました。いつかお礼を言おうと思ってましたが……」惨《むご》たらしい殺され方をしたと聞きました、と朝子が前髪を払った。「犯人はまだ見つかっていないそうですね」

「そうです」

「何の足しにもならないことはわかっていますが、何かしなければいけないと思いました。この子は隆一くんと話をしています。警察の方に聞いていただければと……」

「伺いましょう。我々もあなた方を捜していたんです」

「ですが……申し上げておかなければならないことがあります」朝子がうつむいた。「この子は、ちょっと落ち着きがなくて……うまく話せるかどうか……」

防犯カメラの映像ではわからなかったが、興奮しやすく感情の起伏が激しいという。優斗がずっと体を動かし続けていることに、里奈も気づいていた。精神的に不安定なところがあるのは明らかだった。

「ぜひ話を聞かせていただきたいですな。貴重な証言です」星野が優斗に近寄り、しゃがんで目線を合わせた。「こんにちは、星野といいます。おまわりさんです」

優斗が頭を左右に振った。いきなり椅子から飛び降り、部屋の中を走り始める。

座りなさい、と朝子が叱《しか》った。

「優斗、座って、おまわりさんに話をしてちょうだい」

優斗が壁際で立ち止まり、窓を見上げていきなり泣き出した。すいませんと朝子が詫《わ》・

びたが、いえ、と星野は立ち上がり手を小さく振った。

「星野さん、ちょっと……無理なんじゃないでしょうか」

里奈も立ち上がった。

「なぜです?」

「話を聞ける状態ではないと思います。それに、聞いても……」

わたしはこの子の話が聞きたいですな、と星野が静かな声で言った。

「この子は隆一少年と話をしている。犯人を除けば、おそらく最後に話したと思われます。どんな会話をしたか知りたいですな。落ち着くまで待ちましょう。時間はあります」

四歳ですよ、と里奈は星野の耳に口を近づけた。

「しかも……この様子では証拠として採用されると思えません」

それ以上は言えなかった。刑事として、誰に対しても先入観で判断しないことが捜査において大事だとわかっている。

ただ、情報提供者が年端のいかない、それも心理状態に不安のある子供となれば、その証言が信用に足るものと判断されるかどうかは疑問だ。話を聞きたいと言うが、それ自体難しいのではないか。

だが、星野は純粋に子供の証言を聞こうとしていた。どんな子供であろうと、話を聞き、真実かどうかを確かめるのが自分の仕事だと考えているのだろう。

ジュースか何か持ってきてもらえませんか、と星野が言った。

「できればわたしたちの分もお願いします。わたしはコーヒーがいいですな。頼んでも構いませんか？」

「……わかりました」

ひとつ肩をすくめて、里奈は取調室を出た。

16

浅川さんをお連れしました、と山辺が後ろを指さした。視線を向けた神崎の前に、三十代半ばの男と女が立っていた。

まだ小さな子供の手を握っている女が、二人の姿を見て頭を下げた。男は動かない。

なるべくなら立ち会いたくなかったが、そうもいかない。浅川順子さんのご両親でしょうか、と由紀が言った。

「そうです。母です」女が早口で答えた。「主人と息子です」

「県警の中江です」こんにちは、と由紀が腰を屈《かが》める。「お名前は？　いくつ？」

「けん……」

男の子が消え入りそうな声で言って、母親の後ろに隠れた。

「すいません、ちょっとびっくりしているようで……憲太、三歳です。あたしは茉理、主人は大樹といいます」

そうですか、と由紀が腰を伸ばした。

「さっそくですが、確認していただければと思います。捜査の関係上、発見された時のままになっています。写真を撮っていますので、そちらを見ていただいてもよろしいのですが」

直接見ます、と茉理が正面から由紀を見つめた。

「自分の目で確かめたいんです」

よろしいですか、と神崎は夫の大樹に目をやった。何も答えようとしない。どこですか、と茉理が苛立った声で聞いた。

「ではこちらへ……息子さんはお預かりします」

山辺に憲太を任せた。頭を撫でると、くすぐったそうに身をよじる。何度経験しても慣れない、と神崎はため息をついた。

由紀が先に立って雑木林に足を踏み入れた。茉理がぴったりついてくる。大樹は躊《ちゅう》躇《ちょ》していたが、少し後から続いた。

十メートルほど入ったところで、現場検証をしている三人の捜査員が見えた。入ってきた神崎たちに気づき、囁きを交わして数歩退いた。

由紀が手招きした。茉理がしっかりとした足取りで近づき、地面に目をやる。倒れていた少女をじっと見つめていたが、不意に顔を上げた。

「娘です」

少し離れたところから様子を窺っていた大樹の口から、くぐもった叫び声が漏れた。雑木林の中にその声がこだまする。

「間違いありませんか」

神崎は言った。確かです、と茉理がうなずいた。歯を食いしばっている。唇の隙間から荒い息が吐き出された。

「誰がこんなことを?」声は冷静だった。「殺されたんですね?」

茉理の視線が少女の胸の辺りにある。はい、と神崎はうなずいた。

惨いことを、と茉理がつぶやいた。

「苦しんだでしょうか」

「いえ……即死だったと思われます」

「いい子でした……信じられないぐらいいい子だったんです」

「はい」

「約束してくれますか。必ず犯人を捕まえると」

無言でうなずいた神崎の前に、由紀が一歩進み出た。

「約束します」

強い口調だった。思わず神崎は由紀の腕を摑んだ。

刑事になって丸七年が経つ。どんな事件でも必ず犯人を逮捕するという気持ちは変わっていないが、現実はその通りにならないとわかる年齢になっていた。

このヤマは厄介だ、と胸の奥から警報が鳴り響いていた。経験的にも直感的にも、それは間違いない。

余計なことは言うな、と耳元で囁いた。まだ何もわかっていない今、被害者の両親に過度な期待を抱かせるのは危険だ。

「約束します」

由紀が繰り返した。神崎は腕を離すしかなかった。お願いしますと茉理が頭を下げた。

「あたしと主人は、どうしたらいいんでしょうか」

「お話を伺いたいと思っています。すぐにではなくて構いません。少し落ち着かれてから……」

「いえ、お気遣いいただかなくて結構です。何でも聞いてください」何でもお話しします、と茉理が言った。「こんなことをした奴は一刻も早く捕まえて、死刑にでもしてもらわないと……あんた、こっちに来て」

強い口調に、地面に膝をついて泣いていた大樹が顔を上げ、おぼつかない足取りで立ち上がった。

「どこで話します？　ここで？」

「一度戻りましょう。場所を用意します」

「しっかりして。泣いてる場合じゃない。全部警察に話すのよ」

茉理が背中を強く叩いた。お前、と大樹がかすれた声で言った。

「順子が……順子が……」

「わかってます。順子は死んだ。殺された。あたしたちは親ですよ。娘のためにできることをやらなきゃなりません。泣くのは後でもできます」

大樹が両方の拳で顔を拭った。肩が小刻みに震えている。

行きましょう、と由紀がその背中を押した。

17

坪川直之《つぼかわなおゆき》はスーパーマーケット玉河屋の駐車場にいた。午後二時を五分回っている。目の前に、老人と怯えた顔の女が立っていた。

暑い、と坪川は首筋の汗を拭った。警視庁から事情があって愛知県警に移り、一年が経つ。

それなりに慣れたつもりだったが、愛知は東京と比べて気温が高いようだ。体に堪《こた》える暑さでもある。どうしても好きになれなかった。

「もう電話で話したじゃないの」老人が不愉快そうに言った。「同じこと何回も言いたくないよ」

「そうおっしゃらず、もう一度だけ聞かせてください」

こちらのお客さんが、と老人が鼻を鳴らした。女が怯えた表情のまま顔を上げる。老人の名前は小池平次、女は松永利恵《まつながりえ》だと最初に聞いていた。

「この駐車場に駐めていたご自分の車から、乗せていた一歳の男の子がいなくなったと言ってきた。そう言われても、ちょっとどうしたもんかわからなかったけど、とにかく捜しましょうってことになって、店から人を呼んでここら辺を回った。駐車場の中はもちろん、外の道なんかも見ましたよ。だけど、見つからなかった。いろいろ聞いたりしたけど、見ている人もいなかった。どうにもならないから警察に電話したんです。こんな時のためにあんたらはいるわけでしょうが。早く見つけてやってよ」

小池は明らかに不機嫌だった。地元の人間ではないと感じているのかもしれない、と坪川は思った。今までも、何度かそんな経験があった。そんなに他所《よそ》から来た人間が嫌いなのだろうか。

「松永さんは買い物をした後、この駐車場に戻ってきて、もう一度店に行かれたんですね？」

そうです、と利恵が消え入りそうな声で答えた。

「五分ぐらいと聞きましたが、確かですか」

「それぐらいだったと……十分は経っていないと思います」

「その間、駐車場に出入りしていた客や車を見てませんか」

見てないね、と小池が口をへの字に曲げた。

「いたとは思うよ。はやってる店だからね。だけど、いちいち見てるわけじゃないし」

「あなたは駐車場の係員なんですよね」

車の出入りを見張るのが仕事じゃないんだ、と小池が説明した。

「うちの駐車場は出入りが自由なんだよ。二千円買い物をしたから一時間タダとか、そんなケチなことは言わない。どうぞご自由にお使いくださいってなもんだ。あたしらの本業はカートの整理なんだ」

坪川は二つある出入り口を交互に見た。ゲートはない。客は自由に車を駐車場に入れ、空いている場所に駐めるようだ。係員や警備員もいない。

「周りは捜したんですね？」

「だから言ってるじゃない。捜したけど、見つからなかった。いないんだもん、どうしろっていうのさ。後はそっちで何とかしてよ。警察の仕事でしょうが」

坪川は腕を組んだ。どう対処していいのかわからなかった。

一歳になったばかりの子供がスーパーの駐車場からいなくなったという連絡が、勤務している所轄署の栄新町警察署に入ったのは三十分ほど前だ。刑事課の大久保《おおくぼ》係長の指示で、事情を確認するため玉河屋まで来ていた。

子供が消えたという。どこへ行ったのかは不明だ。店の人間は捜したと言っている。誰も駐車場を見ていた者はいなかったし、子供がいたことに気づいてさえいなかった。

駐車場に出入りする人間は多い。子供がいなくなった時、付近に人はいただろう。彼らは店へ入ったか、それとも家に帰ったか、どちらにせよ今ここにはいない。

駐車場というのはそういうものだ。車を駐めたら、駐車場にいる必要はない。事情を聞きたくても、相手を特定することすらできなかった。

「ここに防犯カメラの類《たぐい》はないんですか」

ないね、と小池がにべもなく言った。

「店には何台もあるけど、駐車場にはないよ。必要ないんだもん」

「松永さん、念のためにお伺いしますが、ご自宅に息子さんを置いてきているとか、そんなことはないでしょうね」

「まさか。一歳の子供です。家に置いて買い物にくるなんてあり得ません」

利恵が何度もまばたきをした。坪川はその表情を見つめた。嘘をついているとは思えなかった。不安の色が濃いが、子供が消えたのだからそんな顔になるのは当然だろう。

失礼、と言って二人の前から離れた。携帯電話に登録している短縮番号を押すと、すぐ大久保が出た。

状況を報告すると、ふうん、という気のない返事が聞こえた。

「どうしたもんでしょうか?」

一応その母親の家まで行ってくれないか、と大久保が言った。

「むだ足になると思うけど、確認だけしてほしいんだよね。母親と本人は言ってるわけだけど、本当に子供がいるのかとか、誰か近所の人が母親が子供を連れて出ていくのを見ていないかとか、そんなことを調べてみてくんないか。今はいろんなケースがあるからさ」

「そうですね。とりあえず自宅まで行ってみますが、ここはどうしますか? 誰もいなくなりますけど」

「それじゃ、こっちから近くの交番に連絡しとくよ。制服に行ってもらうわ。とにかくまだ事件かどうかわからないから、何かあったら連絡してよ」

わかりました、と答えて電話を切った。事件かどうかわからないという大久保の考えは坪川も同じだった。とにかく今は、事実関係をはっきりさせることだ。

「もう少し詳しくお話を伺いたいので」ポケットに携帯電話をしまいながら、二人のところへ戻った。「すいませんが松永さん、ご自宅までお邪魔してもよろしいでしょうか。

いくつか確認したいこともありますし」

真人はここでいなくなったんです、と利恵が青い顔で訴えた。

「家じゃなくて、ここです。どこかへ行ったんです。捜してください」

「別の担当者が来ます。捜索は任せて、とりあえず戻りましょう。話を聞かせてください」

助けを求めるような眼差しを利恵が向けたが、そうしなさいよ、と小池が言った。面倒事から解放されたいという本音が透けて見える声だった。

諦めたように利恵がうつむいた。行きましょう、と坪川は肩に手をかけた。

18

お盆にジュースとコーヒーを入れた紙コップを載せて、里奈は取調室に戻った。子供の泣き声が続いている。星野は壁に寄りかかって立っていた。指一本動かすことなく、ただじっとしている。

里奈は座っている朝子にコーヒーを渡した。子供のジュースと自分たちのコーヒーは小さな机に置き、その前に腰を下ろした。

星野はどうするつもりなのか。激しく泣いている子供を見つめているだけだ。

このままでいいのだろうかと何度も腰を浮かしかけたが、その都度、もう少し待ちましょうと星野が目だけで言った。何をしたいのかわからないまま、座っているしかなかった。優斗が泣くのを止めたのは、一時間後のことだった。

壁際に立っていた優斗が、突然笑顔で取り調べ用のデスクに歩み寄り、椅子に座った。周りを不思議そうに眺めている。

ゆっくりとスーツの内ポケットに手を入れた星野が、一枚の写真を抜き出してデスクに置いた。吉岡隆一が写っている。

「マンガのお兄ちゃんですね?」

低い声で言った。笑っていた優斗が、マンガのお兄ちゃん、とやや甲高い声を上げた。

「ラッキーマンは?」

顔を激しく上下に動かしながら叫ぶ。ラッキーマンとは、と星野が朝子に目を向けた。

アニメのキャラクターです、と答えがあった。

「この子が大好きなアニメの主人公です。マンガ雑誌に連載されていて、毎週読んでます」

すいませんが、ラッキーマンはここにいません、と星野が優斗を正面から見た。

「マンガのお兄ちゃんも、ラッキーマンのことを好きだったんでしょうか」

「ラッキーマン、ラッキーマン、ラッキーマン、ラッキーマン」優斗が歌うように続けた。「ラッキーマン、ラッキーマン、ラッキーマン」

止めなさい、と朝子が強く言った。優斗が前後左右に体を揺らしながら、更に大きく声を張り上げる。見ていられなくなって、里奈は顔を背けた。

「マンガのお兄ちゃんと、ラッキーマンの話をしましたか」

淡々と星野が質問すると、うん、と優斗が指をくわえて叫んだ。

「いつもラッキーマンの話をしていたんでしょうか。あの日も話したんですか?」

星野の質問が続く。優斗がくわえていた指を口から離した。

「ラッキーマンはねえ、ええと、ラッキー星から来たんだよ」

重大な秘密を打ち明けるように言った。それは知りませんでしたな、と星野が真剣な表情でうなずく。すいません、と里奈は低い声で呼びかけた。

「あの、こんなことを言うのはあれなんですけど……やっぱり……」

無駄ではないでしょうか、とは言わずに肩をすくめた。星野が優斗に向き直った。

「そういう話をしていたわけですか」

もう止めた方がいいと思います、と里奈は腰を浮かせた。

「この子にとって、決していいことでは――」

無視して星野が質問を続けた。

「あのコンビニで会った時は、いつもラッキーマンの話をしていたわけですか?」

「マンガのお兄ちゃんは、優斗よりラッキーマンのことをよくしってる」優斗が真面目な顔でつぶやいた。「よおくしってる」

「詳しかったんですね。まあ、お兄ちゃんですからな。あなたより知っていてもおかしくはない」

大きな音がした。朝子が立ち上がっていた。パイプ椅子が倒れている。すいませんでした、と叫んだ目が真っ赤になっていた。

「すいません、帰ります。この子には無理でした。ご迷惑になるだけです。申し訳ありませんでした」

帰ろう、と優斗の手を摑んだ。強く引っ張られて、体が椅子の上で揺らぐ。

もう少しよろしいでしょうか、と星野が言った。

「話を聞きたいのですが」

「この子は……もうおわかりですよね？　何かお役に立てるかと思ったんですが……」

それはわかりません、と星野がゆっくり手を伸ばした。

「ハンデがおありのようですが、できることはありますよ。難しいかもしれませんが、必ずできます」

朝子の手を引き離した。優斗の体が元の場所に戻る。

あなたには何もわからない、と朝子が手で顔を覆った。

「この子は本当に何もできません。わたしがいなかったら、トイレも行けないんです。

隆一くんは、優斗に優しくしてくれました。めったにないことです。それがどんなにありがたかったか……殺されたと聞いて、何かしなければいけないと思いました。優斗が隆一くんと話していたことは確かです。間違いありません。その時のことを何か覚えていればと思ってこちらへ連れてきましたが、何を話したかを伝えることさえできないんです。それがどんなに情けないか、悲しいことか、あなたにはわからないでしょう」

わかりませんな、と星野が静かな声で言った。

「申し訳ありませんが、わかりません。ただ、優斗くんが隆一くんのことを好きだったということはわかるつもりです。好きだったお兄ちゃんのために、何か話してくれるのではないかと思っています。時間はかかるでしょう。いいじゃありませんか。思い出すまで待てばいい。何を話したのか、何を見たのか、何か気づいたことはあるのか、どう思ったのか。わたしは聞きたい。いけませんかね」

星野が倒れた椅子を立てた。朝子は力が抜けたようにゆっくりと腰を下ろした。

ラッキーマンのことなんですが、と星野が優斗に目を向けた。

「大きいんですか？　変身したりする？」

「おじいちゃんがいたんだって」優斗が頭を縦に振りながらデスクを叩いた。「お兄ちゃんのおじいちゃん」

里奈は顔を上げた。おじいちゃん、と星野がつぶやく。

「どんなおじいちゃんですかね」

「わかんない」デスクを叩く音が激しくなった。「お兄ちゃんを見てたってさ。またおみせまでついてきてるって」

「マンガのお兄ちゃんがそう言っていた？」

「しらないおじいちゃん。ブラックベムラーの怪人だよ」

ラッキーマンがやっつける、と優斗が両手を上げた。興奮したのか、しきりに体を動かしている。

「あなたはそのおじいちゃんを見ましたか」

椅子から飛び降りた優斗が、星野に向かって左右の小さな拳を突き出し、ラッキーマンパンチ、と叫んだ。

「おじいちゃんを見ましたか」

重ねて聞いたが、優斗が駆け回り出した。ラッキーマンパンチ！　キック！　と喚《わめ》いている。

座りなさい、と朝子が言ったが、優斗は止まらなかった。壁を蹴っては大声を上げている。

止めて、と朝子がその体を抱きあげた。それでも優斗は手足を振り回し続けている。

星野さん、と里奈は呼びかけた。

「この子は……いったい何を見たんでしょう」

わかりませんな、と星野が低い天井に目をやった。優斗が母親の腕から飛び降りて、また壁を蹴り始めていた。

19

松永利恵の運転する車に同乗して、坪川は利恵の自宅に向かった。玉河屋から二十分ほど走った住宅街に家はあった。さほど大きくはないが、一軒家だ。注文住宅のようで、相応の金がかけられていることがわかった。

車を車庫に入れ、家に入った。坪川は独身で、名古屋市内のマンションに一人で住んでいる。松永家からは生活の匂いが感じられた。

リビングに通され、四人掛けのテーブルに腰を落ち着けた。対面式のキッチンがあって、機能的な作りになっている。

そこが真人の席です、と利恵が指さした。テーブルの一番手前に、幼児用の椅子があった。

壁にコルクボードが三枚掛けられ、数十枚の写真がピンで留められていた。赤ん坊を中心に、利恵ともう一人、三十代半ばの男が写っている。夫なのだろう。

「お子さんの部屋はありますか」

わたしと一緒なんです、と利恵が部屋に案内した。引き戸を開くと、右側に子供用のベッドがあり、その奥に大人用のシングルベッドが置かれていた。

天井から、子供をあやすためのおもちゃがぶら下がっている。揺り籠もあった。部屋に比して大きすぎるのは貰い物だからだろう、と坪川は思った。

子供用のベッドの枕元に、小さな動物のぬいぐるみが数体と写真立てがあった。赤ん坊が写っている。生まれてすぐ撮ったものです、と利恵が言った。

「他に部屋は?」

「主人の部屋が……それと、物入れと言いますか、三畳ほどの納戸があります」

「一応、見せていただけますか」

利恵が廊下を進み、それぞれの部屋のドアを開けた。じろじろ見ると失礼だと思い、ざっと目をやっただけだが、一歳児の姿はなかった。

「お子さんを連れて奥さんは買い物に行ったわけですね。何時頃ですか」

「十一時半は過ぎていました。十二時に近かったかもしれません。真人にお昼を食べさせたのがそのぐらいの時間でした。そのまま出ましたので……」

「家を出る時、ご近所の方に会っていませんか」

覚えていません、と利恵が首を振った。

「あんまり……その、おつきあいもなくて……」

「直接、玉河屋に行ったのでしょうか。どこかへ寄ったりはしませんでしたか」

「いえ、玉河屋にしかない物を買うつもりでしたので……」

主人に電話してもよろしいでしょうか、と言った。どうぞとうなずいて、坪川はもう一度子供部屋に入った。利恵が携帯を耳に当てながら、後をついてくる。戸口に立って中を見た。

脱ぎっぱなしの服が雑然と置いてあったが、一歳児を抱えていればそうなるだろう。電話が繋がったらしく、利恵が話し出した。

ちょっと失礼、と断って玄関を出た。そのまま左隣の上原《うえはら》という家へ行き、チャイムを押すと、はい、と女の声がした。

「すいません、警察の者ですが、ちょっとお話を聞かせていただけないでしょうか」

「警察？」

警察ですと繰り返すと、すぐに玄関の扉が開いた。顔色の悪い中年女が不安そうな目で見ている。

「……何か？」

ちょっと調べておりまして、と坪川は警察手帳を見せた。

「事件ではありません。お隣の松永さんのことで少し伺いたいことがありまして」

「知りませんよ」上原がつっけんどんに言った。「わかりません」

「少しだけお聞かせください。今日のお昼前、松永さんの奥さんがお子さんを連れて車で出かけているんですが、見てはいませんか」

さあ、と早口で上原が答えた。

「車のエンジンの音とかはしませんでした？」

「そんなこといちいち……よそ様の家を覗いているわけじゃありませんから」

「そうですか。お子さんを見たことはありますか」

たまにベビーカーを押してますよね、と上原が口元を歪めた。

「男の子だって言ってたような……真人くんでしたっけ？　朝でも夜中でもぎゃんぎゃん泣いて、うるさい子ですよ。迷惑だと思わないのかしら」

つきあいはないと利恵は言っていたが、それ以上に上原は彼女を不愉快な存在だと思っているようだった。質問をしようとした坪川を睨《にら》みつけて、勝手に喋り続ける。

「凄いんですよ、泣き声が。赤ん坊ですからね、仕方がないとは思ってますけど、うるさくて、本当に困るんですよ。時間に関係なく雷みたいな声で泣くもんだから、ちょっとどうにかならないかって……」

「そりゃ大変ですね。今日も泣いてましたか？」

「朝からひどかったですよ。警察から何とか言ってもらえませんか。うちの子が中学受験で、静かにしてほしいんですよ」

上と相談しますと言って、坪川は松永家に戻った。真人という子供が家にいたのは間違いない。

だが、今はいない。どこへ行ったのか。

主人が帰ってくるそうです、と携帯を手にした利恵が玄関に出てきた。

「とにかく捜そうって……でも、どこを捜せばいいんでしょう」

「ご主人は会社に？」

「はい。中越自動車で働いています」

中越自動車は知っていた。世界的な自動車会社であるトヨカワ自動車の子会社だが、県内でも有名で、小さな会社ではない。

「そちらでどのようなお仕事を？」

「開発部という部署にいます」

話しながら、どうするべきか考えていた。捜すと言っても見当がつかない。

玉河屋の駐車場係も、店の周辺は捜したと言っていた。子供を見たという者すら見つけられなかったようだ。

時間も経っている。もう一度捜しても、同じことになるだろう。だが他に捜す当てはない。

どうしたらいいんでしょう、と利恵が髪の毛を何度も払った。玉河屋に行ってみますか、と坪川は言った。主人にも来てもらいます、と利恵が携帯を握り直した。

20

夕方、神崎は県警本部に戻り、そのまま会議室に入った。班長の塩谷以下、同僚たちが待っていた。捜査本部の設置は決まっていたが、それまでに事件の概要を摑んでおきたいと塩谷が考えているのはわかっていた。

班員それぞれが担当を決めて捜査を始めている。まず春馬山について、立川が詳しく説明した。

山といっても、地元の小学生が遠足で登る程度の高さしかない。もちろん、入山にあたって届け出の必要などもない。所轄の新志木署に問い合わせたところ、夜間に入る者はめったにいないということだった。

春馬山は川越街道と志木街道のちょうど中間に位置している。登山道はその二本の街道を結ぶ裏道として使う者がいるとわかっていた。信号がなく、距離も短縮できるためだ。

だが道は暗く、カーブも多い。利用するのは地元住民か、馴れている者に限られているという。

重要なポイントだ、と話を聞きながら神崎はうなずいた。犯人は春馬山の登山道について土地勘がある。

神崎は埼玉県民だが、春馬山の存在を知らなかった。その程度の山であり、登山道があること、死体を遺棄するのに都合のいい雑木林があったのを知っていたのは偶然と思えない。常識的に考えて、必要がなければ行かない場所だ。

登山道について調べてきたのは、諸見里《もろみざと》という神崎より三つ年下の刑事だった。登山道には川越街道もしくは志木街道からしか入れない。二つの街道は幹線道路で、夜間でも交通量が多いのは神崎もよく知っている。

ホワイトボードに簡単な地図を描いた諸見里が、二つの街道にNシステムが設置されています、と数カ所に印をつけた。春馬山に通じる交差点が含まれている。

犯人は少女の遺体を運び、雑木林に遺棄していた。背負って登ることは現実的でなく、車を使うしかない。必ず、どちらかの交差点を通っているはずだ。

Nシステムは通過する車両を記録しているから、ナンバーなどのデータが残っている。その意味で捜査範囲を大幅に絞り込むことが可能になったが、登山道を当該時間中に通った車は数百台、もしくは千台近いという諸見里の報告に、全員が肩を落とした。

鑑識からの報告については、塩谷自らが説明した。被害者の浅川順子はナイフ状の凶器で心臓をひと突きされ、殺されている。他に外傷はない。死亡推定時刻は七月二日深夜十二時前後。

犯人は別の場所で殺害し、その後死体を雑木林まで運んでいる。所持品は発見されておらず、着衣に乱れはなかった。乱暴された形跡もない。雑木林には落ち葉が大量にあり、足跡は見つかっていなかった。

犯人が山に入った時間は殺害した十二時以降、発見された早朝五時までということになるが、今のところ特定されていない。目撃者もいない、と苦笑混じりに塩谷が言った。

母親の証言から、順子が自宅から姿を消したのは二日夕刻だとわかっている。それについて調べたのは一番若い山辺だった。

学校関係者によれば、順子の様子に不審な点はなかった。授業が終わった三時、すぐ帰宅している。途中、三歳の弟を迎えに行っていたことが保育園の職員によって確認されていた。

自宅は和光市駅近くの公団で、母親は五時に帰宅している。この時点で、既に順子は家にいなかった。

おかしいと思った母親の一一〇番通報で所轄の警察官が近隣住人に話を聞いたところ、四時過ぎに浅川家の玄関で物音がしたという者、それとは別にインターフォンが鳴った音を聞いていた者もいた。

四時前後に順子が帰宅し、その後何者かが浅川家を訪ね、順子を連れ出したと考えられた。犯人は車を使っているはずだったが、目撃証言はない。その後犯人は別の場所で順子を殺害した。

ポイントはそこにある、というのが全員の意見だった。殺害現場の特定が急務だろう。場所がわかれば、犯人を割り出せる可能性は高い。証拠も残っているのではないか。

春馬山を下りた後、和光市まで行き、自宅周辺について調べたのは神崎だった。母親が帰宅した時、玄関ドアの鍵が開いていたが、玄関先に争った形跡はなかった。順子の通学用カバン、いつも履いているスニーカーなどが見つかっている。家族以外の指紋、足跡などは発見されていない。

犯人が順子の帰宅後すぐ家を訪れているとすると、尾行されていた可能性が高い。最初から順子を狙っていたのだ。少女なら誰でもよかったということではないのだろう。計画的な犯行と考えられる、と神崎は言った。

順子について、両親と学校、そして友人から由紀が話を聞いてきていた。真面目で成績もよく、評判の優等生だったという。明るい性格で何事にも積極的、入っていたバスケット部でも活躍していた。友人も多く、ボーイフレンドがいたこともわかった。恨まれたりするような子ではない、というのが結論だった。

わからんな、と塩谷が首を振った。神崎も同じだ。どういうことなのか。

十四歳という年齢から、殺すほどの怨恨があったとは考えにくいが、中学生同士が口論などから感情的になり、事故に似た形で殺害してしまうというケースは稀に報告されることがある。だが今回の場合、犯人は自宅まで尾行し、車を使って拉致している。証拠も残していない。子供の犯行ではないだろう。どう考えればいいのか。

とにかく、先入観を持つことなく捜査に当たろうや、と塩谷が落ち着いた声で言った。

「ガキの犯行とは考えにくいが、やってやれないこともないかもしれん。子供が無茶をする時代だ。すぐ捜査本部が設置される。全力を挙げてホシを逮捕しよう。子供を殺すような奴が俺は大嫌いでね。頼んだぞ」

飯でも食いますか、と神崎は立ち上がった。捜査が本格的に始まれば、まともな食事を取る時間もなくなるだろう。うなずいた立川と山辺が後に続いた。

「中江、どうする?」

振り向いた立川が声をかけた。無表情のまま、後にしますといつものように由紀が答えた。難しい女だとつぶやいて、神崎は廊下を歩いていった。

21

七月三日午後六時、東杉並署の講堂で第二回目の捜査会議が始まっていた。

末席から里奈は辺りを見回した。五、六十人の捜査員が顔を揃えている。事件が発生してから、一日半が経過していた。

通常の事件と比べて、倍以上の捜査員が動員されている。捜査で得られる情報は人数と時間によって決まる。一日半が十分な時間とは言えないが、これだけの捜査員が加わっている以上、精度の高い報告があるはずだった。

捜査対象はいくつかあったが、指揮官である島崎が重点を置いているのは目撃情報と殺害現場の特定だと全員が理解していた。正攻法であり、それが解決への一番の早道だろう。

特に殺害現場の特定については、ベテランの捜査員を投入してローラー作戦を始めていた。頭部が置かれていた小学校から半径五キロ以内にある家屋を訪ね、住人に聞き取り調査をすることになっている。

その際、可能であれば室内に入って調べるようにと指示が出ていた。もちろん、住人の了解を取ることが必要だが、通常なら考えられない。子供を殺害し、死体を損壊している犯人への世論は厳しく、捜査も注目されている。絶対に早期解決するという島崎の強い意思が感じられた。

捜査会議が始まる直前に、資料が配布されていた。そこに精神分析医や心理学者による犯人像のプロファイリングがまとめられていた。犯人は男性、年齢は十八歳以上四十歳以下で、一人暮らし、同性愛者など、キーワードがいくつも並んでいた。

これはあくまでも参考資料に過ぎない、と里奈も理解している。他からも、年齢にはもう少し幅があってもいいのではないかという意見が挙がっていた。

島崎も決めつけているわけではない。ただ、変質者と模倣犯という二つの線に注力していくつもりのようだ。

ローラー作戦を担当するチームと別に、付近に動物虐待や家庭内暴力の報告がないか確認するよう島崎は命じている。また、性犯罪者リストの作成を急ぐようにとも指示していた。

犯人が変質者、模倣犯いずれであったとしても、二通りの考え方がある、と島崎が捜査員に向き直った。

「犯人は吉岡隆一くんを狙っていたのか、それとも似たような年齢の少年なら誰でもよかったのか、その二つだ。過去の事例から言うと、後者の可能性が高い。つまり犯人は現場付近で偶然隆一くんを見かけ、衝動的にさらい、殺してしまったということだが、我々としては万全を期し、どちらの可能性についても捜査を進めて……何だ」

島崎の視線を感じて、里奈は横を見た。神妙な表情を浮かべた星野が手を挙げていた。

「何かあるのか？」

「被害者少年は、さらわれる前にコンビニに入っております」

星野が口を開いた。わかっている、と島崎が苛立ったような声で言った。

被害者は店で一人の少年と会話をしております、と星野が立ち上がって話を続けた。

「その子にこう言ったそうです。『おじいちゃんが見ている。店までついてきている』

と。どうやら、下校時からその人物に尾行されていたのではないかと思われます」

その報告は聞いた、と島崎が眉をひそめた。

「証言をしたのは四歳の子供だそうだな。多少、精神的に不安定だとも聞いている。信《しん》憑性《ぴょうせい》に欠けると思うが」

「ですが、気になりますな」

星野が頭を小さく揺らす。そうは思わん、と島崎が突き放すように言った。

「作為的にということではないだろうが、四歳だぞ？　訳のわからないことも言うだろう。思い違いかもしれない」

「わたしがその子供から聞いたニュアンスで申し上げますと、思いつきでそんなことを言ってるわけではなさそうです。あの日が初めてではなく、以前からその人物に尾行されていると隆一くんは気づいていたようです。つまり、衝動的にさらっていったのではなく、計画的に殺害しようと考えていたのではないでしょうか」

「現段階で否定するつもりはないが、まだ十分な情報が集まっていない。あらゆる可能性を踏まえて、捜査を進めるべきだろう」

「犯人は隆一くんを狙って拉致し、殺害したという前提の元に捜査をするべきではないでしょうか」星野が天然パーマの髪の毛を梳《す》くようにして掻いた。「変質者、模倣犯の犯行だという可能性もあるのでしょうが、捜査員の大半をそちらへ集中するというのはどんなものかと――」

「星野警部、捜査方針は我々が決める」島崎が不愉快そうに口元を歪めた。「その決定に従うように。無用な発言は慎んでくれ。計画的な犯行だという可能性がないとは言わんが、四歳児の証言を当てにするつもりはない」

なるほど、とうなずいた星野が腰を下ろした。里奈は周囲に目を向けた。捜査員の表情が冷たい。黙ってろよ、という声が聞こえたような気がした。

殺人事件捜査に不慣れな元交渉人が余計なことを言うな、ということなのか。その通りだと思わなくもないが、もっと強い敵意のようなものが込められているように思えた。

強行犯の捜査員たちにとって、やはり星野は部外者なのだろうか。だとしたら、自分もそう思われているのかもしれない。不快さが残った。

その後、各担当者から報告が上げられた。相変わらず目撃者はいない。少年を殺害した現場についても同様だった。初動捜査はうまくいっていないようだ。

ローラー作戦の人数を増員すると島崎が結論を出し、会議の終わりを告げた。新しい配置は一時間以内に伝えるという。

捜査員が講堂を出ていくのを確かめながら、里奈は星野の顔を覗き込んだ。

「余計なことは言わない方がいいのでは？　子供の証言だけで捜査方針に口を出すのは、あたしも違うと思います」

「いや、その……反対するとかではなくて」しどろもどろになりながら星野が答えた。「つまり、誤った前提で捜査を進めるのはまずいのではないかと思っただけなんです。よかれと思って言っただけで」

「係長は怒ってましたよ。わかりませんでした？」

「そうなんでしょう。島崎係長は変質者が偶然遭遇した少年を殺したと考えているようです。その可能性の方が高いのはわかっていますが、わたしとしては……」

「会議に出ていた捜査員も呆《あき》れてました。星野さんは四歳児の証言に踊らされている間抜けな男だって、そう思ってるんです」

これからは気をつけることにしましょう、と星野が頭を軽く下げた。

「ですが、わたしの意見が間違っているとあなたも思いますか」

まだわからないと言ってるんです、と里奈は立ち上がった。

「犯人と被害者の関係性について、情報はありません。変質者もしくは模倣犯による犯行という線を中心に、あらゆる状況に対応できる捜査態勢を敷こうとしている係長の考えは理解できます」

「その通りですが、前提条件は絞った方がよろしいでしょう。犯人は隆一くんを殺すつもりで拉致したんです。偶然とか衝動的な犯行ではありません。その線から捜査をするべきです」

「どうしてそんなことが言い切れるんですか」

「あなたもあの子の話を聞いたでしょう。隆一少年はおじいちゃんと認識していた人物につけられていたんです」

何かの勘違いかもしれないじゃないですか、と里奈は椅子の背を叩いた。

「四歳です。何をどこまで覚えてるかなんて、本人だってわかっていませんよ」

プロファイラーは四十代が上限だと分析しているようです、と星野が腕を組んだ。

「おそらく体力的な部分を考慮しての判断でしょうが、おじいちゃんというのはもっと上ではありませんか？　隆一くんを可愛がっていた父方の祖父は六十五歳だそうですから、それぐらいの年齢の男性までを捜査対象と考えるべきでしょう」

「そんなお年寄りが小学生の首を切り落とすなんて」絶対あり得ませんよ、と里奈は額を押さえた。「六十歳を超えて変質者の資質に目覚めた？　そんな話、聞いたことありません」

ですから、変質者ではないのでしょうな、と星野がゆっくり腰を上げた。

「ましてや模倣犯でもない。いずれにしても、もう少し慎重に考えるべきではありませんかね。初動捜査の重要性はわたしにだってわかりますよ。どうも島崎係長は焦っておられるようです」

仕方ないと思います、と里奈はドアに向かって歩きだした。

「マスコミはトップニュースで扱っています。テレビも新聞も大騒ぎだし、ネットなんか物凄いことになってますよ。これだけ異常で残酷な事件なんですから、当然でしょう。一刻も早く犯人を逮捕しなければなりません。責任は係長にかかってきますから、焦るのも無理ないですよ」

「最初の一歩を間違うと、後が面倒になります。事件捜査だけじゃなく、あらゆることがそうですな」

「……星野さん、島崎係長と何かあったんですか？」里奈は振り向いて、気になっていたことを聞いた。「おっしゃってることもわからなくはないんです。ひとつの考え方ではあると思います。でも、係長は話にならないみたいな態度でしたし、他の刑事たちもそんな顔をしてました。何か理由があるんですか？」

「強行犯の経験が浅い者が思いつきで発言するな、ということなんでしょう。さて、コンビニのDVDはどこです？　もう一度見たいのですが」

「また見るんですか。何回見たって同じですよ」

「他にやることがありませんので」

肩を軽く叩いた星野が歩き去っていった。こらえきれず、里奈は舌打ちをした。

22

握り拳のような顔だ、とデスクを挟んで座っている男を見つめながら坪川は思った。背も高い。百七十五センチの自分より十センチは高いだろう。

体格もいい。スポーツをやっていた人間の体つきだ。

いったいどうなってるんですか、と男が威圧的な声を上げた。捜索中です、と答えた。

「松永さん……松永宏司《こうじ》さん。中越自動車にお勤めと聞いていますが」

そうですが、と宏司がデスクに太い両腕を載せた。調書を取るのに邪魔だったが、それを言うことはできなかった。

利恵と共に松永家を出て、玉河屋の駐車場へ戻った。近くの交番から二名の制服警官が来ていて、一緒に子供を捜した。

利恵の夫である宏司が駐車場に現れたのは少し経ってからのことだ。捜索を制服に任せて、松永夫婦に事情を聞くため栄新町署へ向かった。

利恵は少し離れたところにいた。座るように勧めたが、腰を下ろすことはなかった。青ざめた顔のまま、ただ立っている。

署に戻った時、上司である大久保係長に報告を兼ねて状況を伝えた。参るんだよね、という答えが返ってきた。

「一歳の子供がいなくなったって言われてもさ、何もはっきりしたことはわかんないわけでしょ？　自分でいなくなったの？　それとも誰かが関与しているの？」

「わかりませんが、一歳ですからね。母親が戻ってくるまでの十分ほどの間に、自分でどこかへ行けるはずはありませんから、第三者が関係しているのかもしれません」

「見た人間は？」

いません、と答えた。そういうのが一番面倒なんだよ、と大久保が薄くなった髪の毛をがりがりと掻いた。

「事件かっていったらそうも言えないけど、何かあったらこっちの責任だもんな。かといって、どうにかしろって言われても動きようがないっていうか。わかるでしょ、坪ちゃん」

「わかりますよ」

「こう言っちゃなんだけど、はっきり誘拐されたって言うんなら捜査もできるんだけどね。誘拐だったら県警に報告して、後はあちらさんの指示待ちだよ。所轄なんだもん、こっちは」

「そうですね」

「騒いで恥かくの、こっちだもんな。かといって無視もできないし。どうしたらいいと思う？」

「いや、それは……それを判断するのが係長の仕事なんじゃないんですか」

坪川の言葉に大久保がまた頭を掻いた。悪い人間ではないとわかっている。仕事に対する熱意はともかく、やらなければならないことはやる男だ。

ただ、所轄署の刑事の多くがそうであるように、万事県警任せなところがあった。責任を取る立場になることを極端に避ける。うるさいことを言わないという意味ではいい上司だったが、頼りになるというわけではなかった。

「とりあえず、話を聞いてみてよ。あれだったら、おれも後から行くからさ」

大久保の指示はそれだけだった。

松永夫婦を会議室に案内し、話を聞くつもりだったが、宏司は協力的と言えなかった。というより、自分の息子が姿を消したことの責任を誰が取るのか、ということで頭が一杯なようだ。駐車場に現れた時からそんなことを口にしていたが、署に来てから更に高圧的な態度になっている。

妻の行動にやや問題があったことは認めます、と宏司が重い声で言った。

「子供を乗せたまま車を離れ、鍵をかけていなかったというのは過失と言えるかもしれない。ですが、スーパーの管理責任はどうなります？　警察はどう考えていますか」

子供がいなくなった状況については、玉河屋の駐車場で説明済みだった。宏司もおおよそのことは理解しているはずだ。その上で、誰の責任なのかをはっきりさせたいと考えているのが坪川にもわかった。

「おっしゃりたいことはわかりますが、今はお子さんがいなくなったことの方が重要なんじゃないでしょうか。一歳ですよね？　早く見つけないと……」

「警察もどうかと思いますね」宏司は坪川の話など耳に入っていないようだった。「一歳の子供が消えたんです。何があったのかを調べるのが仕事でしょう。だが、妻の話では、あの駐車場にはあなたとさっきの二人の警官が来ただけだという。そんな程度のことなんですか」

「いや、そうは思っていません。ですから――」

「何があったのか、息子はどこへ行ったのか、教えていただきたい。誰も見ていなかったというのはどういうことなのか。説明してください」

「それはですね……とにかく奥さんも座っていただけますか。お二人に話を伺いたいと思っています。立っていられても――」

妻のことはいいんです、と宏司が眉間に皺《しわ》を寄せた。

「あなたは警察の人間として、一番早く駐車場に来ていたと聞きました。捜したということですが、なぜ真人は見つからないんですか」

「その前にまずお話を……。奥さんの話では、五分ないし十分ほど目を離した隙に、お子さんが駐車場から姿を消したということです」

そうですね、と確認すると、その通りです、と利恵がほとんど聞き取れない声で言った。少し迷ったが、一歩踏み込んだ質問をすることにした。

「このような場合、一般的には二つの可能性が考えられます。お子さんが自発的にどこかへ行ったか、第三者の関与があったかのいずれかです」

座ってください、と坪川はもう一度椅子を勧めた。ゆっくりと利恵が腰を下ろした。

「ですが、お子さんは一歳になったばかりです。這い這いしかできない子供が、十分以内に自分で車から降りて、どこかに行くことは不可能でしょう」

「何が言いたいんですか」

誰かがさらっていった可能性があるということです、と坪川は持っていたボールペンをデスクに置いた。

「つまり誘拐です。最悪の事態を想定しなければなりません。そこでお伺いしたいのですが、何か心当たりはありませんか」

「何かとは?」

「失礼ですが、経済的なことを聞かせていただけますか。資産状況であるとか――」

「そんなことを聞いてどうするつもりですか」

「誘拐にはいくつかの動機が考えられますが、真っ先に浮かんでくるのは身代金目当てではないかということです。例えば遺産を相続したとか、ご実家が裕福であるとか、あなた自身にお金の余裕があるとか……いかがでしょう」

腕を組んだ宏司が、正面から坪川を見据えて大きく息を吐いた。

「わたしは普通のサラリーマンです。両親は健在で、相続の話などない。父親は東京で会社勤めです。人並みですよ。金が余ったりはしていない」

「では、何か恨まれるようなことは？　仕事でもプライベートでも、最近トラブルはありませんでしたか」

「思い当たりませんね。お前は？」

利恵がうつむいた。何もない、ということのようだ。よく考えてくださいと言ったが、宏司は首を振るばかりだった。

「会社ではエンジン部品の開発を担当しています」理系の出で、技術職なんです、と宏司が言った。「職場での人間関係も限られている。他社の人間とつきあいもないし、金を動かしたりする仕事でもない。恨まれるような覚えはありません」

「理系とおっしゃいましたが、大学はどちらです？」

「名古屋理科大の工学部です」

「大学時代にトラブルは？」

「卒業したのは十年以上前です。何かあったとしても覚えていませんよ。誘拐だなんて馬鹿馬鹿しい。わたしは単なるサラリーマンで、金を要求されても払えないのはちょっと調べればわかることです。嫌われたりしたことはあるでしょう、人間ですからね、みんなが友達ってわけじゃない。ですが、私の子供をさらってやろうと考える奴がいるとは思えません」

誘拐の動機は金や怨恨だけではない。子供が欲しいのにできない女性やその家族が、衝動的にさらってしまう場合もある。

とはいえ、誘拐の可能性を口にした坪川としても明確な裏づけがあるわけではない。三十五歳のサラリーマンが大きな資産を持っているとは考えにくく、現時点で身代金の要求もない。誘拐ではないのかもしれない。

「そんなことはいい。問題は管理しているのが誰なのかということです」腕をほどいた宏司がデスクを叩いた。「すぐに息子を見つけてもらいたい。わたしはあのスーパーに抗議しようと思っています。駐車場はスーパーの敷地内にある。管理責任があったことは明白です。車を駐める場所だ。人命にも関わってくる。はっきりさせたい」

ドアが開いて、大久保が顔をのぞかせた。大声で話している宏司を見て顔をしかめていたが、ちょっと、と手招きする。

会議室を出ると、どうなの、と大久保が低い声で言った。

「何かわかった？」

「いやあ……」坪川は頭を掻いた。「それは何とも……」

「さっき、現場の警察官から連絡があってさ」大久保が頬を撫でた。「子供は見つかってないって。見ていた人間もいないみたいでさ」

「そうですか」

「ちょっとまずいかもしれない。こっちのレベルでどうこうっていう話じゃなさそうだ。上にも報告するし、今から人を集めて捜させるから、とりあえず捜索願を出すようにさせてよ。一歳だもんね、ちゃんとやんないと……そういうことで、よろしく頼むよ」

坪川の肩を軽く叩いて、足早に立ち去っていった。あの人がまずい状況だと考えているのなら、とぼんやり思った。相当にまずいのかもしれない。漠然とした不安を感じながら、会議室に戻った。

23

夜十時、里奈は星野と共に久米山三丁目にいた。ローラー作戦のためだ。担当ではないが、人員不足のため臨時に加わるよう命令されていた。

久米山一丁目から三丁目までが、割り当てられた担当区域だった。捜査会議終了後からおよそ五十軒を訪ねて住人に話を聞いていたが、予定していた数には達していなかった。

理由のひとつは住居内に入り、室内を調べるようにという指示が出ていたためだ。令状があるわけではない。事情を説明し了解を求めたが、すんなり応じてくれる方が少なかった。

もうひとつ、住人の不在が多いこともあった。二人が担当していた区域には、単身者向けのマンション、アパートなどが多い。学生や独身サラリーマンは帰宅していない者も少なくなかった。不在の場合は再度訪問することになっていたため、時間がかかっていた。

警察官が家を訪問する時間として、十時というのは常識外だ。九時までに済ますように言われていたが、一時間オーバーしている。

次で最後にしましょうと星野が言った。

「リストの順番だと、あそこのマンションですね」

指さした里奈に、行きますかとうなずいた星野が歩きだした。四階建てで大きいとは言えないが、二十戸ほどが入っているようだ。全戸回れば一時間近くかかるかもしれない。

101号室のチャイムを押したが、返事はなかった。不在というのが一番疲れる。リストにバツ印をつけて、〝要再〟と書いた。

そのまま102号室のチャイムに触れた。返事はなかったが、廊下に面した窓に薄明かりが灯っている。もう一度チャイムを鳴らすと、はい、という男の声が聞こえた。

警察です、と里奈はドアをノックした。ややぞんざいな言い方になっているのが、自分でもわかった。

ドアが開いた。チェーンはかかったままだ。背の高い痩せた男が立っていた。百七十五センチはあるだろう。五十代半ばに見えた。

こんな時間にすいません、と里奈は警察手帳を見せた。

「警視庁の者です。ちょっとお伺いしたいことがありまして」

はあ、と男がうなずいた。グレーのスラックスに上はランニングシャツという姿だ。肩の辺りの筋肉のつき方を見て、痩せているのではなく鍛えていることがわかった。

星野は後ろで様子を見ている。今までもそうだったように、最初は里奈に任せるつもりのようだ。少しお話を聞かせてください、と頭を軽く下げた。

「ご存じかと思いますが、切断された少年の頭部が見つかりまして……現場はここからわりと近い小学校なんですが」

まばたきした男が、ニュースで見ましたと答えた。

「目撃者を捜しています。何か見ていませんか」

「失礼ですが、お名前は?」後ろから星野が声をかけた。「部屋に表札がありませんな」

稲葉といいます、と男が答えた。

「引っ越してきたばかりなので……」

「いつ引っ越されてきたんです？」

「先月ですが、それが何か」

稲葉が訝《いぶか》しげに聞いた。いつ引っ越しをしても個人の自由だろう。なだめようと里奈は微笑みかけた。

「あの、もしよろしければなんですが、ちょっと入らせていただいても構いませんか？こんな時間です。ご近所に迷惑がかかるとあれですから」

はあ、と稲葉がチェーンを外す。里奈は玄関へ入った。家の中を調べたいとはっきり言ってもよかったが、説明すると長くなる。時間を無駄にしたくなかった。

同時に、目の前にいる男が事件とは無関係だろうという判断もあった。態度に不審なところはない。話し方も落ち着いていて、普通の常識がある人間のそれだった。失礼しますと言って、廊下に上がった。星野は玄関に立ったままだ。

「お仕事は何をされてるんですか？」

「会社員です。商事会社で働いています」

「どちらの？」

「三友商事ですが」

そうですか、とうなずいた。三友商事は有名な大企業だ。身分を騙《かた》るような人間には見えない。やはり事件とは無関係なのだろう。

「証明するものはありますか」

星野が言った。そこまでしなくてもいいだろうと里奈は思ったが、上級職の顔は立てるべきだ。形式的なことですからと言葉を添えると、お待ちくださいと奥に引っ込んでいった稲葉が紐のついた小さなビニールケースに入ったカードを持ってきた。社員証だった。顔写真もついている。総務部人事担当、稲葉秋雄という名前も記されていた。

「これもいるでしょうか、と稲葉が免許証を差し出した。

「あった方がいいかと思いまして」

免許証を見て、そのまま星野に渡した。昭和三十年三月生まれと記載があった。来年六十歳ということになる。見かけより年齢は上だった。

住所が違ってますな、と星野が免許証を裏返した。

「江東区元木場というのは？」

「前に住んでいたところです。まだ手続きが済んでなくて……すいません」

先月引っ越してきたばかりなんですよね、と里奈は言った。

「なるべく早く、近くの警察署にでも行ってもらえればとは思いますけど」

すいません、と稲葉がもう一度言った。ちょっとだけお部屋を拝見してもよろしいでしょうか、と頭を下げて頼んだ。

「上からの指示なんです。皆さんにご協力いただいているんですが」

構いません、と稲葉がうなずいた。三友商事は東銀座でしたよね、と免許証を返しながら聞いた。

「元木場の方が近いのでは？　どうしてこちらに？」

「来年、定年でして」稲葉がぼそぼそと答えた。「辞めたら、緑の多いところに住みたいと考えていましたので……」

「お一人なんですか」

そうです、と稲葉が答えた。里奈はリビングに入った。物がほとんどない殺風景な部屋だった。テレビすらない。リビングに直接繋がっているキッチンに大きな冷蔵庫が置かれていたが、食器棚もなかった。

「……妻とは、その、離婚しまして」

里奈はもう一つのドアを開けた。寝室だった。ベッドしかない。

「年寄りの一人暮らしなので……男は駄目ですね。物を揃える気力がなくて」

稲葉が首筋を掻いた。少しだけよろしいでしょうか、と里奈は携行しているメモ帳を取り出した。

「事件は七月一日の夕方から二日の早朝にかけて起きています。何か見ていませんか」

「そう言われても……夜は出歩きませんから。いい年なんで、すぐ眠くなります」

「近所で不審な人物を見かけたりとか、そういうことはどうでしょう」

「何しろまだ移ってきたばかりで、実は引っ越し自体も終わってないんです。仕事もありますんでね、なかなか進みません」

里奈は時計を見た。もう質問はない。

「ご協力ありがとうございました。夜分に済みません。おやすみなさい」

玄関を出ると、ご苦労さまです、と低い声が聞こえて、そのままドアが閉まった。チェーンをかける音がした。そのまま隣の部屋に向かおうとしたが、星野がドアをじっと見つめている。どうかしましたか、と声をかけた。

1LDKでしょうか、と星野が顔を向けた。

「手狭じゃありませんかね」

「さあ。でも一人暮らしですからね。広い家はかえって不便なんじゃないですか？　部屋数が多いと、掃除とかも大変でしょう」

「面倒臭いということでしょうか。それにしても、ちょっと変わってますな」

「そうですか？」

「三友商事にお勤めなら、給料だっていいでしょう。杉並区はいいところですが、もっと他に選べたんじゃありませんかね」

「それは個人の趣味の問題ですよ。あたしだって杉並区に住みたいです。きれいな町だし、交通の便もいいし」

一歩下がった星野が、建物全体を見渡した。

「このマンションで老後を送るつもりなんですかね。学生や独身サラリーマンが住むような物件ですが」

「そんな人もいますよ」

隣もいるといいんですけど、と里奈は外廊下を歩きだした。星野が肩をすくめて、小さなため息をついた。

Part2　猛暑

1

七月四日、朝六時。

東杉並署三階にある小会議室のテレビモニターが、コンビニの防犯カメラの画像を映し出していた。太陽の光がブラインドの隙間から差し込んでいる。

気象庁は梅雨明けをまだ宣言していなかったが、夏の気配が濃厚に漂っていた。七月が始まったばかりだというのに、朝から気温は二十五度近い。

うっすら肌に汗がねばりつく感触があった。目が覚めたのは、それが不快だったからだ。ローデスクに突っ伏していた里奈は、目をこすりながら顔を上げた。

「おはようございます……まだ見てたんですか」

小さな椅子の上で胡座《あぐら》をかいている星野に目をやった。上着は脱いでいるが、ネクタイは律義に締めたままだ。暑くないのだろうか。

経費削減ということなのか、小会議室のエアコンは二十八度に設定されている。署内の空調は一括管理されており、温度を変更するリモコンは室内にない。

起きます、と髪の毛を直しながら言った。

「すいません、寝ちゃって」

モニターに目をやると、防犯カメラがコンビニ店内の四方向を分割して映し出していた。再生状態が続いているが、画面にほとんど動きはない。

「何か催眠ビデオみたいで、見てるとどうしようもなく眠くなって……」

「客が移動するぐらいで、店内に動きはありませんからね。そりゃ飽きます。眠くもなるでしょう」

「星野さんは眠くないんですか」

眠いですなあ、と星野が大きな欠伸《あくび》をした。コンビニから借りたＤＶＤには、約十時間分の映像が収められている。

すべてを見ているわけではない。殺害された吉岡隆一という少年が店に入ってくるところから、出て行くまでのおよそ一時間分を確認しているだけだ。それでも、一時間かかる。星野は早送りしようとしない。ただ座って、じっと見続けていた。

「さっき五回目を見終わったのですが、気になるところがありました」

「何か写っていたんですか」

「今、確かめているところです。あなたも見てもらえますか？　この辺りなのですが」

リモコンを押した。四分割されていた画面が一度消え、ひとつだけアップになる。

里奈はモニターを見つめた。雑誌コーナーのところで、問題の少年がマンガ雑誌を読んでいる。夢中になっているのが、画面からもわかった。

「子供のマンガに対する執着心というのはねえ……それにしても、この子はかなりそれが強いようです。ページをめくる指以外、微動だにしませんな」

静止画像に見えます、と里奈はうなずいた。音声がないため、時間が止まっているような気がした。

「この画面に何か？　何度も見ましたけど」

「そうですな。ですが、わたしは五回見ております。気づいたことがありました」ここです、と星野が映像を止めた。「これなんですが、わかりますか」

首を伸ばして、星野が指さした画面の端を見つめた。コンビニの窓が写っていた。

雑誌コーナーは外に面している。陳列棚の向こうに大きなガラス窓があるが、上半分をセール商品の告知ポスターが覆っていて、店内から外はほとんど見えない。

「少年はここで雑誌を読んでおります」星野がモニターに写る少年の顔を指した。「棚に寄りかかっているようですな。二つの棚が横並びになっているのがわかりますか？　その間に隙間があります。五センチぐらいでしょうかね。そこを見てください」

言われた通り目をやったが、何も見えなかった。

「真っ黒です」

「黒いというか、暗いんですな」考えるとおかしな話です、と星野が言った。「時間は四時五十分と表示されています。まだ外は明るい。七月一日ですからね。窓の向こうは駐車場で全体は見えませんが、この隙間からはその一部が見えるはずなんです。コンクリートで舗装されていたのは覚えていますか？　ここには灰色のコンクリートが写っていなければならないわけですが、見えるのは黒、あるいは暗い何かです。どう思います？」

「全然わかりません。横は五センチぐらいでしょうね。縦は十センチあるかどうか……よくこんな隙間を見つけましたね。暗いのは確かですけど、何か写ってるかと言われても――」

「よく見ていてください」

星野が映像を進めた。目を凝らして見つめるうちに、何かがゆっくりと動いていることに気づいた。そうです、と星野が顔を手で拭った。

「暗い部分が僅かにですが動いている。少し待ってください。三分後、変化が起きます」

早送りしてくださいと言ったが、星野はリモコンを操作しなかった。ただ画面を見つめている。正確に三分後、再び停止させた。

「どうです?」

「……白くなってますね」

答えた里奈に、正しくは灰色ですな、と星野がうなずいた。

「コンクリートが写っているんです。戻しますから、よく見ていてください」

映像が巻き戻っていく。灰色のコンクリートが写っていた僅かな隙間が、いきなり暗くなった。

「どういうことですか?」

隙間に写っていたのは人間の足です、と星野が言った。

「黒、または暗い色のズボンを穿《は》いていた人間が、あそこに立っていた。三分以上そこにいて、その場を離れた。僅かにですが動いていたのは、人間の足だったからです。離れたことによって、今まで隠れていた駐車場のコンクリートが写し出された。そういうことでしょう」

「それにどういう意味が?」

わたしにもわかりません、と星野がリモコンをデスクに置いた。

「ただ、こういうことが言えるのではないでしょうか。雑誌コーナーとのガラス窓の向こうにある駐車場に誰かが立っていた。その人物は暗い色のズボンを穿いていた。わたしには男物に見えますが、これは断言できません。シルエットから判断すると、痩せてもいないが太ってもいない。映っていた部分は膝の辺りだと思われます。よく見ると、僅かにたるみがあるのがわかりますが、ズボンの膝部分によく見られるものです。現場に行って調べれば、その人物の身長も推定できるかもしれませんな」

「それが何だって言うんです？　事件とどんな関係が？」

「その人物は外から少年を見ていたのではないでしょうか。例の四歳児の証言によれば、少年をつけていたおじいちゃんがいたということですが、それを裏付けるものだと思います」

そうとは言い切れないですよね、と里奈は頭に浮かんだ疑問を口にした。

「あそこに誰かが立っていたというのは、その通りだと思います。印象だけで言えば、男性だというのもわからなくはありません。でも、だからと言って少年を見ていたのかどうかは何とも……人と待ち合わせしていたのかもしれないし、煙草を吸っていたとか、何かを食べていたとか、そんなことも考えられます。コンビニの駐車場で、よくそんな人を見かけます」

わたしも断言するつもりはありません、と星野がモニターを切った。

「どんなことだって考えられます。ですが、少年をつけていた誰かがあそこに立っていた可能性もある。そうではありませんか？」

「偶然だと思います。誰かがいたことは認めますけど、星野さんの考えてることは、ちょっと違うんじゃないですか」

とりあえずコンビニに行ってみませんか、と星野が組んでいた足を解いた。

「あの店ではドリップのコーヒーを売っていました。モーニングコーヒーはいかがでしょう」

「いいですよ。あたしも飲みたいです。何か食べてもいいですか？」

里奈は立ち上がった。もちろんですな、と星野がうなずいた。

2

七月四日朝六時半、栄新町署の六名と、県警本部から派遣された三名の捜査員がスーパーマーケット玉河屋の駐車場にいた。坪川もその一人だ。

「昨日午後一時頃、この駐車場から一歳の子供が姿を消した」

本部の捜査員が辺りを見回しながら低い声で言った。田所《たどころ》と言う四十代の警部補だ。年齢、階級から、リーダー役を担当している。

「母親からの連絡を受け、栄新町署の坪川巡査部長がここへ来て付近を調べたが子供は発見されなかった」

全員の視線が集まる。何も言わず、坪川はうなずいた。

「駐車場の係員やスーパーの店員にも話を聞いたが、誰も見ていないという。忽然《こつぜん》と消えたということになる。昨夜、両親から捜索願が出された。まだわからないが、誘拐の可能性もないとは言えない。はっきりしているのは、この駐車場からいなくなったということだけだ。徹底的に調べよう。開店までは三時間半ある」

一歳児がいなくなったということで事件性は高いが、あまり大ごとにはしないでほしいという両親の意向もあって、店や客の迷惑にならないように早朝の捜索が決定していた。

分担を決める、と田所が指示した。

「自分たちは外を調べる。所轄は駐車場内を頼む。坪川が一番事情に詳しい。不明なことは聞いてほしい。何か質問は？」

短いが要領のいい説明だった。手を挙げる者は誰もいなかった。本部は違うな、と坪川は感心した。始めよう、と田所が本部の二人の捜査員と共に駐車場を出て行った。

所轄の同僚が、それぞれ顔を見合わせながらゆっくりと動き出す。母親が車を駐めていたのはここですと坪川は指さしたが、答えはなかった。誰も見ようとしない。

坪川の言葉を聞いていないわけではなかった。聞こえているが、無視している。そういうことだ。

苦笑が浮かんだ。愛知県に赴任してから、ずっとこうだ。もう慣れている。自分が指した場所へ歩いて行き、地面を見つめた。

一年前まで東京にいた。大学四年の時採用試験に合格し、警察官となった。警察官を志望したのは、堅実な職場で働きたいというほかに、はっきりとした理由はなかった。一般企業への就職も決まっていたが、内定を蹴って警視庁に入った。

正義感や市民を護るという意識は人並みだと、自分でわかっている。地方公務員として大過なく過ごせればそれでよかった。不純と言えばそうかもしれないが、仕事とはそんなものだろう。

練馬区内の所轄署に配属され、交番勤務を経て刑事課の刑事になった。警察官になって四年後のことだ。与えられた仕事は真面目にこなし、遅刻欠勤などをしたことはない。評価も低くなかった。

三年後、署内の反社会勢力対策チームに加わるように命じられた。暴力団相手の仕事ということになるが、こだわりはなかった。仕事は仕事であり、それ以外ではない。命じられるまま部署を異動し、いくつかの案件を担当した。

仕事はむしろ楽だった。所轄管内や周辺に大きな暴力団組織がなかったということもあるが、それまでの刑事課より担当する事件は少なかった。時間に余裕ができて、趣味の映画鑑賞に出かけたり、休日に何もせずゆっくり過ごすこともあった。

直属の上司と四人の先輩刑事に飲みに誘われたのは、異動して半年ほど経った頃だ。

断る理由はなく、一緒に署を出た。

連れていかれたのは居酒屋ではなく、高層マンションの一室だった。不安に思ってどういうことかと質問したが、誰も答えてくれなかった。

部屋で二時間ほど飲んだところで、話があると上司が言った。自分たちはある組織と繋がりがある、と関西を本拠とする有名な広域暴力団の名前を挙げた。

その暴力団は、東京本部のある武蔵野市から練馬・板橋・北区一帯への進出を企《くわだ》てているという。だが、練馬区内には戦前からの小さなヤクザ組織がいくつか存在した。殺人などはめったに起きないが、傷害や恐喝、管理売春、ドラッグの密売など、彼らが関係する犯罪は少なくない。

警察はこれまで、事件が起きるたびにそれぞれの組織を捜査している。事件を未然に防ぐ意味で、普段から組織ひとつひとつに目を光らせていた。それが仕事とはいえ、限られた人員でこれらを行うには手間がかかり、捜査員の大きな負担であることは確かだった。

広域暴力団は、それらのヤクザ組織をまとめて自分たちが仕切ると言う。そして、警察もそれを黙認すると上司は説明した。「犯罪の窓口はひとつでいい」ということだ。一定のルールを設けて、それを守らせれば面倒はなくなる、話はもうついていると続けた。先輩刑事たちも黙ってうなずいていた。

何をしろというのか、と坪川は聞いた。仲間に加われ、と上司は言った。地元ヤクザを取り締まり、最終的には潰す。それは今までの仕事と変わらない。それについて、黙って見広域暴力団の進出に伴い、多少のいざこざが起きるだろう。それについて、黙って見ていればいい。何もするな。それだけのことだ。

悪い話じゃない、と回りにいた先輩刑事たちが勧めた。悪いことをしろと言っているんじゃない。むしろいいことだ。犯罪をうまく管理できれば、市民のためにもなる。黙っているだけでいい。何も問題はない。彼らは口を揃えてそう言った。わかりました、と坪川はうなずいた。

深夜、帰宅してからすぐ警務課長に連絡して、すべてを報告した。翌朝、署長に呼ばれ、昨夜何があったかを話した。

暴力団と癒着している上司たちが許せないということではなく、ただ怖かった。トラブルに巻き込まれたくなかった。だから告発した。

署長は、年齢は若いが能力があり、勘のいい男だった。坪川の告発を受け、内密に調べさせた。調査は完璧な形で行われた。

署長がどのように話をつけたか、坪川は聞かされていない。二週間後、反社会勢力対策チームの解散が発表され、上司を含む五人が警務課付きとなった。その後、彼らは懲戒免職処分となった。マスコミには極秘だった。

五人については、それぞれに別の理由があって処分が下されたことになっていた。暴力団との癒着に関して、触れられることはなかった。

何もなかったのだ、と二ヵ月後署長に呼ばれた坪川は説明を受けた。暴力団と不適切な関係を持つ者などいなかった。五人の刑事は捜査費用の着服に連座していたため処分された。それだけのことだ。君は刑事課に戻って、仕事を続ければいい。次の定期人事異動で主任のポストを用意する。待遇についても考慮する。

署長は静かにそう言った。坪川も何も言わなかった。昇進についても受け入れた。出世が目的で告発したわけではなかったが、そうすると言うのならうなずくしかない。

半年後、坪川は巡査部長になった。何も問題はないはずだったが、そうはいかなかった。どこからか話が漏れていた。五人の刑事が処分された本当の理由や、坪川の昇進について、署内すべての人間が事情を知っていた。

待っていたのは、署全体からの強烈な無視だった。誰もが坪川と接触することを拒んだ。会話する者さえいなくなり、冷たい視線が浴びせられるだけだった。

表立って何か言われるわけではない。ただ、無視された。署全体が、裏切者として坪川を拒絶していた。

悪いことはしていない。したのは上司や先輩たちだ。自分にやましいところは何もない。そう言いたかったが、立場や正当性を主張しようにも、訴える相手がいなかった。

日常的な接触を拒否されただけならともかく、仕事の場にもそれは及んだ。主任として坪川は数名の部下を持ったが、彼らは命令に従わず、すべてその上の係長の指示を求めた。

その上の課長も同じだった。坪川の存在を無視して、部下たちを動かした。

もっと瑣末《さまつ》なことでもそうだった。坪川が経費を精算しても、経理は処理してくれなかった。何度も頼んでようやく精算できるのだが、あり得ないほどの時間がかかった。

警察官といっても公務員だ。総務、経理など業務関係の部署が動いてくれなければ仕事はできない。誰も何もしてくれなくなった。陰湿と言うのもはばかられるような状況に陥っていた。

ひと月後、坪川の携帯電話やパソコンに、おびただしい数の悪戯メールが入るようになった。深夜、携帯が鳴り続けたこともしょっちゅうだ。

メールの差出人や電話をかけてきた人間はわからない。もちろん署内の人間だろうが、証拠は何一つなかった。警察が組織で動けば、どんなことでもできるとわかった。

どうにかしてほしいと警務部長に訴えた。部長は坪川の話を聞き、すぐに事態の改善に取り組むと約束してくれたが、何も変わらなかった。部長も加担していたのだ。

言い分はあった。上司たちの悪徳を告発するのは警察官としての義務ではないか。放置しておけば癒着は酷《ひど》くなり、大変なことになっただろう。署全体、ひいては警察という組織の問題になったかもしれない。自分はそれを止めるためにしただけだ。

だが、他の署員の言いたいこともわかっていた。暴力団と歪んだ関係を持ちたくないという坪川の立場は理解できるが、いきなり署長に訴えるというのはどうだったか。もっと穏便な処理の仕方があったのではないか。

懲戒免職という、最も不名誉な処分をされるところまで追い詰めなくてもよかったはずだ。依願退職という形なら、例えば次の仕事を捜す場合もスムーズに行くだろう。懲戒免職では、それも難しくなる。彼らにも生活というものがある。それは考えなかったのか。

坪川にとって不運だったのは、チームの上司以下先輩の刑事たちが仕事熱心で、優秀だったことだ。署内での人間関係も円満で、友人も多かった。悪い人間たちではなかったのだ。誰にとっても仲間であり、身内だった。暴力団との不適切な関係は問題だが、事を荒立てることはなかった。坪川は家族を裏切ったと見なされていた。

数カ月耐えたが、それが限界だった。自分の正義を貫くことができる性格ではなかったし、そもそも正義感から告発したわけではないと誰よりも自分自身がわかっていた。言い方を変えれば保身のためにやったことで、自分のためだった。

辞表を出したが、受理されなかった。署長自らが坪川の説得をした。

既に事は一所轄署の問題ではなくなっている。警視庁並びに警察庁にも報告している。

君がしたのは正しいことで、何一つ間違っていない。君が辞めれば悪を正当化することになる。そういうわけにはいかない——。

何割かは本当だろうが、それだけではないとわかっていた。署長としても、坪川を守らなければならない立場となっていた。

内部告発者を見捨てれば、次に何か起こった時に対処ができなくなる。署長も問題を起こしたくはない。自分のキャリアに瑕《きず》をつけたくないのだ。

本音がどうであれ、署長は強く慰留し、辞表の撤回を求めた。辞職後、坪川がマスコミに真相を話す危険性も感じていたのかもしれない。すべてを内密に処理してしまった以上、真実を明らかにすることは許されなくなっていた。

だが、現実問題として署内でのいじめはますます激化しており、精神的な限界もきていた。署長命令を出しても、面従腹背を決めこみ、無視などしていないと誰もが言うだろう。

署長は警察庁の上層部と相談し、特別措置を取ることにした。東京都採用の警察官である坪川を地方に移し、数年時間を置く。必要な時間が経ったと判断されたら東京へ戻す。坪川を警察という組織に留めておかなければならないと、警察庁の多くの幹部たちは考えていた。

愛知県警が受け入れることになったのは、当時の警察庁長官が愛知に長くいた経歴があったためだ。影響力は強く残っており、県警本部も了解した。

本音を言えば、坪川は辞めたかった。警察というはっきりした上下関係のある組織で周りから完全に無視されるというのは、いじめというレベルではなく殺意に近いものを感じていた。逃げたいという思いがあった。

だが、警察庁幹部たちの説得は執拗だった。半ば脅迫に近い形で命令を受けるよう強制された。やむなく愛知県に移り、栄新町警察署へ配属された。

環境が変われば問題はなくなるのではないかという淡い期待があったが、それは外れた。警察という組織の怖さで、目に見えない繋がりがあった。身内を売った警察官だという情報は警察本部の枠を超え、さらに末端の所轄警察署まで伝わっていた。

練馬の時と同じく、完全に無視された。さすがに仕事に関して、坪川を排除するようなことはなかったが、仲間として受け入れるつもりがないことははっきりしていた。

東京の警察庁から指示があったのだろう。直属の上司である大久保だけは坪川を他の署員と同様に扱った。余計なことは言わないが、無視したりはしない。担当させる事件の数も同じだった。

それで仕事をすることについての支障はなくなった。このまま時間が過ぎるのを待つだけだと思っていた。口約束ではあるが、警視庁に戻ったら内勤になると示唆《しさ》されている。捜査畑からは外れるが、坪川としてはそれで良かった。

今はただ待っている。愛知で何がしたいということはない。静かに息を潜めていれば、時間が解決してくれる。いずれは去ることがわかっていたから、同僚と親しくつきあう気も起きなかった。

今回行方不明になった幼児についても、坪川にとっては担当する事件のひとつに過ぎない。たまたま最初に現場を調べることになり、関係者に事情を聞く立場となっていたが、それだけのことだ。思い入れはない。

幸い、県警本部が入ってきている。どのような形になるかはわからないが、今後は本部主導で捜査が進められるはずだ。既に事件は坪川の手から離れている。黙っていればなるようになるだろう。必要以上のことをやるつもりはない。だから、同僚が坪川を無視しても気にならなかった。

捜査員が駐車場の中を歩き回っている。太陽が辺りを強く照らしだした。今日も暑くなるのだろうと思いながら、坪川は手掛かりを捜すために周囲を調べ始めた。

3

七月四日朝九時、春馬山。神崎は五メートルほどの距離を置いて由紀と雑木林の中を歩いていた。楽観的だと言われる自分と、熱心ではあるが空回りしがちな由紀とのコンビは、意外にバランスが取れていると思っている。

もう九時か、と神崎は足元の落ち葉を蹴り上げた。

「山へ入ってからどれぐらいだ？　二時間？」

「二時間半です」

死体遺棄現場の再調査は、昨夜行われた捜査会議の後、塩谷から指示された。塩谷は、埼玉県警捜査一課の青柳《あおやぎ》管理官と相談した上で、班員を三つの組に分け、それぞれ殺された浅川順子の自宅及びその周辺、通っていた中学校、死体発見現場である春馬山の捜査にあたるように命じた。神崎と由紀は春馬山の担当だった。

山は嫌だよな、と神崎は不満を漏らした。

「向いてないんだよ、おれは。サーファーだからさ、海が専門なんだ。山はよくわからん。疲れる」

サーファーというのはもちろん冗談だったが、由紀は表情を変えない。オヤジギャグだと馬鹿にしているのではないと神崎にもわかっている。三年前、少年係から異動してきた由紀は、常に無表情だった。感情を表に出さない。

職務に関しては誰よりも熱心だ。捜査一課にも希望して配属されたと聞いている。変わった女だ、というのが塩谷班に限らず県警刑事部員たちの共通認識だった。増えてきてはいるが、女性が捜査一課を希望するのはまだ珍しいといっていい。

ボーイッシュでクールな雰囲気を持つ由紀と机を並べている神崎を、他部署の刑事たちはやっかんでいたが、それは違うと思っていた。確かに細面の顔は整っているし、美人の部類に入るだろう。少年係に在籍していた時、交際を申し込んだ警察官がいたという話も聞いていた。

だが、いずれもにべもなく断ったそうだ。あまりいい断り方ではなかったらしい。生意気だという評判を聞いたことがあったが、それもニュアンスとしては正しくない、と思っていた。コミュニケーション能力に乏しい、というだけのことなのだ。

塩谷班でも、神崎を含め他の刑事とは仕事の話以外しない。プライベートについて自分から話したことはなかった。

放っておけ、と塩谷は言っている。余計な世話は焼くな、と釘を刺されたこともあった。そのうち自分の方から何か言ってくるだろう、と先輩の立川からも言われていた。

わかっているが、見ていて苛つくことがあった。十年前、自分が警察官になった時に持っていたが、いつの間にか忘れてしまった何かを胸に秘めている。羨望《せんぼう》でも諦念《ていねん》でもない。うまく説明できないが、失ってしまったかもしれない何かが由紀の中にある。女性だからというのではなく、神経に障《さわ》る存在だと思っているところがあった。

嫌いというわけではない。刑事としての意識が高いことはわかっている。適性があるのは間違いない。

神崎は塩谷班のムードメーカーを自認している。塩谷と立川は四十代後半で、他の刑事たちと年齢差があった。

由紀もそうだが、後輩たちをまとめていくのが自分の役割だろう。どうせならチームメイトとしてうまくやっていきたいと思い、なるべく話しかけるようにしていたが、毎回空振りに終わっていた。

「よくわからんが、犯人はどういうつもりだったのかな。この山を知っていたのか」

独り言のようにつぶやくと、おそらくそうだと思いますと由紀が言った。事件捜査については、自分の考えを口にする。はっきりと意見を言うこともあった。

「おれなら嫌だね。犯人が死体を運んだのは真夜中だろう。この辺は真っ暗だった。そんな道を死体とドライブなんて、考えただけでも身の毛がよだつ」

犯人は間違いなく順子ちゃんを狙っていました、と歩きながら由紀が言った。

「自宅まで行き、他の住人に顔を見られるリスクを冒して、そこで拉致しています。中学二年生で、平均より大柄な女の子です。あらゆる意味で困難があったはずです」

その通りだろう、とうなずいた。犯人の行動は妙だ。異常なまでに少女に執着している。理由は何なのか。

二時間ほど、死体が遺棄されていた現場付近を調べ続けた。既に大勢の警察官が捜索していたが、現場百遍という言葉もある。周辺には落ち葉が積もっており、見逃していた何かが見つかる可能性はあったが、何も出てこなかった。

遺留品が出ないのは仕方ないのかもしれない、と神崎は汗を拭って言った。

「女の子は家から拉致された時、何も持っていなかったわけだろ？」

「そうかもしれません。通学カバンと靴は自宅で発見されています。制服姿でしたし、所持品がなかったことも十分考えられます」

「携帯はまだ見つかっていないんだよな？」

中学生の多くがそうであるように、浅川順子は約一年前から自分のスマートフォンを持つようになっていた。だが、自宅、学校、そして春馬山のいずれからも発見されていない。

「犯人が持ち去ったのかもしれません」

だとすれば、いったいどういう意味があるのか。犠牲者の所持品を持ち帰る犯人がいるのは神崎も知っている。ある種の記念品ということなのか。

それにしてもスマホというのはどうなのだろう。犯人は少女の衣服、下着などを奪うこともできたのだ。

「この事件について、どう思う？」

「印象ですが、犯人は順子ちゃんのことを不必要に傷つけないようにしていたと思います」

「どういう意味だ」

着衣に乱れはなく、傷は心臓だけです、と由紀が振り返った。

「死体は仰向けのまま、きれいに横たえられていました。丁寧に扱ったと考えられます。殺害した犯人にそんな余裕があったというのは不思議です」

待ってくれ、と言いかけた神崎を手で制して先を続けた。

「死体が遺棄されていたのは、登山道から雑木林に十メートルほど入った場所です。それだけの余裕がある犯人なら、もっと奥へ行ってもよかったのでは？　埋めてもいいし、道具がなかったとしても落ち葉をかぶせて死体を隠そうとするのが、犯罪者心理ではないでしょうか」

「何が言いたい」

犯人は死体を早く見つけてほしかったのだと思います、と由紀が立ち止まった。

「自分がここを離れた後、なるべく早い段階で見つけてもらいたかった。だから、あんなわかりやすいところに放置したんです」

そうとは言い切れないだろう、と神崎は首を振った。これまでの捜査で気づいたことがあった。

「シャベルとか道具があったとしても、この辺の土は固い。掘ろうとしたが無理だとわかり、そのままにしたんじゃないか？　さっきも言ったが、犯人は怖かっただろう。山の中、死体を担いで雑木林に踏み込むなんて、口で言うのは簡単だがなかなかできるもんじゃない」

犯人は周到に準備をしています、と由紀が顔を伏せた。

「順子ちゃんの自宅も、学校も知っていました。おそらく、下校する彼女をつけて家まで行ったんでしょう。車を使っているし、その後別の場所で殺害しています。その場所も事前に用意していたのだと思います。死体を遺棄する場所としてこの山を想定していました。そこまでしておきながら、土壇場で怖くなって逃げ出したと？」

犯罪者心理じゃなくて、人として怖くなったんだ、と神崎はもう一度首を振った。

「おれは刑事になって七年経つが、未だに死体が怖い。慣れないよ。そういうもんだろ」

「殺意ははっきりしていました。殺すつもりだったんでしょう」でも、あの子を苦しめようとは考えていなかった、と低い声で由紀が言った。「発見が遅れれば、動物に食べられたり、腐敗したかもしれません。そうはさせたくなかったという意志を感じます。だからあんな場所に置いていったのではないでしょうか」

「よくわからんよな。そこまで考えていながら、なぜ殺した？」

そうなんです、と由紀がうなずいた。

「順子ちゃんを殺した動機は何だったのでしょう。中学二年生の女の子を殺すほど恨む理由は……」

中二だっていろんな奴がいる、と神崎は真面目な顔で答えた。

「本人にそんなつもりがなくても、勝手に想いを寄せていた男がいたかもしれない。ストーカーってことだってあるだろう。こんな時代だ、犯人が何を考えていたかは見当もつかんよ。今の段階で結論は出せない」

そうですね、と由紀がため息をついた。犯人の痕跡を探す方が先だ、と神崎は歩を進めた。

「何か見つかるかもしれない。どんなことだって手掛かりになる」

他の連中はどうかな、と携帯電話を取り出した。木漏れ日が差し込んでいた。

4

「おはようございます」

七月四日朝九時。東銀座にある三友商事本社ビル二十七階で、総務部の織元《おりもと》美砂《みさ》はフロアに入ってきた稲葉秋雄に小さく頭を下げた。

おはよう、とつぶやくように言った稲葉が、たすき掛けにしていた通勤カバンを自分のデスクの定位置に置いて座った。何事にも自分の規範があり、それを遵守《じゅんしゅ》する。カバンを置く場所、服装などすべてがそうだった。

美砂は二十五歳、入社して三年目だ。三十歳以上も離れている稲葉を尊敬し、頼れる存在だと思っている。

他の部員も言っているが、親しみやすいというわけではない。むしろ近寄りがたいところがある。年齢が上だからというのではなく、そういう人柄なのだろう。

自分にも他人にも厳しいとわかっているが、叱責されたことはない。本質的な優しさを持っている、と感じさせる男だった。

社会人としての態度や言葉遣いに関して注意されることはあったが、決して頭ごなしに叱ったりするのではなく、後輩社員のためを思って言ってくれている。押し付けがましいところもない。他の上司たちは自分の立場を良くするためにそんなことを言う場合があったが、稲葉からは私心が感じられなかった。

何よりも、その仕事ぶりには素直に頭が下がった。総務部の仕事はデスクワークだけではない。むしろ現場作業の方が多いだろう。

だが、部内で一番年齢が上であるにもかかわらず、率先して働く。力仕事も厭《いと》わない。

自分を犠牲にして会社のために尽くすというのは、今時流行《はや》らないという考え方もあるのだろうが、稲葉はそう思っていないようだ。誰よりも熱心に、真面目に取り組む。

他人に強制することはない。部員の多くが意欲的に仕事に取り組んでいたが、明らかに稲葉の影響だった。

徒党を組もうともしない。必要がない限り黙っているし、面倒な仕事でも自分から引き受ける。こういう社員が三友商事を支えてきたのだろうと思うこともあった。仕事量だけでいえば、課長や部長の何倍も働いているだろう。昇進を断っていると噂で聞いていたが、そうでなければ局長クラスになっていてもおかしくない。

地味で目立たないが、誰よりも真面目に働いている。自己犠牲の精神は稲葉の年代の人間にとって当たり前のことなのかもしれないが、会社に対する忠誠心ということだけではないように感じられた。

稲葉は昨日まで有休を取っていた。三年間同じ部署にいるが、私的な理由で休んだという記憶はほとんどなかった。

この半年ほどは何度か休んだこともあったが、定年まで一年足らずということもあり、その後の生活に備えているのだろう。そういう社員は少なくない。

「ああ、稲葉さん。どうでした？　お休みは」

課長の竹原《たけはら》が声をかけた。四十二歳と稲葉より年齢は下だが、役職は上になる。ぼちぼちだよ、と答えながら稲葉がパソコンを起動させた。

「いろいろ整理しなきゃならないことがあってね。休ませてもらって申し訳なかった」

「全然いいですよ。いつも忙しいんですから、たまにはお休みになった方が。稲葉さん、働き過ぎですからね。まあ、稲葉さんぐらい体調管理に気を遣っていれば、過労死とかはないでしょうけど」

稲葉が健康に気を遣っているのは、部内の全員が知っている。ちょっとした風邪でも病院に何度も通うほどだ。

お茶いかがですか、と美砂は声をかけた。飲む飲む、と竹原が答えたが、稲葉さんに聞いてるんですと言うと、そりゃどうも、と首をすくめた。

「いやもう、稲葉さんがいないと大変で。休暇願を出された時は何も考えずにハンコ押しましたけど、一日はエントリーシートの〆切日だったでしょう。準備してたつもりなんですけど、毎年稲葉さんにお願いしてたから、どうまとめておけばいいのかとか、直接持参した学生への対応とか、細かいことがわかんなくなっちゃって。安西《あんざい》部長、例によって消えちゃうし」

竹原が部長席に目をやって肩をすくめた。肝心な時に姿を消すのが、安西部長の得意技だ。

「済まない。もっと具体的に話しておけばよかった。休みをずらすべきだったかな」

「いや、それは仕方ないですよ。休みは休みですからね。気にしないでください。ちょっとバタバタしましたけど、どうにかなりましたし」

三友商事は明治初期に設立された財閥系の伝統ある会社だ。この十年ほど、会社は就職を希望する学生に対して、三友商事独自のエントリーシートを提出させていた。以前に比べて多様化・細分化する業務にあった学生を採用するため、より具体的で細かい経歴を知る必要があったからだが、一日はそのエントリーシートの提出〆切日だった。

　多くの学生は郵送で送ってきていたが、中には来社して手渡したいと希望する者もいて、会社として対応せざるを得ない。会社を訪問することで、熱意をアピールしたいという声は無視出来なかった。

　ただ、そのために専用の受付を設置したり、来社した学生の名簿を作るなど、手配しなければならないことが数多くあった。十年以上前から担当は稲葉だった。任せておけば問題はないと人事担当の誰もが思っていたし、事実これまで事故は起きていなかった。

　だけど、ちょっとまずいなって思うんですよ、と竹原が続けた。

「稲葉さんに頼り過ぎてたなあって。採用ひとつとっても任せっきりで、負担も大きいでしょうし。もし稲葉さんがご病気でもされたら、機能が停止しちゃうっていうか。いや、すごく困るわけじゃないんですけど、やっぱり経験者がいないと……」

「そんなことはないさ。確かに一人に任せっきりだと何かあった時に大変だが、大勢でやるほどの仕事でもない。慣れれば、私のような年寄りでもこなせる程度のことだよ」

「もっと老害を撒《ま》き散らしている人はいくらでもいます」竹原が真面目な顔になった。

「稲葉さんは違いますよ」

「そんなことはない」

「本当にお辞めになるんですか？　ぼくたち、困りますよ。ベテランの総務マンは必要です。経験が重要な部署だっていうのは、言うまでもないでしょう。皆さん歳を取ると動かなくなりますけど、稲葉さんは違う。現役の現場のリーダーです。休み明けの人に言うことじゃないですけど、辞めるの止めませんか」

「そうですよ。ずっといればいいじゃないですか」

横から美砂は言った。もういいだろうと稲葉が苦笑したが、竹原は笑わなかった。

「昔の六十とは違いますよ。稲葉さんは全然若いし、十分最前線で働けます。うちはまだ六十歳定年を崩していませんけど、希望すれば誰でも六十五歳まで雇用が延長されることになっています。釈迦に説法で、そんなのは百も承知でしょうけど」

「私だって老後の計画はあるさ」

辞めないでください、と竹原が真剣な表情で言う。

「ぼくだけじゃない。部員はみんなそう思ってます。安西部長だって、草壁《くさかべ》役員だって同じです。辞めてどうされるんです？　ぼくは親父と同居してるからよくわかるんですけど、仕事がなくなったら男は哀れなもんですよ」

「決めたことなんだ。来年の三月、六十になったら辞める。もう上にも話は通した。引き継ぎだってちゃんとやるし、みんなが困らないようにするさ」

電話鳴ってますよ、と中年の女性社員が呼んだ。また話しましょう、と竹原がデスクの受話器を取った。

「本当に……辞めるんですか」

お盆を抱えたまま言った美砂に、仕事をしよう、と稲葉がパソコンを覗き込んだ。

5

七月七日午前十一時、駅員からの連絡を受けて、坪川はJR栄新町駅にいた。

駅のコインロッカーのひとつが、未精算のまま五日経過している。利用客から妙な臭いがするという苦情が出ていることもあり、開けたいが立ち会ってほしいという。

電話を受けたのが坪川だったのはたまたまだったが、何で警察が行かなければならないのかわからなかった。そこまでの義務はないだろう。大久保に確認すると、慣習でそうなっているという答えが返ってきた。

駅のコインロッカーには利用規定がある。三日間過ぎて未精算の場合、駅員が扉を開いて中を確かめることが義務付けられているが、四年ほど前にトラブルが起きていた。

規定に則《のっと》り、駅員がコインロッカーを開いたところ、割れた陶器が出てきた。駅員は触れてもいないし最初から割れていたと主張したが、そこは今でもよくわかっていない。とにかく陶器は割れていた。

利用客は勝手に開けて乱暴に扱ったため割れたとして駅員を訴えた。結果は利用客側が勝訴した。陶器は五百万円の価値があるもので、全額弁償することになった。それ以来、栄新町駅と警察署の間で、何らかの理由でコインロッカーを開ける時には、警察が立ち会う決まりができたということだった。

すいませんねえ、と現れた中年の駅員が案内した。

「つまらないことでお呼びだてして。お忙しいのにねえ」

それほど忙しくない、と坪川は心の中でつぶやいた。いくつかの事件を担当しているが、大きなものはもちろん、緊急を要する件もとりあえずなかった。

一歳児がスーパーの駐車場から姿を消した件だけが緊急事項と言えたが、その後県警が入ってきたことによって坪川の仕事はなくなっていた。様子を聞くと、県警は人員を投入して本格的な捜査に当たっており、スーパーの客や近隣住民を対象に、詳しい聞き込みを始めているという。手袋をした男が駐車場付近にいたのを見た人が出てきたと聞いたが、それ以上のことはわからなかった。

県警からは、最初に現場に出動しているということで、また協力してほしいと言われていたが、まだ呼ばれていない。急いでいるわけではないようだ。

そんなことはないですよ、と坪川は微笑んだ。

「これも仕事のうちですから」

何かね、臭いがするって、と駅員が顔をしかめた。

「お客さんがね、そんなこと言うんで。いや、わたしも行ったんですけど、別に臭いとかはねえ……するって言えばするし、気にならないと言えばそうだし。駅構内に立ち食いのうどん屋があるんですけど、そこから臭ってるのかなって」

ここです、と北口と南口を結ぶ連絡通路の真ん中辺りで立ち止まった。天井の一部が外されている。改修工事をしているためらしい。目の前にオフホワイトのコインロッカーが並んでいた。五十個ほどあるのではないか。

「これなんですけどね」

中段のひとつを指した。２０４と番号がある。普通のサイズで、使用料金は三百円だった。料金表示を見ると、赤い電子文字がエラーとなっている。三日間未精算だとこうなるんです、と駅員が説明した。

暑いですねえ、と坪川は首筋の汗を拭った。

「開けてもらえますか。ぼくは見てればいいんですよね」

それにしても暑かった。エアコンはあるのかもしれないが、ほとんど意味を成していない。空気は重く、淀んでいた。

「乱暴なことはしてないって、それだけ確認してもらえれば」マスターキーを差した駅員が扉を開けた。「すいませんねえ」

坪川は鼻をひくつかせた。扉が開くのと同時に、不快な臭いが漂ってきた。

何の臭いだろう。生肉とか、その類だろうか。この暑い時期にそんなものを放置しておいたら、すぐに腐るだろう。

中を覗き込むと、布製のトートバッグがひとつ入っていた。印刷されているロゴに見覚えがあったが、最近見たものではない。いつ見たのか。

「何ですかね、これは」

駅員が手を伸ばして、トートバッグを引っ張り出した。主婦などが買い物の時に使うもので、手に下げるにはちょうどいいサイズだ。意外と重いな、とつぶやく。

「……何が入っているんです？」

自分の声が震えていることがわかった。理由はわからない。何を怯えているのか。駅員がトートバッグの口を開く。ビニール袋のようなものが見えた。

指先で探っていた駅員が悲鳴を上げた。トートバッグを取り落としそうになる。慌てて坪川は手を添えた。中が見えた。薄い髪の毛。

駅員が腰を抜かして、床に座り込んでいる。坪川は左手でバッグを抱え、右手でビニールを慎重に開いた。子供だ。小さな頭。

「……何なんですか、それ」

駅員が泣きそうな声で言った。坪川は更にビニールを押し広げた。顔が見えた。目を閉じている。何も着ていないようだ。

「……何なんですかあ」

駅員が立ち上がろうともがいている。足に力が入らないのか、膝立ちになった。

子供のようです、と坪川は囁いた。

「男の子でしょうか。赤ん坊かも……いや、もう少し大きいか」

妙に冷静になっている自分がいた。駅員がコインロッカーに手をついて立ち上がる。

これを、とトートバッグを渡した。

「……どうしろって言うんです？」

「ちょっと持っててください。署に連絡します」

携帯をジャケットの内ポケットから出して刑事課にかけた。ここを封鎖しますと駅員に言った時、大久保が出た。

「はいはい、どうした？　現金でも出てきたか」

「それどころじゃ……」声がかすれた。「子供の死体が見つかりました」

何だって、という甲高い声が聞こえた。

「たった今見つけたところで、何が何だか……子供です。死んでいます。若干腐敗もしているようですね」

「坪ちゃん、ずいぶん落ち着いてるな。本当なの？　本当に子供？　死んでるの？　人形とか、そんなんじゃないの？」

「だったらいいんですが、どう見ても人間の死体です。小さな子です」

「……どうする？」

こっちが聞きたいですよ、と坪川は眉をひそめた。

「駅のコインロッカーの前にいます。連絡通路の真ん中です。ここは封鎖しますから、誰か寄越してください。こっちも駅員を集めます。現場保存をしなければならないのはわかっていますが、人の通行が多くてできるかどうか……」

「あれかね、未成年者が自分で産んだとかで、コインロッカーに捨てたとか？」

「わかりませんよ、そんなこと……待ってください」

坪川はトートバッグの死体を確認した。首の周りに黒い線があった。

「そういうことじゃないようです。首を絞めた跡があります。殺されたのかも――」

すぐ人を出す、と大久保が言った。

「坪ちゃんはそこで待機してくれ」

電話が切れた。どうしましょう、と駅員が呻く。とりあえずコインロッカーに戻しましょう、と言った。

「いいんですか」

「持っていても仕方ありません。重いですし、置いた方がいい」

そっとトートバッグをコインロッカーに入れた駅員が、駅長に報告しますと言ってその場を離れた。連絡通路を通行人が行き来している。視線を向けてくる者はいたが、足を止める者はいなかった。

額の汗を拭うと、手のひらがべっとりと濡れた。二人の駅員が駆け寄ってくるのが視界の端に映った時、携帯が鳴り出した。

6

二時間後、坪川は愛知県警本部にいた。コインロッカーで幼児の死体を発見したと報告すると、すぐに県警から大勢の捜査員が駅へ来た。

状況を説明し、捜査に加わりたいと申し出たが、やんわりと断られた。代わりに駅員と共にパトカーに乗せられ、本部へ連れていかれた。

駅員とは別の取調室に通され、しばらく待ってほしいと指示された。発見時の詳しい状況を聞くためだということだったが、誰も来ない。そのまま一時間以上が経過していた。

栄新町署に連絡したが、大久保も坪川が置かれた状況はわかっているようで、協力するようにと言っただけで電話は切られた。待つしかないようだ。

厄介なことになった、という思いがあった。なぜ自分だったのか。見つけなければよかった、と無責任な考えすら浮かんだ。たまたま電話に出て、コインロッカーを開ける際、立ち会うことになった。こんなことになるとは思っていなかった。まさか中から子供の死体が出てくるなど、想像もできない。

疲れる展開だとつぶやいたが、頭のどこかが違うことを考え始めていた。まさか、そんなことはないだろう。偶然にしてはひど過ぎる。あるはずがない。

胸の中にぼんやりした考えが浮かんでは消えていく。何とも言えない感じがしていた。不安とも少し違う。違和感と言うべきだろうか。

不愉快な連想を打ち消そうと立ち上がって狭い取調室の中を歩き始めた時、前触れなくドアが開いた。立っていたのは四十代の男だった。長く伸ばした髪を頭の後ろで結んでいる。本部の岡崎《おかざき》です、と名乗った。

「お待たせしました。いろいろありましてね」

イントネーションは関西風だったが、それほど強いものではない。向かい合わせに座って、手に持っていた二本のウーロン茶の缶をデスクに置く。どうぞ、と一本を前に押し出した。

いただきます、と坪川はプルトップを開けてひと口飲んだ。取調室のエアコンは調子が悪いのか、ほとんど風を送ってきていない。じんわりと暑く、喉が渇いていた。

「とんでもないものにぶちあたりましたね」

岡崎は自分のウーロン茶に手をつけず、坪川をじっと見つめている。何と答えていいのかわからないまま、そうですね、と無難な言葉を選んで返した。

「子供は病院に運びました。男の子でしたよ。他殺です。首を細い紐か何かで絞められていた。あんな小さな子供がね。着衣もなかった。可哀想に」

「やっぱり……そうでしたか」

子供の首にあった跡で、おそらく絞殺だろうと考えていたが、その通りだったようだ。

「わたしが第一発見者ということになるんでしょうが、あまり力にはなれそうもありません。自分でもよくわかっていないんです」

「そうでしょうね。コインロッカーは調べました。駅員の話も聞きましたが、何も触ってはいませんね？　例のトートバッグ以外は、という意味ですが」

「はい。立ち会ってくれと言われて、横で見ていただけです」

「ロッカーからは何も見つかっていません。きれいなもんです。ただ、誰かが拭っていったような形跡がありました」

「拭った？」

「他に気づいたことは？　開けた時、何か感じませんでしたか？」

質問を無視して、岡崎が聞いた。そうですね、と坪川は記憶を辿《たど》った。

「臭いがしました。駅員が扉を開くとほぼ同時にです。嫌な臭いでした」

「一部ですが、死体は腐敗していました」岡崎が視線を外さずに言った。「死後約四日です。この暑さだ。そりゃ腐りもするでしょう。他にはありましたか？　何でも結構です」

「ロッカーを駅員が開き……」坪川は状況を思い浮かべた。「中にはトートバッグ以外何もありませんでした。間違いありません」

ふむ、と小さく鼻から息を吐いた岡崎が、ウーロン茶に手を伸ばした。握っただけで開けない。

「そんなところでしょうね」ありがとうございました、とあっさり言った。「どうします、家に帰りますか？　それとも署に？」

「いや、それは……ちょっと上の人間に聞いてみないと」

でしょうね、とうなずいた岡崎がワイシャツの胸ポケットからボールペンを抜き出し、玩《もてあそ》ぶようにした。

「あなたには話しておいた方がいいでしょう。子供の身元を調べました。ちょっと時間がかかりましたが、母親が見つかりましてね。病院へ呼んで、確認してもらいました。間違いありません。松永真人くんという子でした」

「松永……真人」

坪川の心臓が強く鳴った。そうだったか。予感はしていた。やはりそうか。

「もちろん、あなたは知っていますね。今日が七日だから、四日前になります。七月三日の午後一時頃、栄新町のスーパー玉河屋の駐車場で姿を消した子供です。その時、現場へ行って周辺を調べたのはあなただった。なかなかの偶然ですね」

「わたしは、そんな……偶然です。たまたまで——」

「そりゃそうです。当たり前だ。あなたが何か関係してるなんて思ってませんよ。ただ、面白い偶然だなと。因縁と言ってもいいかもしれない」

「母親が病院に来たとおっしゃいましたね。確か、松永利恵という名前でしたが」

「そうです。私も病院で立ち会いましたが、そりゃひどい様子でね。泣き叫んで、どうにもならなかった。慟哭《どうこく》って言えばいいんですかね。泣き崩れて……無理もない話です。私はこっちに戻らなきゃならなかったんで、彼女が来てから十分ほどで病院を出たんですが、ずっと泣き続けていました。もしかしたら、まだ泣いているのかもしれません」

「あの子は……真人くんは三日の昼にスーパーの駐車場からいなくなりました」坪川は眉間を指で押さえた。「子供を捜しましたし、同時に目撃者も捜したんですが、見つかりませんでした。家にも行ったのですが、結局何もわからないままで……」

「解剖はまだなんですが、監察医の所見ではさっきも言った通り死後約四日だそうです。あのコインロッカーはタイマーがついていて、最後の利用者がお金を入れた時間もだいたいわかっています。駅員が開いた時点で、九十時間が経過していました。丸三日プラス十八時間ほどですね。計算すると、七月三日の午後五時前後にあのコインロッカーに死体を入れたことになる。つまり、三日の午後一時頃に駐車場から子供をさらい、それから約四時間の間に殺害しているというわけです。あなたが母親と付近を捜している頃、犯人は真人くんを絞め殺していたのかもしれない」

岡崎がボールペンを胸ポケットにしまった。

「教えてください。何があったんです？　なぜあの子はさらわれて、殺されたんですか」

坪川の問いに、これからです、と岡崎が声を落とした。

「まだ捜査は始まっていません。これからなんです」

「犯人は？　いったい誰が？」

「気持ちはわかります。駐車場から消えたあの子を捜したのはあなただし、コインロッカーから死体を発見したのもあなただ。事情を知りたいでしょう。いいですよ、わかっていることは話します。何を聞きたいですか？」

「三日の五時頃、犯人はコインロッカーに死体を隠したということですが、それを見ていた者はいないんですか」

「確認中です。今後捜すことになるでしょう」ですが、あまり状況は良くない、と岡崎が親指の爪を嚙んだ。「あなたもあそこに行ってわかったでしょうが、例のコインロッカーは栄新町駅の南口と北口を結ぶ連絡通路にあります。南口側は栄新町の繁華街に近く、通行人も多い。駅長の話によると、駅の乗降客は一日約一万人前後だそうです。周辺住人も連絡通路を利用しますから、どれだけの人が通っているかは正確にカウントできません。コインロッカーを見ていた人がいるとは思えませんね」

「駅員はどうですか。彼らは見ていないんですか」

「コインロッカーは民間の会社が賃料を払ってあそこに置いてるんです。駅は場所を貸しているだけで、管理責任はありません。業務委託されていて、不正使用や故障のチェックはしていますが、四六時中見ている義務はないんです」

「防犯カメラは？」

「あの連絡通路は半年前から改修工事が始まっていて、カメラは外されていました」

「犯人は、それを知っていたということでしょうか」

「わかりませんね。カメラのことはオープンになっていた情報じゃありませんが、見ればわかりませんが、外されているのはわかったでしょう。いずれにしても目撃者捜しはやりますよ。まだ駅員全員から話を聞いたわけでもない。誰かが何かを見ているかもしれません。これは殺人事件です。捜査は最初から徹底的にやり直しですよ。駐車場で何があったか、そこから再スタートです。あなたとは、捜査本部でまたお会いするでしょう。今のところはそれぐらいです」

　岡崎が自分の肩を軽く叩きながら、取調室を出て行った。ぬるくなったウーロン茶を喉に流し込んで、坪川はひとつため息をついた。

7

神崎は由紀と共に和光市の浅川家を訪れていた。浅川順子の葬儀が終わって、二日が経っていた。

「すいませんね、散らかってて……」茉理がリビングに招き入れた。「ごめんなさい、ちょっと……いろいろもう、ごちゃごちゃしちゃって」

奥の椅子に大樹が腰掛けている。手だけを動かして新聞などを片付けているが、顔に表情はなかった。虚脱しているようだ。茉理が忙しく動き回り、四人分のお茶をテーブルに置いてから、ようやく自分も腰を下ろした。

お疲れのところ、申し訳ありません、と神崎は頭を下げた。

「いろいろ……大変でしたでしょう」

「……そうですね。まあ、仕方がありません。あの子はただ死んだんじゃない。殺されたんです。そりゃあ、騒ぐ人も出てくるでしょう」

茉理が呻くように言ってうつむいた。神崎は葬儀の様子を思い出していた。塩谷班の刑事たちは全員葬儀に出ている。弔問客をチェックするためだが、不審な人物は見当たらなかった。

「少しは……落ち着かれましたか」

遠慮がちに尋ねた由紀に、そんなことはいいんです、と茉理が顔を上げた。

「犯人はわかったんですか？　あの子を殺したのは誰なんです」

「昨日お電話した際にも申し上げましたが、そこはまだです。申し訳ありません」

由紀の声が小さくなる。

「早く逮捕して、死刑にしてください」茉理が身を乗り出した。「構わないんだったら、あたしが殺したっていいんです」

昨日お願いした通り、今日はお話を伺いに来ました、と神崎は言った。

「お嬢さんについてですが——」

「もう話しましたよ。何度も何度も話したじゃありませんか。あの子はいい子でした。信じられないほどにね。あの子を殺そうと思う人間なんていませんよ。殺した奴は人間じゃない。悪魔です」

茉理が顔を歪めて吐き捨てた。神崎は由紀と視線を交わした。

順子について、学校関係者を中心に調べたが、茉理の言う通り、殺されるような少女ではないことがはっきりしていた。クラスメイト、同じ学年の生徒、バスケット部の部員、教師の誰もが口を揃えて、殺されることなど考えられないと言った。

学業成績も良く他人のために一生懸命になる。嘘をつかない。よく笑い、よく泣く。前向きな性格。多くの者が順子についてそう語った。嫌ったり、恨んでいる者がいるという話は一切出なかった。裏があるわけではない、と聞き込みをしていた刑事たちも感じていた。本当にいい子だったのだろう。

捜査は続いています、と神崎は言った。

「県警本部が指揮を執り、多数の警察官を動員しています。必ず犯人を逮捕します。ですが、そのためにはご両親の協力が必要です」

「捜査って……どうなってるんですか？　あたしたちは全然聞かされてなくて」

それもお話しします、と神崎は説明を始めた。

「順子さんは学校を三時頃に出て、弟さんを保育園に迎えに行き、その後まっすぐ帰宅しています。おそらく四時過ぎになっていたでしょう。そして四時半頃、誰かがこの家を訪れています」

「……犯人ですか？」

「おそらく。ただし、争ったような気配はなかったそうです。お母さんが帰られたのが五時。その間に順子さんは姿を消しました」

公団の周辺を調べました、と由紀が補足した。

「部外者の車は立ち入り禁止となっていますが、実際はそうじゃないんですね。敷地面積も大きく、道幅も広く取ってある。不法駐車も絶えなかったようですが」

「ひどい人はずっと駐めたままにしてます。駐車場を借りるお金がもったいないんでしょう。遊びに来た人とか、親戚の方がその辺に駐めたりなんてことはしょっちゅうです」

「ですから、見知らぬ車が駐められたりしていても、気に留める住人はいません。事件当日、この棟の周りに不審な車が駐まっていたという情報は今のところありません。ここは駅から一キロほど離れています。順子さんをさらっていった犯人は、最終的に春馬山まで移動している。間違いなく車を使っていますが、今の段階では発見されていません」

「あの山で……誰かが見たりはしていないんですか?」

茉理の目が赤くなっていた。残念ですが、と神崎は顔を伏せた。

「犯人が順子さんを置き捨てていったのは深夜です。登山道を通った車は少なくなかったようですが、あの場所を通り過ぎるのは十秒もかかりません。犯人は車を道路脇に駐めていたはずですが、それを見ていた者がいるかというと、ちょっと難しいかと……」

「あなたたちは何をしているんです? わからないとか難しいとか……」順子は殺されたんですよ、と茉理が声を荒らげる。「何も悪いことはしていなかった。いい子だったっていうのは親の欲目だって言うかもしれませんが、悪い子じゃありませんでした。それは絶対です」

「わかっています。みなさんそうおっしゃっています」

「それが殺されたんです。恨まれるようなことなんかしちゃいない。ちゃんと捜査してください。犯人を捕まえて……一日でも早く……」

茉理の肩が激しく揺れ、両眼から涙がこぼれた。大樹が無言のまま顔を背ける。由紀が手を伸ばして、茉理の肩をそっとさすった。

「お母さん、落ち着いてください。お気持ちはよくわかります。わたしたちも一刻も早く逮捕したいと考えています。ですが、そのためにはご両親の協力が必要なんです」

「どうすればいいんですか」

「わたしたちはこう考えています」茉理の肩をさすりながら由紀が言った。「犯行の手口から、犯人は順子さんを狙っていたようです。学校周辺で何度か不審な男性が目撃されていたと生徒たちから証言もありました。一日二日ということではなく、かなり長期にわたって順子さんの周りにいたんです。七月二日、順子さんが学校から出てくるのを待ち、跡をつけた。家に入るのを見届けて、弟さん以外に誰もいないことを確認した上で家を訪れ、拉致した」

「どうして……そんなことを」

「わかりません。ストーキングされていた可能性もあると、捜査本部では考えています。いずれにしましても計画性は高いと思われます。ですが、あの日実行するつもりだったかどうかは疑問があります。偶然早く帰り、偶然ご両親がいなかった。偶然誰も見ていなかったからさらった、というのはあまりにも偶然が重なり過ぎているように思います」

「あたしが……あの子に早く帰ってほしいと頼んだから、帰りに買い物をして遅くなったから、一人だった順子を犯人は殺したと……」

真っ青になった茉理が激しく首を振る。お母さんの責任ではありません、と神崎は言った。

「これはまだお話ししていませんでしたが、順子さんの腹部に火傷《やけど》の跡がありました。新しいものです。おそらく、スタンガンを押し当てられた際にできたものではないかと思われます」

「スタンガン?」

「電気ショックで、行動の自由を奪う護身用の武器です。犯人はこの家を訪れ、インターフォンを鳴らし、順子ちゃんと話したのでしょう。何か理由をつけてドアを開けさせ、スタンガンを使い、気絶させた。何か大きな袋、あるいは箱のようなものを用意していて、それに順子さんを入れて運んだ。状況を見ると、女性では難しい犯行です。かなり強く順子さんに執着している。ストーカーという見方は見当外れと思えません」

「ストーカー……」

「以上の状況を踏まえて、お聞きしたいのは順子さんの身の回りにそういう男性がいなかったかということです。何か心当たりはありませんか。雑な言い方になりますが、通りすがりかもしれません。無関係な男が順子さんに異常な感情を抱いたということもあり得ます。本人が気づいていたかどうかは今のところ不明ですが、最近誰かにつけられているとか、見られているとか、気配を感じているとか、そういった話を聞いてはいませんか」

「あの子は、そういったことは……」茉理が虚《うつ》ろな目で夫を見た。「何か聞いてる?」

「おれは……そんなこと……」

大樹が何度もまばたきをして、置いてあったお茶をひと息で飲んだ。

「順子さんは、何か書き残したりしてないでしょうか」

探してみましょう、と立ち上がった茉理が、こちらへと手招きした。神崎はゆっくり腰を上げた。

8

七月十日の朝、坪川は県警本部で四人の捜査員に取り囲まれていた。

松永真人の死体がコインロッカーで発見されてから、三日が経っている。捜査本部が栄新町警察署に設置され、県警捜査一課の主導で捜査が始まっていた。

坪川は死体の発見者として、また子供が姿を消した現場を調べた直接の担当者として、捜査本部から事情を聞かれていたが、正式に捜査に加わるよう命令されたのは昨夜のことだった。

「まったくなあ、一歳の子供を殺すなんて、どういう奴なんだよ……あんたが来てくれて助かった。親に事情を聞くのが役目だが、なかなか面倒な相手でね」

戸森《ともり》という五十代の警部が言った。他の三人がうなずく。一人は前に会っていた岡崎だが、他の二人は初めてだ。

「あんたも加わってもらう。会ってるんだよな」

戸森はややがさつで、言葉遣いも乱暴だった。会ってます、と坪川はうなずいた。

「ですが、そんなに……母親はともかく、父親とは少し話したぐらいで――」

「おれらも会ってる。話を聞いたが、何もわからん。あんたに来てもらえれば、また違う話も出てくるだろう。その意味じゃ期待してる。正直、おれらも何を聞いていいのかわからないんだ」

「そう言われても……あの、何かわかったんですか？　捜査会議には出ましたが、大ざっぱな話しか聞けませんでしたし、新聞やテレビで見たことしかわからなくて……」

「何が知りたいんだ。親に会いに行くからあまり時間はないが、教えてやるよ」

「それは全部っていうか……犯人の目星はついてるんですか」

坪川の問いに、戸森が不精髭の目立つ口元を撫でた。

「今更あんたに言うのもあれだが、子供はスーパーの駐車場で母親がちょっと目を離した隙に姿を消した。五分か十分の間のことだ。目撃者はいない」

「その後、本部が入って調べてますよね？　ちょっと聞いたんですが、男がいたそうですね。手袋をしていたとか、そんな話を……」

客の婆さんが見てた、と戸森が太い指で耳の穴を掻いた。

「くそ暑いのに、白い手袋をはめた男が駐車場にいたと言ってる。背は高かったというが、何センチとかはわからんとさ。年齢も、顔も、服とかも覚えていない」

「その男が何か関係あると？」

口から飛んでくる唾を避けながら坪川は聞いた。わからん、と戸森が答えた。

「捜してはいる。客やスーパーの店員からも情報を募っているが、誰も何も言ってこない。婆さんは目が悪くてな。頭もボケてるんじゃないか」

ボケちゃいませんよ、と苦笑を浮かべた岡崎が横から言った。

「私は直接話しましたが、しっかりした受け答えをしていました。確かに目は悪いようですが、見ていないものを見たと言うような婆さんじゃありません」

その男が子供をさらったのかもしれん、と戸森が顔をしかめた。

「母親の車に指紋やその他の痕跡はなかった。手袋をはめていたんだったら、そりゃ出てこないだろう。だが、そいつと決まったわけじゃない。そいつはタクシーの運転手か何かだったのかもしれない。あいつらは夏でも手袋をはめて運転する」

「他に不審者は?」

「有力な情報はない。あのスーパーのことはおれも知ってる。この辺じゃ有名だ。高いのは高いが、いい品物を扱ってるからな。客は多い店だ。駐車場にはしょっちゅう客や車が出入りしてる。様子がおかしい奴がいてもわからなかっただろう」

「本部は何を調べたんですか」

「駐車場と駅を徹底的にほじくった。駅なんか通路を封鎖したから文句もあったらしい。それぐらい我慢しろよって。子供が殺されたんだぞ。一日ぐらい通れなくなったからって……」

「同時に関係者も洗っています」両親もです、と岡崎が冷静な声で言った。「家へも行ったし、近隣住民にも話を聞いてます」

「何かわかったことはあったんですか」

「だから言ったじゃないか、何もないって」戸森が不愉快そうに頭をがりがりと掻いた。「駐車場もそうだが、コインロッカーに子供を入れた奴を見ていた者はいなかった。まあ、見てりゃ通報しただろうがな……ロッカーから指紋は山ほど出てきたが、怪しい奴は浮かんでいない。厄介な事件だよ。駐車場もコインロッカーも、通り過ぎた人間は多かっただろうが、誰も見ていない。そういう場所で犯人は子供をさらい、死体を捨てていったんだ」

「計算しての行動ですか」

「どうだろうな。おれはそう思わんがね。見ていないっていったって、誰かはいたんだ。そんなところでヤバいことをする度胸がある奴がいると思うか？　そんなに計画的な犯罪じゃないよ。むしろ、無計画な臭いがぷんぷんする。最近の流行だ。何も考えず子供をさらい、手に余ったから殺し、他に場所がないからコインロッカーに捨てた。最低の犯人だが、それだけに見つけるのは難しい」

「県警はどう考えているんですか」

「例えばだが、子供がいない若い主婦なんかを想定している。駐車場で一人になってる子供を見つけて、衝動的にさらった。家かどこかに連れていって、自分が何をしてるか気がついた。今更すいませんでしたと言い出すこともできなくなって首を絞めた。生ゴミと一緒に捨てるわけにもいかない。それで、コインロッカーにほうり込んで逃げた」

「そんな……」

東京にいたんだよね、とそれまで黙っていた若い捜査員が初めて口を開いた。

「それなりに経験はあるって聞いたけど、犯人はどんな奴だと思う？」

坪川は視線を落とした。この男たちも自分の過去を知っているのだ。喉が渇いた。

東京といえば、と岡崎が小さくうなずいた。

「ひとつ重要な点がありましたよね。犯人が子供の死体を入れていたトートバッグの件です。丸高屋デパートが自社で作り、販売している商品でした。丸高屋は老舗の有名デパートですが、愛知県にはないんです。犯人はどこでトートバッグを手に入れたんでしょう」

丸高屋か、と坪川はつぶやいた。トートバッグは見ていた。触れてもいる。デザインに見覚えがあると思ったが、東京にいた頃に見ていたのだろう。岡崎が言った通り、愛知県で丸高屋のトートバッグを使っている人間は少ないのではないか。

「となると、犯人は東京の人間でしょうか」

「そうとは言い切れん。調べたが、通販でも買える」東京みやげにしている者も多いらしい、と戸森が首を左右に倒した。大きな音が鳴った。「東京からわざわざ名古屋まで来て子供をさらって殺した？　何のためにそんなことをしたのかね。地元でやってくれよ……おい、時間だ。行くぞ」

手を叩いて立ち上がった。どこへ行くんですか、と聞いた坪川に、言っただろう、と戸森が顔をしかめた。

「子供の両親のところだ。話を聞く。何か出てくるかもしれん。アポは取ってある」

「ひとつわかったことがありましてね」戸森に続いて立った岡崎が上半身だけを折るようにして囁いた。「子供の死体なんですが……腹部に火傷の跡がありました」

二人の捜査員と共に前を行く戸森を追いかけながら、火傷って何ですと聞いた。どうも煙草の火を押し付けられていたようです、と岡崎が答えた。

「誰がそんなことを……」

「今日はそれを聞くことになっています。まあ、行ってみましょう。ここで話していても始まらない」

県警本部の暗い廊下を並んで歩いた。嫌な感じだ、と坪川は胸の中でつぶやいた。

9

道路に立って辺りを眺めている星野に、里奈は手にしたソフトクリームを差し出した。

「これは？」

「コンビニで。食べませんか」

暑いですね、と長い前髪を乱暴に掻き上げた。あまり女らしくない仕草だが、似合っていなくもないと自分では思っている。

「星野さんも熱心っていうか……毎日何なんです？　この道路に何があるっていうんですか？」

「ここで吉岡少年はさらわれています」

わかってます、と里奈は大きく口を開けてソフトクリームをひと口食べた。

「コンビニを出て、家に帰る途中にこの道を通った。何度も聞きました」

「家までは一本道です。回り道をしたとは思えない。何の意味もありませんからね。家までの距離は約五百メートル。その間のどこかでさらわれた」

「それがどうかしたんですか？」

背中を伝う汗を不快に思いながら聞いた。呆れてもいた。星野は事件発生後、コンビニへ行って話を聞くか、署で新聞を読んでいるか、この道路に来て周囲の様子をただ見ているだけだ。

島崎係長から命じられているのは、コンビニ関係の捜査だった。臨時にローラー作戦に組み入れられたこともあったが、数日のことで、他の指示はない。重要な任務は与えないという考えもあるのだろう。捜査会議でも発言を求められることは皆無だったし、周囲の目も同じように醒めたものだった。

島崎たちから、刑事としての能力を疑問視されているのも感じていた。捜査本部に加わるようになって、ますます厳しい目で見られているようだ。辞めた方がいいのかもしれないと考えていたが、踏ん切りがつかなかった。

星野はどうなのだろうか。警部という階級にありながら、卒配直後の警察官でもできるつまらない仕事ばかりを命じられている。どうして耐えられるのだろうか。

「三百メートルほど先にファミレスがありますすな」

まるで今初めてわかったかのように前方を指さした。赤い壁の建物が見える。

「知ってます。毎日見てますから」

「ファミレスを担当している刑事に聞きましたが、駐車場に防犯カメラがあるそうです。駐車場の敷地を写していますが、この道路もかなりの範囲が写り込んでいます。確認してもらいましたが、映像に子供を連れ去る人間の姿はありませんでした」

「そりゃそうでしょう。そんな映像が残っていたら苦労しません。証拠とかそんなレベルの話じゃありませんよ。即犯人逮捕に繋がります」

表情を変えないまま、星野が道路を端から端まで見渡した。

「つまり、犯人が少年をさらったのは、コンビニから今わたしたちがいるこの地点までの三百メートルの範囲内だということになります……おや？」

「どうしました？」

星野が革靴のつま先を持ち上げた。こぼれたソフトクリームの塊が載っかっている。

絶望的な表情のまま話を続けた。

「犯人は車を使ったと考えられています。その通りでしょう。小学校六年生です。ちょっと小脇に抱えていくというわけにはいかない。その後移動しているのも間違いありません。車に乗せて連れ去ったんですな」

「そうとしか考えられないですよ。車を使ったというのは、捜査本部全体の見解で

――」

「どこに駐めてたんですかね」

「はい？」

「この道沿いですかね。いや、一時停車はできたでしょう」そこそこに幅はあります、と星野が左右を指さした。「ですが、少年は約一時間コンビニで雑誌を読んでいる。その間ずっと駐めていたのでしょうか。ちょっとそれは考えにくいですな」

そうですね、と里奈はぐるりと辺りを見回した。道幅は三メートルないだろう。星野と話している間にも、車が何台も通り過ぎていったが、どの運転手も徐行していた。決して広いとはいえない。この道路に長時間車を駐めておくのは難しいという星野の指摘は理解できた。

「あの四歳児のことは覚えていますよね？　優斗くんです」あの子の言っていたことが事実だとすると、と星野が慎重にソフトクリームをなめた。「犯人は吉岡少年を学校から車でつけてコンビニまで来た。コンビニの防犯カメラの映像からの推定ですが、駐車場から吉岡少年を監視していたように思えます。つまり、車はコンビニの駐車場に駐めていたんでしょうな」

「そうかもしれません。もっとも、あたしは優斗くんの証言はどうかと思ってますけど」

「吉岡少年はマンガ雑誌を読んでいた。いつ読み終えるかは誰にもわかりません。夜になって暗くなれば止めたでしょうが、別に何時までとはっきり決まっていたわけじゃない。犯人は見張っているしかなかったんです」

「……何をおっしゃりたいんですか」

「ずいぶん大胆な犯人だと思いませんか。コンビニの駐車場に防犯カメラがないのはわかっていたのかもしれません。ですが、客は来ますよ。顔を見られることになったかもしれない。店員が出たり入ったりもするでしょう。長い時間立っていたら、妙に思う人間だっていたかもしれない。それでも、犯人は少年を監視し続けた。誰も気づかないと思った？　そんなこと考えもしなかったのですかね」

「それがどうしたって言うんです」

「捜査本部は犯人を変質者か模倣犯だと想定していますな」

「そうです。既定方針ですよ」

「犯人は子供を殺そうと以前から考えていたということになっています。ですが、いつということではなかったし、犠牲者は誰でもよかった。殺そうという意図だけがあり、たまたま一人で歩いている吉岡少年を見かけ、つけていったところ偶然誰も見ていない状況があったので、チャンスだと考えてさらった。そういうことになるのでしょうが、ずいぶん行き当たりばったりですな」

「そういう言い方をすればそうなりますよ。だけど衝動殺人ってそういうものじゃないですか？」里奈は逆らうつもりはなかったが、声が高くなった。「一種の通り魔です。いろんな偶然が重なり、結果として誰も見ていない状況で子供をさらうことができた。犯人にとってはラッキーな話ですけど、そういう場合もあると思います。多くの場合、目撃者がいたり、証拠を残していたり、だから犯人を逮捕できます。だけど、今回はそうじゃなかった。こんな言い方はちょっとあれですけど、犯人はついていたんです」

「それはそれで正しい意見ですな。ではもうひとつ、犯人は殺害する相手を特定していたのでしょうか」

「特定？」

「捜査本部の想定通り、変質者なら、性的な欲望を抱く相手が子供だったということでしょう。模倣犯の場合は、昔の事件をモチーフにしているわけですから、犠牲者は子供でなければならない。つまり、あの年頃の少年なら誰でもよかったということになります」

「そうだと思いますけど。犯人が何を考えていたかはわからないですよ」里奈は眉間に皺を寄せた。「好みのタイプというと違うかもしれませんが、そういうこともあったのかも知れません。犯人が犠牲者を特定していたとは——」

「わたしは犯人が吉岡隆一くんというあの子を狙っていたように思えるんです」

「狙っていたというより、あの子に異常な欲望をかき立てる何かがあったとか、酒鬼薔薇事件の犠牲者と背格好が似てたとか、犠牲者として都合がいい何かが——」

「そういう意味じゃありません。犯人は子供なら誰でも良かったわけではなかったと言っているんです。殺すのは吉岡少年だと決めていたのではないか。あの子を殺すことが目的で、だから学校から彼が出てくるのを待ち伏せしていた。コンビニの駐車場で一時間以上待ち、誰が見ているかもわからないリスクを冒してまで、あの子にこだわった。殺したあの子の頭を学校まで持っていき、校門の前に置いている。それだって、誰かに見られていてもおかしくありません。相当無茶なことをしてます。それでも、あの子を殺さなければならなかった」

　黙ったまま、里奈は肩をすくめた。星野の言いたいことはわからないでもない。論理的な考えではあるだろう。だが、それは捜査本部の想定する犯人像とは違う。

「島崎係長は……いえ、他の捜査員も皆そうですけど、犯人は精神的な問題を抱えている人間だと考えています。あたしもそう思います。異常な犯行ですよ。あんな残酷なこと、まともな人間にはできません。星野さんの言ってることもわかりますけど、それはちょっと……」

「確かに、やってることは異常ですな。まともでないというのはその通りです」だが、犯人は異常者ではないでしょう、と星野がつぶやいた。「異常な行動に見えますが、見せかけなのではないでしょうか。偶然だけとは思えません。衝動的にさらったり殺したのではない。周到な計画を立て、強い意志をもって実行している。通りすがりに見かけた少年を面白半分に殺したり、自分の欲望を満たすためだけに首を切断したのではない。何か目的があったんです」

「星野さん、言ってる意味がわかりません。十一歳の子供を殺す目的って何です？」

答えはなかった。聞こえていないのだろうか。首筋を掻いていた星野が、足を引きずるようにして歩きだした。

10

草壁義郎《よしろう》は自分のデスクを離れ、ソファに足を投げ出して座った。そのまま煙草をくわえ、火をつける。ニコチンが体の隅々まで行き渡るのを感じて、小さくため息をついた。

三友商事は全フロア禁煙で、決められたスペースでしか喫煙することはできない。堂々と煙草を吸っているのは、役員室が自分専用の部屋だからだ。

草壁は三友に二十人いる取締役の一人で、担当は総務・人事だった。五十九歳という年齢は取締役の中でも若い方だ。

数年のうちにもう少し広い部屋を与えられることになるだろうと思っていたが、今のままでもいいという気持ちもある。それほど強い出世欲があるわけではなかった。

ドアがノックされた。秘書の女性が顔を覗かせて何か言おうとしたが、いいんだ、と手を振って体を起こす。約束の時間だとわかっていた。後ろに背の高い男が立っていた。

「よお、入れ入れ」

どうも、と稲葉が落ち着かない顔で部屋に足を踏み入れた。座れ、とソファを指さした。

「悪かったな、いきなり呼んだりして。忙しいか？」

「そうでもない」

真面目な顔すんなよ、と草壁は肩を横から叩いた。するさ、と笑わずに稲葉が言った。

「役員だもんな」

「同期じゃないか」

「こっちは課長補佐だ。身分が違う」

「何をつまらんことを……アイスコーヒーでいいか？　社内二十八度って、誰が決めたんだ？　暑いよ」

お前が決めたんじゃないか、と稲葉が苦笑を浮かべた。

「おれは二十六度ぐらいでもいいんじゃないかって会議でも言ったが、省エネとか経費のことを言って二十八度にしたのはお前だ」

三十七年前、草壁と稲葉は新入社員として三友商事に入社していた。研修の時から気が合い、お互い励ましあいながら仕事に邁進《まいしん》した。現在の立場は違っているが、二人きりになれば関係性は当時のままだった。

「ゆっくりしていけよ。一応役員室だ。寝そべったって誰も見ちゃいない。おれなんかしょっちゅうだ。居眠りとかじゃないぞ。本気で寝てる」

「役員は暇なのか」

「大きな声じゃ言えないが、そういうことだ。下らん会議だの何だのって、面倒なことはあるが実務は別になあ……会社ってのはうまくできてるよ」

「いつ社長になる？」

「わからん。十年ぐらいか？　なれないかもしれん」

「同期としてはお前になってほしいと思うところもあるが、強く勧めるつもりはない。何だかんだ言っても社長だ。かかるストレスは強烈だろう。あまり体には良くないんじゃないのか」

稲葉がストローでアイスコーヒーをすすった。社員の健康管理はそっちの仕事だもんな、と草壁はうなずいた。

「おれの体調のことも考えてくれ……それで仕事のことなんだが、本当に辞めるのか？」

「話は通してある。お前のところにも上がっているはずだ。ハンコを押してくれたと聞いてる」

「そりゃ違う。ペーパーが回ってきたわけじゃない。もちろん話は聞いてる。会社の定年は一応六十だ。辞めるというならそういうことなんだろうとは言ったよ。それだけの話だ」

「了承してくれたんだろ？」

「了承もなにもない。本人が言ってるんだから、止める筋合いはない。そう思っていたが、ちょっと安西に言われてね」部長の名前を出した。「総務の若い奴らが、稲葉さんに辞めてほしくないと意見具申してきたそうだ。部員の総意だとさ。安西や竹原もだ。人気者だな」

「そんなことはない」

「いや、お前にはそういうところがある。昔からそうだった。周りの人間から慕われる。ちょっと羨《うらや》ましい」

何も言わないからだ、と稲葉がまた苦笑した。

「怒ったり嫌みを言ったりもしない。都合のいいロートルなんだよ」

そんなことはないだろう、と草壁は新しい煙草をくわえた。同期入社の仲間として、稲葉のことはずっと見ていた。一目置いている。

同期入社の社員は百名ほどいた。サラリーマンは皆そうだが、最初の段階でお互いの能力についてだいたいのことはわかるものだ。将来的に誰が中心になっていくのか、予測がつく。稲葉がその一人なのは、同期社員のほとんどが感じていたことだ。

三友は、新卒一括採用した社員全員をまず本社に勤務させる。そして約五年を目途に能力を判断し、数名を幹部候補生として処遇する。

幹部候補生となった社員はいわゆる出世コースに乗り、しかるべき仕事や役職が与えられることになっていた。草壁と稲葉は数少ない選ばれたエリートだった。

だが四十を過ぎた頃、稲葉は体調を崩して半年近く休職した。その後は出世コースから外れ、総務部員として真面目に職務を全うすることだけを考えるようになったようだった。

当時草壁はエネルギー事業本部の次長で、稲葉とは距離があったから直接聞いたわけではないが、黙々と仕事に取り組む姿を見ていた。その後昇進の話もあったが、体調面の問題を理由にそれを断り続けていた。休んで会社に迷惑をかけたということもあるようだ。

あそこで道が分かれた、と草壁は思っていた。自分はその後昇進し、役員にまでなったが、稲葉は課長補佐のままだ。一度コースから外れると一生浮かび上がれないのがサラリーマンというもので、残酷なところがある。本来なら二人揃って役員になっていたはずだった、という気持ちがあった。

「おれが言うのも何だが、総務の連中はかなり強硬だ。定年延長の問題も絡んでいるのかもしれん。うちは他社と比較して、その辺にまだ手をつけてないからな。お前のケースがちょうど当てはまるということもあるんだろう。それだけじゃなくて、本当に辞めてほしくないと思っているのは言うまでもないが」

「もういい年だよ。わかるだろ?」

「昔とは違うさ。おれたちが入社した頃は、六十なんて老人もいいところだった。役員とか社長とか、みんな妖怪みたいに見えた。だが今は違う。六十になったからジジイだってわけじゃなくなっている。おれもまあ何とかなってると思うが、お前なんかちょっと不気味なぐらいだ。鍛えているそうだな。噂は聞いてるぞ」

「健康のためだ」

「辞めなくたっていいんじゃないか。制度として雇用延長は認められている。多少給料は減るが、六十五まで働ける。ちょっと手続きは面倒だが、その辺はお前も慣れているだろう。辞めるなよ。同期のほとんどは地方か海外だし、本社に残っている奴らとは別に親しくない。お前ぐらいなんだよ、腹割った話ができるのは。いてくれよ。おれを助けると思ってさ」

「お前に義理はない。友達だが、それとこれとは違う」

「頑固だなあ。若い時はもうちょっと融通が利いたもんだが」

「もういいだろう。六十を超えて会社に残っていたいか？」

「そう言われるとそうなんだが、責任ってものがあるだろう。お前ほどの人間なら、下の者を指導する立場に回るべきだ。それもサラリーマンとしての正しい在り方だろう」

「性に合わない。ゆっくり過ごしたいんだ」

「どうしても辞めるのか」

「決めたことなんだ。みんなの気持ちはありがたく思う。同期の誼《よしみ》かもしれないが、説得役を引き受けてくれたお前にも礼を言う。だが、放っておいてくれ。そういうタイミングなんだ。会社に迷惑をかけたくない」

「別に迷惑なんかじゃない。少なくともおれにとってはな。ハンコひとつ押すだけの話だ……まあいいさ、来年の三月の話だろ？　気長に引き留めるよ。お前も気が変わったらそう言え。笑ったりしない」

「変わりはしないさ。もう変わらない。アイスコーヒー、ごちそうさま。美味しかった」

稲葉が腰を上げる。たまには飲もうや、と草壁はソファから見上げた。

「会社だとどうしてもいろいろある。お互いの立場も違うしな。だが飲みの席ならただの同期だ。正直に言うが、おれは友達が少なくてな……いいだろ？」

「酒は止めてる」

稲葉が首を振った。そうだった、と草壁は立ち上がってドアまで送りに出た。

「何年になる？　十年、いやもっとか。二十年？　昔は浴びるほど飲んでいたのにな。煙草もゴルフも競馬も止めたんだろ？　真面目は結構だが、たまには遊んでもいいんじゃないか」

「長生きしたいんだ」

「体には気をつけろよ。おれも人のことは言えんが……この前、休んでたんだって？」

「ちょっとな。やぼ用があった」

今度な、と背中を向けた稲葉が早足で去っていった。遠慮しているのだろう。役員と課長補佐。同期とはいえ、立場は明確にしなければならないと決めているようだ。稲葉らしいことだった。

デスクに戻って、煙草に火をつけた。しばらく流れる煙を見ていたが、なぜか稲葉の顔がちらついた。どうしてなのかわからないまま、乱暴に火を消した。

11

七月十一日の昼、里奈は同僚の堀江《ほりえ》という刑事からローラー作戦が終了したという話を聞いた。少年の頭部が発見された小学校を中心に、五キロ圏内のすべての家屋を捜査員が訪れ、確認したという。過去に例を見ないほど徹底した捜索にもかかわらず、結果として何も出てきていなかった。

少年がさらわれたのも、頭部が見つかったのも同じ久米山だ。犯人は車を使っていて、付近にアジトを持っていたはずだというのが捜査本部の推測だったが、里奈もその通りだと思っている。常識的に言って、犯人が長距離を移動したとは考えにくい。

あたしも参加しましたけど、ほとんどの家で捜査員が室内に入ったと聞いています、と里奈は言った。

「それでも何も出てこなかったんですか？」

そう聞いた、と堀江がうなずいた。十歳ほど上だが、本庁に勤務している叔父の同期で、里奈にとって唯一といっていい話しやすい相手だった。叔父から言われているのか、〝シエン〟と周囲から陰口を叩かれている自分のことを、堀江も気にかけてくれているのはわかっていた。

「別班がNシステムや付近の防犯カメラを全部調べたが、隆一くんを乗せた車は見つかっていない。最近のカメラは解像度もいい。助手席でもバックシートでも、子供を乗せていればすぐわかる。犯人だって子供を乗せたまま動くのは怖かったはずだ。そう遠くへは行かないだろう。子供を殺し、首を切り落としたアジトは近いはずなんだが」

島崎の命令は徹底しており、家屋だけではなく空き地、廃工場、川、池、空きビル、商店、その他あらゆる場所が捜索対象だった。それでも犯行現場は見つかっていない。犯人は区内ではなく、もっと遠い場所にアジトを持っているということなのか。

だが堀江が言うように、どんなに大胆な犯人であっても、見つかる危険性を無視して車に子供を乗せたまま動き回るのは難しいだろう。誰かに見られているかもしれないという可能性を排除できない以上、移動は最短距離に留めようとする。それが犯罪者心理というものだ。

「捜査本部の想定では、犯人は衝動的な殺意を覚えた変質者もしくは模倣犯ということになっている」堀江がゆっくりと話した。「犯人が少年と遭遇したのは偶然だ。土地勘もあったんだろう。近くに住んでいたと考えていいはずなんだが、ローラー作戦は空振りに終わった。どうしてだ?」

「考えたくありませんけど、捜査員が見逃してしまったとか、そういう可能性もありますよね」

それを言い出すときりがないんだが、と堀江が舌打ちした。

「通常より多い人数が動員されたが、対象家屋は膨大だった。一軒ずつ何時間もかけて調べるわけにもいかない。その意味では完全じゃなかった。それにしても、普通なら何か出てきてもおかしくない。心証として怪しいと思われるような人物とかな。だが、そういう報告はない」

「捜査本部の想定は本当に正しいんでしょうか」

星野警部に何か吹き込まれたのか、と堀江が不快そうに苦笑を浮かべた。

「あんまりまともに受け取らない方がいいぞ。強行での経験は浅いし、変わり者で有名だ。適当に相手してればいい」

よくわからないんです、と里奈は愚痴ではなく、不満を言った。

「どういう人なんですか？　つまらないことにすごくこだわったり、そもそも係長の言ってることとや、捜査方針なんかまるで気にしてません」

「犯人が隆一少年を狙っていたと考えてるらしいが」あり得ないと思うね、と腕を組んだ堀江が首を傾げた。「少年本人はもちろん、両親についても高校時代までさかのぼって調べた。あの一家を恨んでいた者はいない。父親でも母親でも、嫌っている人間はいるかもしれないが、子供の首を切断するほどの恨みを抱いている者はいないというのが結論だ。そりゃそうだろう、誰が見たって犯人は異常者だ」

「ですよね。これからどうなるんですか？」

「わからんが、長引きそうな感じがする」参るな、と堀江が肩をすくめた。「マスコミや世論がうるさいだろう。本庁としても辛いところだ。誰かの責任問題にならなきゃいいが」

「堀江さんは？」

「おれはそんなに偉くない。夏が終わるまでに片をつけたいが」

どうかな、とつぶやいた。蟬《せみ》の声がうるさかった。

12

七月十一日の昼、神崎は班員と県警本部の会議室にいた。誰もが疲れた表情をしていた。連日猛暑の中を歩き回っているのだから、無理もない。

正式な会議というわけではなかった。ここまでの捜査で得た事実や情報の確認をしておきたい、と塩谷が声をかけて全員を集めていた。

「どうだ？　何かあるか？」

いつものように、前置き抜きでいきなり話を始めた。全員が苦笑する。曖昧に笑いながら、塩谷がゆっくりと辺りを見回した。

それじゃ、と立川が左右に目をやる。年齢が一番上の立川から報告を始めるのはいつものことだった。

「昨日で現場の調査は終了しました。徹底的にやりましたが、何も出てきていません。遺留品その他収穫はゼロです。春馬山周辺の聞き込みもしましたが、目撃者はいません。深夜、山に入った人間はいないというのが結論です」

公団近辺を調べましたが、犯人が車を使ったのは間違いないでしょう、と諸見里がうなずいた。

「ですが、付近で不審な車は目撃されていません。被害者をさらい、車に乗せ、深夜十二時前後に殺害し、山へ運んだ。殺したのはどこなのか……」

「山じゃないんだろ？」

確認のために神崎は聞いた。あの山はそんなに大きいわけじゃありませんと立川が塩谷の方を向いた。

「誰にも見られずに人を刺殺できる場所となると、かなり限られます。所轄の警察官はもちろん、県内の登山サークルなんかにも協力してもらったんですが、何も出ませんでした。林の中などで殺したとしても、血痕ぐらいは残っているでしょう。それが見つからないっていうのは、やっぱりあの山で殺したんじゃないってことかと」

「どこなんでしょうか」

新しいスーツを着た山辺が言った。若いためか、普段から服装に気を遣っている。わかりゃ苦労しないよ、と神崎は茶々を入れた。

「犯人が自宅から女の子をさらったのは、夕方四時半から五時までの間だ。和光から春馬山までは、どんなに道路が混雑していても二時間かからんだろう。犯人は女の子を深夜十二時頃に殺害している。七時間あったんだ。埼玉県を出ることだってできた。どこへだって行けたさ」

「屋外か、それとも家の中でしょうか」

「それもわからん……どうなんだろうな。班長、どう思います?」

無表情で話を聞いていた塩谷が、見当もつかんね、とぼそりと言った。

「それはまだどうとも言えない。神崎、お前は被害者の自宅へ行ったんだな? 何か出たか?」

「いえ、別に……だよな」

視線を向けた神崎に、何も、と由紀が首を振った。

「手掛かりになるようなものは出ませんでした。日記をつける習慣はなかったようですし、部屋にパソコンがありましたが、そこにも特には……」

「携帯は?」

「通信記録を調べましたが、通話目的ではあまり使っていなかったようですね。やっぱりメールやラインが多くて……友達とはそれでコミュニケーションを取っていました。班長が思ってるより、とんでもない数です。頻繁とかそんなレベルじゃありません。もう延々と……でも、これといったものは見つかっていません」

十四歳だが、女は女だ、と立川がしかめっ面《つら》で言った。

「男関係はどうなんだ?」

「学校の同級生に話を聞きました。そういう子ではなかったと言ってます。男の子も女の子もみんな友達みたいな……恋愛でもめるとか、そういう話は聞いたことがないそうです」

「仮にボーイフレンドがいたとしても、中学生にできる犯行じゃない」塩谷がこめかみを指でつついた。「車で死体を運んでいるんだぞ。免許は当然だが、車はどうやって調達したっていうんだ」

そうですよね、と神崎は腕を組んだ。車についてなんだが、と塩谷が前を向いた。

「春馬山に通じる川越街道と志木街道に設置されているNシステムのチェックが昨日終わった」

「聞いてます。結局、何台ぐらいだったんですか？」

立川の問いに、当該時間に通過している車両は川越方面から入った車が約四百二十台、と塩谷が答えた。

「志木側からはちょっと少ない。およそ三百七十台だとさ。要するに七百九十台の中に犯人が運転する車があることになる。一台一台潰していくしかないだろう。ナンバーから見て、業務車両が多いようだな。結局のところ、それが最も確実な犯人逮捕への道ということになりそうだ」

「八百台近いってことですか。そりゃあ、なかなかですね。全台調べるんですか」

「仕方がない。今後、こっちにも何十台か百台か知らんが、割り当てがくる。手分けして当たってくれ」

それしかないんでしょうけど、と神崎は苦笑した。

「面倒だなあ……おれ、そういう地道な仕事が苦手なんだよねえ。もうちょっと手っ取り早いやり方はないんですかね」

どうして犯人は順子ちゃんを殺したんでしょうか、と諸見里が眉間に皺を寄せた。

「あの子の周りに不審な男性がいたんですよね？　ストーカーが何を考えてるかはわからないですけど、何か理由というか接点はないんでしょうか」

確かになあ、と神崎は班員を見渡した。

「おれも生徒たちの何人かから聞いた。そこそこ年齢がいった男だったようだが、変態野郎の考えてることはわからんよ」

捜査本部の見解通り、やはりある種のストーカーなんじゃないか、と塩谷が言った。

「きっかけはわからん。それこそ通りすがりなのかもしれない。浅川順子を通学途中に見かけたか何かで、一目ぼれでもしたのかもな。あの子に執着心を抱いて、家や学校にも行ったんだろう。自分の物にしたいと歪んだ欲望を持つようになった。ありがちな話だがね。周到に準備をして、あの子をさらった。嫌な話だが、そんなふうに考えられるんじゃないか」

「わからないでもありませんが、殺したのはなぜです？」

諸見里が太い首を傾げた。

「例えばだが自分の家に連れていき、乱暴しようとしたが抵抗され、かっとなって刺したのかもしれん。ないとは言えんだろう」

「抵抗したっていうのは、順子ちゃんの性格から考えるとありそうな話です」神崎は身を乗り出した。「親や友達の話を聞いた限り、言いなりになるような子ではないと思いますね」

まあいい、と塩谷が二度手を叩いた。

「とにかく犯人を見つけることだ。なぜ殺したかは、犯人に聞くのが一番早い。そうだろ？　そのためには車だ。車を特定できれば、間違いなく犯人に近づける。逮捕だってできるだろう」

それはそうですね、と男たちがうなずいた。神崎は横に目を向けた。何も言わないまま、由紀がうつむいていた。

13

おはようございます、と里奈は派手なピンクのロゴの入った紙袋を差し出した。これは、と星野が不思議そうに見つめる。ドーナツですよ、と答えた。

「コンビニじゃなく、駅の近くにある専門店で買ってきました。人気のお店なんです。

雑誌にも載ってますよ」

「けっこう早くから開いてるんですね」

九時半ですか、と時計を見ながらつぶやいた星野が紙袋を受け取る。里奈はデスクの向かい側に座った。

東杉並署の刑事課の一角を、星野はいつの間にか自分のスペースにしていた。不器用に見えて、そういう立ち回りは妙にうまかった。

捜査員のほとんどは外に出ていた。ローラー作戦は終了したが、目撃者捜しなどは続行中だ。

今日は特に静かですねと声をかけたが、星野はじっと紙袋の中を見つめているだけだった。適当に選んでくださいと言うと、申し訳ないですなと袋の中を探っていたが、思い出したように顔を上げた。

「昨夜遅く、指示がありましてね。コンビニの捜査は終了していいそうです。今後は包括的な立場で捜査に加わるようにとのことでした」

「どういう意味ですか」

「遊軍扱いですな」

「遊軍？」

「具体的な担当はないということです。あなたについては本庁に戻すということでいいかと聞かれましたが、本人に確認してくださいと答えておきました。それで良かったですか」

「本庁に？　待ってください、どうしてそんな……」

「捜査本部を縮小しようということでしょうね。今回、かなり人数が集められましたが、いつまでもそのままにはしておけないでしょう。予算だって限りがありますからね」

そうですか、とひとつうなずいてドーナツを手にした。捜査本部を縮小せざるを得ない状況になっているのはわかっていたが、自分を本庁に戻すのは別の意味があるのだろう。黙って見つめていた星野が、戻りたくありませんかと聞いた。

「自分でもわかりません。でも、嬉しくはないです。何ていうか、使えない女みたいに扱われるのは……」

「そんなことは考えてないと思いますよ」

いえ、と首を振った。星野になら自分が抱えている鬱屈を話してもいいと感じていた。口は軽くないとわかっている。

自分の経歴が評価されて捜査一課に抜擢されたわけではないと里奈は話した。愚痴にならないよう気をつけたつもりだったが、不満が口をついて出てくるのを止められなくなった。

ひと通り話し終えると、黙って聞いていた星野が口を開いた。

「あなたは刑事になりたくなかったのですか」

「自分でもよくわからなくなって……別に深い考えがあって警察官になったわけでもないですし」

「実際になってみて、どうです？」

「どうって言われても……現場での捜査には加わるな、と言われてました。今回捜査本部に入ったのは人員不足だったからですし、バックアップ要員に過ぎません。コンビニの捜査なんて誰にでもできます。これだけの大事件ですから、少しは違ってくるんじゃないかと思ってたんですけど」

「確かに、与えられたのは後方支援のような任務でした。どうなんでしょう、刑事という仕事を続けたい？　それとも、別の何かをしたいということですか」

答えられず、唇を噛んだ。自分の中で迷いがある。刑事という仕事に魅力を感じているのか。自分でもよくわからなくなっていると言ったが、それは本当なのか。

女性というだけで、仕事を任せてもらえないのは悔しいです、と言葉がこぼれた。

「精神的にも肉体的にもきつい仕事だとわかっています。嫌なこと、残酷なこと、最悪な人間を見ることもあるわけですから、関わらない方がいいというのもそうなんでしょう。だけど……」

うなずいた星野が、もう少し続けてみますか、と言った。

「ただ、そうするとわたしと一緒に遊軍ということになりますが」

「遊軍に担当が変わるとして、星野さんはどうするつもりなんですか」

「調べたいことがいくつかあるんです。まず被害少年の親と話してみたいですな。何か聞き出せるかもしれません」

「何度も他の捜査員が行ってます。新しい話は出ないと思いますが」

学校のクラスメイトの話も聞きたいと思っています、と素知らぬ顔で星野が続けた。

「隆一くんはどういう子供だったんでしょうか。わたしはまだその辺がよくわかっていなくて……」

「何のためですか。普通の子だったと会議でも報告がありました。納得していないんですか？　でも、聞いている限り、間違いないと思うんですけど」

「そうなんでしょう。ただ、話を直接聞きたいだけです。何かわかるんじゃないかと……」

里奈はデスクに置きっ放しになっていたペットボトルの水を飲んだ。すっかりぬるくなっている。

「他に何かあるんですか」

「指示を受けた後、これを借りてきました」デスクに積まれた分厚い紙の束を星野が指さした。「ローラー作戦の報告書のコピーなんですが、これでもごく一部です。見直そうかと思っています」

「見直す？」

里奈は紙の束に目をやった。数百枚、あるいは千枚近くあるかもしれない。Ａ４サイズの紙がファイリングされている。手を伸ばして、一番上の紙を取り上げた。

「名前、住所、年齢、職業、家族構成……細かく調べてありますね。ローラー作戦って、杉並区の広範囲を対象に実施されたんですよね。いったいどれぐらいの区民を調べたんですか」

「広範囲と言っても全地域というわけじゃありません。ローラー作戦の対象になったのは約二万五千世帯、住人は四万人ほどのようですな」

「それをすべて見直すって、そんなことできるわけないじゃないですか」

「四万人を一人ずつ調べろと言われたら、それは無理ですな。途方もない時間がかかる。ですが、確認作業なら十分可能でしょう。目を通すだけですからね。どうにかなりますよ」

「何のためにそんなことをするんです？　星野さんは捜査本部の方針に反対なんですよね。だからもう一度調べるってことですか」

「そうじゃありません。基本線は同じです。島崎係長は犯人が車を使って少年を拉致し、どこかにあるアジトで殺害したと考えている。その通りでしょう。目立たない形で連れ去るには、車が絶対に不可欠です。少年はただ殺されたのではない。首を切り落とされています。そのためにはアジトが必要ですな」

「そう思います」

「それほど遠くではないはずだという推測も正しいでしょう。離れた場所に少年を運んでいくのはリスキーです。そもそも、その必要がない。数キロ圏内という考え方は間違っておりません」

評論家みたいに語るんですね、と里奈は別のドーナツを手に取った。

「あたしも係長の方針は正しいと思ってます。でも、ローラー作戦でアジトは見つかっていません。捜査本部には、もっと広範囲を捜索対象にするべきだと言ってる人もいると聞きましたけど」

「わたしも彼らに話を聞きました。わたしたちが臨時に加わった時もそうでしたが、徹底的にやっています。住人に話を聞くだけではなく、家の中にまで入っている。よくそんなことができたものです」

「絶対に家には入れないと強硬に拒否した人もいたそうですけど、事件が事件ですからね。ほとんどが協力してくれたって話ですよ」

「日本人は優しいですな。子供にあんな残虐な行為をした犯人を許せないというのは、当然と言えばそうなんですが……拒否した人も含め、結果は全部記録されています」

「区内のどこかに犯人はアジトを構えていると思ってるんですか？　家の中に入れてくれなかった人にその可能性があると」

「いや、そうとは限りません」コーヒーはないですかね、と星野が目だけを動かした。

「ええと、何でしたっけ……そうですね、少年を拉致したあの道路と頭部を放置した学校、その二つを結ぶ地点からそう遠く離れていない場所にアジトがあると思います。ですが、家に警察官を入れたかどうかはあまり関係がないでしょう。屋内の調査は目視によるもので、ルミノール検査までしたわけじゃありません。首を切り落とした時、血は流れたでしょうが、犯人だってそれは拭き取ったはずです。家の中に踏み込まれたって、犯人にとってはたいしたことじゃなかった」

「それなら、何を調べるというんです？」

「先日もお話ししましたが、この事件の犯人は変質者や模倣犯ではないと考えています。何か別の理由、動機があった。犯人は吉岡少年を殺害すると決めていた。あの少年でなければならなかった。とはいえ、小学生です。強く恨まれる動機は考えにくい。では、何があったのでしょう」

「考え過ぎてませんか。どう見たって犯人は頭がおかしい人間ですよ。異常者です。それで捜査本部の意見も統一されてるんですす」

　わたしもわからなくなってるのかもしれません、と星野がぼやいた。

「ですが、犯人は計画的に少年を殺したのだと思えてなりませんな。少なくとも、異常者などではない。極めてまともです。首を切断して学校の校門に置き捨てるというのは残酷で異常な行為に見えますが、あえてそうしていると思いますな。それをまともではないと言うのなら、確かにそうなんですが」

「あえてそうしている？」

「何か狙いがあるんです。何なのかはまだわかりませんがね……どうでしょう、手伝ってくれませんか。資料の確認にあたって、三つ条件があります。ひとつは年配の男性であるということです。六十歳……いや、念のために五十歳以上ということにしておきましょうか。子供の目から見ると、それぐらいの年齢は皆お爺さんに見えるでしょうからね」

「お爺さん？　星野さん、あの子の言ったことを本当だと信じてるんですか」

以前に警察を訪ねてきた、深町という母子のことを思い出しながら里奈は言った。

あの子には嘘をつく理由がありません、と星野がうなずいた。

「何も得することがないんです。信じてもいいでしょう。そして、車を所有し、駐車場を持っていると考えられます。レンタカーを借り、コインパーキングに駐めていたのかもしれませんが、その可能性は低いでしょうな。犯人もそんなことはしたくなかったはずです。何かミスがあったら、誰かが不審に思いますからね」

「あとひとつは？」

「身長は百七十五センチ前後だということです。コンビニの防犯カメラの画像に、ズボンの膝が映っていたのを覚えていますか？　先日、あの店に行って調べたのですが、あの位置に膝がくるのは、身長が百七十五センチないと無理なんです。どうします？　手伝ってもらえますか」

あたしでいいんでしょうか、と聞きながら里奈は手についた砂糖をはたいて落とした。微笑んだ星野が資料の紙束を差し出した。

14

七月十二日午前十時、坪川は栄新町の松永家にいた。戸森警部以下四人の捜査員が一緒だった。

来たのは二度目だが、間取りは覚えている。リビングに通され、戸森と並んで椅子に座った。他の三人は立ったままだ。

ぼくも、と腰を上げようとしたが、そのままでいいと戸森が小声で言った。

「あんたは子供が消えた時からの状況を知ってるただ一人の刑事だ。両親とも面識がある。向こうも話しやすいんじゃないか。何でもいい、思いついたことがあったら遠慮なく言え」

薄く笑った戸森に、そうですか、と答えてリビングのドアを見つめている。と、松永利恵が入ってきた。

「すいません、落ち着かなくて……今、主人が参ります」

お茶でもと言ったが、構わないでください、と戸森が手を振った。

「朝から申し訳ありません。こちらは栄新町署の坪川です。前にお会いしてますね？」

うなずいた利恵が腰を下ろした。もともと線の細い女だという印象を持っていたが、更にやつれたようだ。顔色も悪い。倒れるのではないかと不安になるほどだった。

「今日も暑いですね」今年の夏は異常ですよ、と戸森がネクタイに手をやった。「まあ、この何年か毎年同じことを言っているような気がしますが」

無言で手を伸ばした利恵が、リモコンでエアコンの設定温度を下げた。音をたてて冷風が部屋を掻き混ぜ始めた時、松永宏司が入ってきた。ご苦労様です、とひと言だけ言って椅子に座った。

「……あなたは、確か、坪川さんでしたっけ？」

一度しか会っていないのによく覚えていると感心して、坪川は頭を下げた。何かわかりましたか、と宏司が戸森の方を見た。

「毎日毎日あなた方はやってきて、わたしたちの話を聞きたいと言う。それはいいが、どうなんです？　真人は……あの子を殺した奴はまだ見つからないんですか？」

憮然とした口調だった。申し訳ありません、と戸森が額を指の腹でこすった。

「まだそこまでは。どうも情報が少なくてですね……何度もお邪魔しているのは、何か思い出していただけるのではないかと思ってのことなんですが」

「もう全部お話ししたと思うんですが……わたしはね、普通の人間ですよ。どこにでもいるサラリーマンで、正しいことばかりしてきたとは言いませんが、悪いことをした覚えもない。平凡に暮らしてきたんです。それが、どうしてこんなことになるんです？一歳の子供を殺すなんて……よりによって、何でわたしの息子なんです？」

「そこは何とも。行きずりの人間なんでしょう。理屈や動機があったかどうか……さて、昨日の続きをお伺いしてもよろしいでしょうか。奥さんとは会社で知り合われたんでしたね」

上司の紹介です、と宏司が煙草を取り出してくわえた。

「二十八の時でした。言ったと思いますが、わたしは技術職でしてね。エンジン部品の開発なんかをしてるんですが、社内の他部署との交流があまりありません。外部とはもっとない。自然と、部署全体に上とか横とか関係なく、そういう紹介みたいなことをする習慣ができて……珍しい話じゃないんです」

「それでおつきあいを？」

「一対一ではなく、グループ交際と言うか……五、六人で集まって飲んだり、そういうことです。いい女友達ができたぐらいの感じで、お互い意識してなかった」わたしはこれの、と宏司が利恵を指さした。「連絡先も知らなかった。仕切ってくれる同僚がいたんで、その必要もなかったんです。一年ぐらい経ってから、別の友人の結婚式で偶然会いましてね。それで何となく二人だけで会うようになって……」

「なかなか運命的な出会いですね」

「そこまでのものじゃないですけど……友人っていうのも、会社の人間でね。そんなこともありますよ。ですが、運命と言えばそうなのかもしれません。半年ほどつきあって、結婚することになった。三十にはなっていなかったな。これは二十八とか、それぐらいでした」

「その時、この家を購入されたんですか」

「そうです。買いました。ローンですがね。まだ二十五年近く残っている。大変ですよ」

「すいません、ちょっといいですか」坪川は小さく手を挙げた。「失礼なことを言うようですが、松永さんは……ずいぶん冷静ですね」

「冷静?」

「あの、少しお話を伺っても……」

隣を見た。構わんよ、と戸森が手で示すのを確かめてから、初めてお会いした時、と口を開いた。

「お子さんが行方不明になったことをぼくは説明しました。あなたは怒っておられた。警察の対応が悪いとか、スーパーの管理態勢がなっていないとか……そうかもしれませんが、もっとお子さんのことを心配されるのが普通なんじゃないかと……」

視線を戸森に向ける。自分の言っていることは間違っていないだろうか。子供を殺された父親に対して、こんなことを言うのは許されるのか。

だが、戸森は何も言わなかった。同じような思いがあるのかもしれない。

「……お子さんが、あのような形で発見されたことは、警察から聞いたわけですよね？」

「そうです」

「その時も、それほど取り乱したりはしなかったと聞いています。今もそうです。余計なことかもしれませんが、お子さんのことについてもう少し、何というか……」

余計なことですね、と宏司が吐き捨てた。

「子供が殺されたから泣けと？　その辺を転げ回って騒げと？　そんなのは個人の問題ですよ。そうやって感情を表現する人もいるでしょうし、悪いと言うつもりはない。だが、わたしにはできないし、したくもない。もちろん真人があんな酷いことをされたのは悲しいし、悔しいし、怒りもあります。それは親にしかわからんことですよ。でも泣いたり喚いたりしても何の解決にもならない。それより、一刻も早く犯人を逮捕してもらいたい。なぜこんなことになったのか、誰の責任なのか、それをはっきりさせたい」

「おっしゃっていることはわかりますが……」

「親なら泣き喚けと？　冗談じゃない、それであの子が帰ってきますか？　わたしがやるべきなのは、あの子の墓前にきちんとした報告をすることです。それこそが親の義務でしょう。あなたが言っているのはただの感情論だ」

「わかります。ご立派だと思います。ただ――」

「坪川さん、真人は三日にスーパーの駐車場から姿を消した。その四日後、死体となって発見された。その間、わたしだって捜しましたよ。仕事も数日休んだ。いろいろ聞いて回ったりした。だが何もわからなかった。正直、覚悟を決めていたところもあります。一歳の子供が一週間どこに行ったのかわからないというのは、最悪の事態を想定しなければならないということです。真人の死体が見つかったと聞いても、そこまで動揺はしなかった。やっぱりか、そう思った。大騒ぎしても何の解決にもならない。そんなことは後でいい。今は犯人を見つけてほしい。それだけです」

失礼しました、と戸森が坪川の腕を摑んで椅子の背に押し付けた。

「彼はまだ若いんでね。人生の機微って言うんですか、それがよくわかってなくて……騒いだって何にもならないのはその通りです。犯人を逮捕して、真人くんのご冥福をお祈りするのが最優先でしょう」

すいません、と坪川は頭を下げた。言うべきではなかったという思いがあった。言っても意味はない。わかっていたが、つい口を出してしまった。

どこか松永宏司という男に違和感があったが、それでも子供を殺害された親を責めるようなニュアンスの発言をするべきではなかっただろう。言ってしまったのは、刑事としてではなく一人の人間としての立場からだったが、そんなに偉そうなことを言える柄ではないとわかっていた。

「いえ……その若い刑事さんのおっしゃったことはその通りです」うつむいたまま、利恵が小声で言った。「あなたは……あなたは真人のことを、あの子があんなことになってしまったのをどう考えているんですか」

質問ではなかった。ただ思ったことを口にしている。奥さん、と戸森が言ったが、利恵はそのままの姿勢で淡々と話し続けた。

「あなたは……ただ人並みな暮らしがしたかった。会社に入って、まあまあの給料をもらって、何となく昇進して、結婚して……誰のためなんですか？　あたしにはわかりません。あなたという人がわからないんです」

嗚咽《おえつ》が漏れた。止めなさいと宏司が言ったが、体を激しく揺する。

「わたしは……不妊治療をしていました」泣きじゃくりながら言葉を吐き出した。「三年病院に通いました」

「それは……」戸森が伸ばした手を膝の上に戻した。「そうでしたか」

「ご存じかどうか、とても辛いものです。痛みもありますし、恥ずかしくて……わたしは子供が欲しいわけじゃなかった。何度も主人には言いました。もう無理だと。嫌だって、できないって……だけど、主人がどうしてもと」

　利恵が顔を上げた。頬が涙で濡れている。泣くな、と宏司が叱りつけた。

「みっともない。そんな話はしなくていいだろう」

「いえ、言わせてください。わたしは子供なんかいらなかった。あんな思いをしてまで子供なんて……だけどあなたは許さなかった。わたしのことを罵《ののし》って、責めて、不良品だとまで……あんなふうに言われたら――」

「おれは子供が欲しかったんだ。いけないか？　夫婦だぞ。結婚したんだ。子供がいるべきじゃないか。それが普通だろう」

「あなたは普通ということにこだわり過ぎです。家を買ったのだって車を買ったのだって、世間並みなことがしたかっただけなんです。子供が欲しいっていうのも、そうなんでしょう？　どうしてそんなことばかり……そのためにどれだけ無理をしたと？　しかも注文住宅なんて」

「何とかなる。会社だって面倒を見ると約束してくれた。それは話したじゃないか」

「わたしには会社を辞めさせて、専業主婦になれと強制した。あなたが欲しかったのは、そういう女だったんです。そのために都合がいいと思ってわたしを——」

落ち着いてください、と戸森がハンカチを差し出したが、結構です、と利恵は手で顔を拭った。

「もうたくさんです。こんな暮らしはもう……もう嫌なんです」

「つまらんことを……何を興奮してる。落ち着け、他人様《ひとさま》の前だぞ」

この町で暮らすのだって、本当は嫌だった、と利恵の口から唾が飛んだ。

「あなたはこの辺のことを知らない。高級住宅街だってことだけでここを選んだ。古い町で、住んでいるのは昔からの人ばかりなんです。わたしたちみたいな外から来た人間をすぐに受け入れてくれたりはしません。無理なんです」

「そんなことはないだろう。そうは聞いてない」

「あなたはいいですよ、会社に行けばいいんだから。この家にずっといるわけじゃない。でもわたしはいなきゃならなくて、隣近所の人たちとも顔を合わせなければなりません。どんな目で見られてると？　よそ者を冷たい目で見て、笑ってるんです。そういうところなんです。もう嫌なんです、こんな……」

そういえば、と坪川は思った。前に来た時、隣家の女性と話をした。上原というその女は、利恵のことをあてこするような話し方をしていた。あまりうまくつきあっているわけではないと感じたが、間違っていなかったようだ。

実はですね、と戸森が口を開いた。

「真人くんのお腹の辺りに赤い斑点が見つかりました。はっきり申し上げますと、かなり古いもので、犯人がつけたとは思えません。どうやら火傷の跡のようです。何か心当たりはありませんか」

「……火傷？」

つぶやいた宏司が、ふて腐れたように横を向いた利恵の腕を取って向き直らせ、ブラウスの襟元を摑んだ。

「どういうことだ。お前は……お前、真人に何をした？」

「わたしは、あんな子欲しくなかった……子供なんて嫌いなのよ。あの子、毎日泣いてばかりで、うるさくて可愛げがなくて……本当にいらいらして、吐き気がするぐらいで、一緒にいると気が変になりそうで……」

「お前、まさか……」

あなたの煙草、お借りしましたよ、と利恵が微笑んだ。

「わたしは吸いませんけど、火をつけることぐらいはできます。それをあの子のお腹に……柔らかくて白いお腹にぎゅうって押しつけて……ものすごい声で泣きましたよ。もっと泣けって思った。もっと泣いて、壊れてしまえって。あんな子、欲しくなかったのよ。子供なんか――」

テーブルに突っ伏して泣き始めた。もう少し詳しくお聞かせ願えますか、と戸森が言った。

15

「ああ、いらっしゃい」

花田桜子《はなださくらこ》は頭を軽く下げた。どうも、と小さくうなずいた稲葉が目だけで席を探した。

午後一時過ぎ、店に客は少なかった。四、五人のサラリーマンがそれぞれそばをすっている。空いてるとこ、どこでもどうぞと愛想よく言った。

「いいですか、ここでも」

稲葉が窓際の四人席に座った。小ぶりのコップを桜子がテーブルに置くと、半分ほど飲んで僅かに首を傾げた。

「これは何茶ですか」

コップの中を覗き込んだ。ダッタン茶ですと答えると、ああなるほど、とうなずいた。

「そうか……月が変わったのか」

桜子の店、そば浜では月ごとに出すお茶の種類を変える。十数年前に店の主人である夫の健蔵《けんぞう》が始めた習慣だ。そばの種類が変えられないのだから、お茶ぐらい変えようという一種のサービスだったが、客からの評判は良く、これが楽しみで通ってるという者も少なくない。

「今日から八月だから」桜子はお盆を胸の辺りで抱くようにした。「ちょっと癖がありますからね、どうだろうって思ったんだけど、うちの人がそういうのもいいじゃないかって」

「うん、美味しいですよ。よく冷えてるし」

いつものを、と稲葉が注文した。はいとうなずいて厨房の暖簾《のれん》をくぐると、健蔵が大きな鍋の前で腕を腰に当てていた。

「あんた、稲葉さん。いつもの」

「はいはーい。たぬきね」健蔵がひと玉そばをつかみ取り、沸騰しているお湯にそっと入れた。「好きだね、あの人も……やっぱ値段かねえ。安い方がいいか。だよなあ……もうヤケだ、うちも全部五百円均一とかにするか」

聞き流してその場を離れた。確かにたぬきそばは店で一番安いメニューだが、それを注文するのは値段が理由ではないと思っている。

稲葉が三友商事の社員であることは、前からわかっていた。社員証を首からぶら下げたまま店に来たことが何度かあり、それで知ったのだ。名前もそこに書いてあった。もう十年以上前のことだ。

店に来るようになったのはもっと前からで、二十年ほどになるかもしれない。常に一人だ。誰かと来たことは一度もない。

三友商事が東銀座にあるのは知っていた。日本でも一、二位を争う有名な大企業だ。ただ、店からは少し遠い。一キロほどあるだろうか。

毎日、稲葉は同じ時間にやって来る。雨でも雪でも、十二時過ぎに現れ、同じたぬきそばを食べ、また歩いて会社に帰る。味が気に入ったとか、健蔵が言うように値段が安いからということではない。三友の社員なのだ。金はあるだろう。

一人で来ている理由も、長年見続けているうちに察しがついた。誰かと食事をすることを拒んでいる。会社から離れたこの店を選んだのも、同僚などが来ないとわかっているからなのだろう。

稲葉は物静かな男で、態度は丁寧だし話し方も穏やかだ。優しい人間であることは間違いなかった。ただ、自分から何か言うことはめったにない。

他人と話すのが苦手なのかとも思ったが、そうではないらしい。むしろ、本来は社交的なのではないか。客商売だから、そういうことは何となくわかるものだ。天気の話などを振ると、愛想よく答えるし会話に淀みもない。

何か内に秘めているものがある。どこから見ても普通のサラリーマンだが、そうではない。稲葉は食事を楽しんでいない。

そもそも、そばが好きなのかどうかも怪しい。ただ、食べなければならないから食べている。

楽しむことを禁じているのか、あるいはもっと強く、自分を罰しているようでさえあった。何があったのだろう。

この二十年、稲葉は注文を変えたことがなかったが、一度だけ例外があった。先月、七月に入ったばかりのことだ。二、三日来なかった稲葉が店に現れて、今日は天麩羅そばを、と言ったのだ。

どうしたのかと冗談に紛らわして聞いてもよかったのだが、何も言わずそのまま注文を受けた。健蔵も何も言わなかった。

注文を変えたのはその一度だけで、その後はまたたぬきそばに戻った。同じ時間に店に現れ、ゆっくりと食べて、会社へ帰る。その繰り返しが続いている。

かすかにだが、表情に険しさが増していることに気づいていた。それもあの日からだ。それまでも何かを一心に考えている様子はあったが、ここのところはそれに苦しみのようなものが混じっているように見える。何がそんなに辛いのだろうか。

いい人だとわかっている。店での態度、話す時の声、全体の様子、どこから見ても真面目な人間だ。まっとうな人生を送ってきているはずなのに、どうしてあんな顔をしなければいけないのか。

深く考えてはいけない、と桜子は頭を振った。何があったのか、何を考えているのか、何をしたのか。何であるにせよ、そのために長い長い時間を費やしてきたのだろう。他人が口を出すことではない。

「たぬき、あがったよ」

健蔵の声がした。うなずいて、できあがったたぬきそばを運んだ。

「お待ちどおさま」

すいません、と稲葉が割り箸を取った。

「今日も暑いですよねえ……八月だもの、まあこんなもんなんでしょうけど……」

「夏ですからね。それにしても毎年暑くなっているような気がしますね」稲葉がそばをすすった。「昔はこうじゃなかったと思うんですが。でも夏なんだから、そうじゃないと。八月は好きなんですよ、昔から」

「あたしたちは、夫婦揃ってもう七十近いから、暑いのは体に堪《こた》えますよ。早く涼しくならないかねえ」

「七月が終わったんです。すぐ九月になりますよ」つゆをひと口飲んだ稲葉が微笑んだ。

「やっと終わった……長かった」

うつむきながら箸でそばをつつく。ごゆっくりと言って、桜子はその場を離れた。

16

八月一日午後、坪川は戸森と共に県警本部の会議室にいた。目の前に、三人の男たちが座っている。捜査一課長、理事官、管理官だった。松永真人殺人事件捜査本部の三役と言っていい。捜査会議と別に集まっていたのは、理由があった。

殺された子供がコインロッカーで発見された後、現場付近の聞き込みを徹底的に続けたが、不審人物は発見されていなかった。子供が姿を消した駐車場についても同様だ。捜査は難航している。

それとは別に、戸森以下数名の捜査員が両親から継続的に事情を聞いていた。その過程で、母親の松永利恵が自分の子供を虐待していた事実が明らかになった。

死体にあった火傷跡について、利恵は煙草の火を押し付けてできたものだと認め、虐待はある程度長期にわたって続けられていたこともわかった。

捜査会議でもこの事実が報告された。それを受ける形で、最初に子供が行方不明になった時点に戻り、事件を再検討したいと戸森が強く主張した。

子供が駐車場からいなくなったのは、母親がスーパーの駐車場係にそう話したからわかったことだ。駐車場係は数名のスーパー店員と周辺を捜している。母親の説明によれば、いなくなってから五分ないし十分ほどしか経っていないはずだった。

子供は一歳になったばかりで、自分で移動したとは考えられない。それでも念のためにということで、半径一キロメートル以内を捜したが見つからなかった。

その後警察に連絡があり、午後二時過ぎ、栄新町警察署の坪川が現場に行き、母親から話を聞いている。応援の警察官も駆けつけて捜したが、子供の行方はわからなかった。

本件のポイントはそこにあるのではないか、というのが戸森の指摘だった。そもそも、本当に子供は駐車場でいなくなったのか。

更に翌日、本部から数名の捜査員が現場に行って調べているが、子供を見たという人間を見つけることはできなかった。子供がいたと言っているのは母親だけで、他に証明する人間はいない。駐車場係も見た覚えはないと言っている。

もし母親の言葉が嘘だったらどうなるか。子供を連れて買い物に行っていないとしたら、どこにいたのか。何があったのか。

戸森は捜査会議の場で明言こそしなかったが、発言には母親が疑わしいという意味が込められていたし、それは出席していた誰もが感じていた。だが、単純に判断できる問題ではない。怪しいから引っ張ってこい、というわけにはいかないだろう。虐待の事実以外、証拠はないのだ。

戸森の意見は検討が必要だと判断され、いったん捜査一課長の時政《ときまさ》が預かる形になった。そして七月二十日、利恵を幼児虐待の参考人という名目で取り調べを始めた。

それまでは自宅で事情を聞いていたが、本部に呼んで長時間にわたって話を聞いた。勾留はしていない。あくまでも参考人であり、マスコミに対しても殺人の疑いがあるというようなことは一切発表しなかった。社会的な影響を考慮したためだ。

それから十日ほどが経過し、結論を出さなければならない段階にきていた。今日はそのために集まっていた。

時間をかけているのは、慎重な対応が必要だからです、と時政が切りだした。

「幼児虐待はもちろん問題ですが、わが子を殺したということになれば世間が騒ぎます。その辺を考えないと」

「殺したとか、そういうの止めましょうよ」佐山《さやま》理事官がやんわりと言った。「まだ決まったわけじゃないんですし、そういう言葉を使うのは穏当じゃありませんから」

本人は子供を殺したと認めていません、と戸森が口を尖らせた。

「こっちも直接的には聞けませんから、少しずつ周りを固めようとしてるんですが……子供を連れてスーパーに行き、買い忘れた物を買いに戻ったらその間にいなくなっていたと、同じ供述を繰り返しています」

君の心証は、と時政が聞いた。非常に疑わしいです、と戸森がうなずいた。

「虐待について詳しい話を聞きました。二カ月前、子供が腕を骨折して病院で処置されていたことがわかりましたが、それも自分がやったと先日認めました。他にも、入浴時に溺れさせたり……報告済みですが、取り調べの途中、精神科の医者にも診せています。強度の鬱《うつ》状態だということです。本人はそんなことはないと言ってますが」

「責任能力はあるのか」

「そこは大丈夫なんじゃないかと。無論、精神鑑定の必要は出てくるんでしょうがね。どう思う？」

戸森が坪川の肩に触れた。時政たち三人が視線を向ける。

「あなたが最初に母親と現場で会ってるわけですよね」微笑みながら佐山が言った。

「どうでしたか、その時の様子は」

子供がいなくなったと言ってました、と坪川は慎重に言葉を選んで答えた。

「その時はひどく焦った様子で、今にも泣きそうな、そんな感じでした。当然だろうと思いました。子供がいなくなったら、親なら動揺するでしょうし、何がなんだかわからないというのもそういうものだろうなと……しばらく一緒にいましたが、不審には思いませんでした」

「何らかの異常な言動はなかったですか」

「いや、そんなふうには……誰でもああなるんじゃないでしょうか」

彼はよくやってくれました、と戸森がまた坪川の肩を叩いた。

「父親にかなり突っ込んだ質問をしたことで、夫婦の話が深いところへ入っていったんです。それがなければ、母親が虐待の事実を話したかどうか——」

聞いてる、と時政がかすかに眉間に皺を寄せた。

「父親に……ちょっと厳しい言い方をしたそうだな。どんなものかとも思うが、まあ結果オーライだ。話を戻すが、結論として戸森警部は母親に疑わしいところがあると？」

「そうです」

「殺人の容疑者として取り調べるべきか？　こちらもそういう対応に切り替えた方が？」

その方がいいと思いますね、と戸森が三人を順番に見た。

「何も知らないと主張していますが、それを証明するものはないんです。加えて数日前からなんですが、子供に対して殺意があったことをほのめかすようになっています。ここは押すべきなんじゃないでしょうか」

でも、と坪川は不安になって戸森を見つめた。

「……母親にはアリバイがあります」

「アリバイ？」それまで黙っていた管理官の室田《むろた》が顔を上げた。「どういうことだ？」

「犯人がコインロッカーに死体を隠した時間はかなり正確にわかっています」坪川はゆっくりと説明を始めた。「行方不明になった七月三日の午後五時過ぎです。わたしは二時に母親と会い、それからは一緒にいました。あとから、夫も現場に来ています。その後署で事情を聞いてから二人を帰したんですが、それが五時前後でした。夫の話では、署を出てからそのまま二人で自宅に帰ったということです。五時に死体を捨てるのは難しいんじゃないかと思うんですが」

コインロッカーのタイマーについては確認した、と戸森が苦い表情を浮かべた。

「言うほど正確じゃない。誤差があるんだ。メーカーの話だと、一時間ぐらいはずれがあるかもしれないそうだ。アリバイがあるように見えるが、絶対とは言えない」

「夫は一緒に帰ったと言ってます」

「それは聞いている。だが、松永利恵は買い物があると言ってまた外に出ている。どこへ行ったのか、記憶ははっきりしていない。空白の時間があるんだ」

「ですが、買い物をしていたと主張しています」

それはおかしいだろう、と戸森が耳の後ろを掻いた。少し苛ついた様子だった。

「あの女はあの日スーパーで買い物をしてるんだぞ。そこで買い忘れた物があったと言って店に戻っているのに、まだ買い忘れがあったのか。あの女は健忘症なのか？」

「警部、落ち着け……アリバイが確かじゃないというのはそうなんだろう」時政がテーブルを軽く叩いた。「殺意についての言及もあったということで、君の判断は信じたい。心証はクロなわけだろ？　動機もある。機会もあったと言っていいんだろう。だが目撃者や証人はいない。どうなんだろうな」

迂闊《うかつ》には動けんよ、と室田が首を横に振る。

「母親が実の子を殺害したっていうのは、デリケートな問題だ。戸森警部の言ってることはわかるが、もし間違ってたらマスコミからどれだけ叩かれるか……それに、ちょっと聞いたんだが、父親が面倒な男なんだって？」

その通りです、と戸森が舌打ちした。

「いや、大変ですよ。女房の取り調べは人権無視だと、連日抗議しています。告訴するとまで言っていて……脅しというだけではなさそうです。弁護士から、事情を聞きたいと昨日連絡がありました」

過去にも企業にクレームをつけるなど、かなり揉めたことがあるという報告がありました、と時政がうなずいた。

「どうもそういうことにうるさい人物のようです。訴訟ざたになるかどうかはともかく、危険ですね。どこで覚えたのか、多少法律の知識もあるようです」

「前に話を聞いた時、夫婦関係はかなり険悪になっていると言ってたな」佐山が困ったような表情になった。「今回の件であらわになったようだ。別れる別れないという話も出てるのか？」

女房の側はそうです、と戸森が答えた。

「取り調べの際、そんな話をしています。離婚したいとも言ってますが、夫の方はそうじゃないようで、女房に固執しているといいますか……よくわからんですね。世間体ということなのかも知れませんが、離婚など頭にないようです。一、二度話を振ってみましたが、そんな馬鹿なことはないと。女房が何か言っているのは頭に血が上っているからで、落ち着けば元に戻ると……」

問題は今後の措置です、と時政が口元をすぼめた。

「どうするべきですかね。わたしは母親が殺意をほのめかしているというのが気になります。日常的に虐待を繰り返していたというのなら、誤って殺してしまったということも有り得る。子供がいなくなったという話をでっちあげたのかもしれない」

殺意というのはどうでしょうか、と坪川は目を伏せた。

「立ち会いましたが、彼女は確かにそんなことを言ってました。死んでもいいと思っていたとか、いなければいいのにと思ったとか……ですが、それは殺意と言えるでしょうか。そんなにはっきりしたものではなかったのではないかと思います」

そこはおれにもわからん、と戸森が言った。

「もう少し詳しく聞きたいところだ」

まあ、ちょっと考えましょう、と佐山が間を取るように手を振った。

「ここまで引っ張ったんです。一日を争うということじゃない。ですよね？　メリットデメリット、それぞれ意見を出しましょうよ。多少時間がかかってもいいじゃありませんか」

そうですな、と室田が言った。男たちが揃って厳しい表情を浮かべた。

17

ため息をつきながら、里奈は資料の山を眺めた。八月四日になっていた。事件発生から一ヵ月が過ぎている。

ここ数日、星野と共にローラー作戦の結果を再検証していた。杉並区、世田谷区の一部を含むローラー作戦の対象は二万五千世帯に及んでいた。これだけの数の家を捜査本部の捜査員が訪れたということになる。

二百人以上が動員されたと聞いていたが、途方もない数だった。二万五千世帯に、約四万人の人間が居住している。まず最初に五十歳以上の男性をピックアップするというのが星野の方針だった。

それ自体は機械的な作業と言っていい。単純に四万人のうち半数は女性で、リストから外された。また、年齢で五十歳以下の者を削ることもできた。数日で三千人にまで対象を減らし、更に別の条件を加えて絞り込んでいった。

ひとつは車を所有しているか、運転免許を持っている者ということで、これも比較的スムーズに進んだ。そして三つ目の条件として、身長百七十五センチ前後の人間を残すようにと星野は指示した。コンビニで撮影された防犯カメラの画像から割り出された数字がその根拠だった。

身長については難航した。報告書に当該人物の身長までは記載されていない。確認のため、二人で連日電話をかけ続けた。

本人、あるいは家族に身長を聞いたが、何のためにそんなことを聞くのかと抗議されることも少なくなかったし、拒否する者もいた。警察だからといって身長を聞く権利はないだろうと言われれば、それ以上どうすることもできない。

回答が得られない場合は、訪ねていくしかなかった。本人と会えれば身長の見当はつく。話をする必要はないが、手間のかかる作業だ。それを毎日繰り返している。

他にも、病気や体の状態などから、明らかに犯行を行うことが不可能と思われる人間はリストから外していった。五十歳以上という条件には高齢者も含まれる。ここでもかなりの数の人間を削ることができた。それでも五百人近く残っている。

どうするんですか、と里奈は資料をデスクに放った。

「五百人なんて無理ですよ。あたしたちだけで調べられる数じゃありません」

「そうですなあ……誰も手は貸してくれませんしね。何人か寄越してくれないかと上に頼んだんですが、あっさり断られました」

星野が微笑を浮かべた。当然です、と里奈は顔をしかめた。

「捜査本部の方針は変質者か模倣犯を捜すということで統一されているんです。星野さんだけですよ、反対しているのは……ここからどうするんですか？　あと二、三日でリスト全体のチェックは終わります。五百人から先は絞り込めないと思いますけど」

「単純にアリバイを調べればいいと思ってます。七月一日昼から深夜にかけて、アリバイがあれば犯人ではありませんな」

「五百人のアリバイを二人で調べるなんて、そんなの無理です」

「時間はかかりますな。それはそれで仕方ありません。幸い、わたしたちには時間がある。ひと月前のことです。裏を取る手間はそれほどでもないでしょう」

「ですが……」

「捜査本部には大勢の捜査員がいます。大丈夫、彼らが犯人を捕まえてくれますよ。これは念のためにしていることで……ああそうです。言うのを忘れていましたが、今日は夕方になったら出かけましょう」

「どこへ行くんですか？」

「吉岡隆一少年の両親のところへ」自宅です、と星野が構えたところなしに答えた。

「担当の刑事を通じてアポを取ってもらいました。父親は会社ですが、六時に帰ってくる約束になっています。母親は家にいます。二人の話を聞きに行きましょう。あなたも会ってみたいでしょう？　直接話を聞いてみたいと思いませんか」

「それはそうですけど」

それまではこれです、と星野が顎に手を置いて資料に目を通し始めた。里奈は無言で受話器を取り上げた。

18

春馬山登山道を深夜走行していた車両について、埼玉県警は国土交通省関東運輸局への照会を依頼していたが、塩谷班が担当していた百五十台について回答があったのは八月四日のことだった。

約三週間という時間がかかっていたが、県警が提出したNシステムのデータに一部不備があり、ナンバーの確認ができなかったため、最終的な回答が遅くなっていた。

他班では、既に当該車両の調査を終えているところもある。出遅れた形になったが、やむを得ない。小会議室に届けられた分厚い資料を横目で見ながら、神崎は不満を口にした。

「勘弁してくれよ。百五十台って、どうしろっていうんだよ。冗談じゃないぜ」

仕分けするだけです、と由紀が不平を遮った。

「百五十台全部をわたしたち二人で調べるわけじゃありません。この資料を確認して、みんなに割り振れば終わりです。一人三十台ぐらいです」

わかりましたわかりました、と神崎は資料をめくった。

「住所が近いものをまとめりゃいいんだろ？ やりますよ。やればいいんだろ」

由紀が資料のチェックを始める。真面目だなお前は、と神崎は手を組んで頭の後ろに回した。

トラックが多いですね、と無視して由紀がつぶやいた。

「所沢、大宮、川越……県内のナンバーが目立ちます。三分の一ぐらいがそうなんじゃないでしょうか。タクシーもいますね」

「業務用車両が使う道なんだよ」事件を真剣に考えていないわけではないが、欠伸が出た。「ちょっと調べたが、県内の運送会社なんかじゃ、あの道のことは結構知られてるんだ」

「みたいですね」

「あの道を通ると、川越街道と志木街道を行き来する時間が短縮できる。当然、ガソリン代の節約にもなる。それ自体はたいした量じゃないんだろうが、毎日何十台も走らせていたら、月単位で見ればそこそこ経費も浮くだろう。タクシー会社の中には、運転手に推奨しているところもあったな」

「インターネットの裏道サイトにも載ってました」由紀が手を伸ばしてボールペンを取った。「県外から入ってくる車が、市内への近道として利用することがあるそうです。

渋滞がないっていうのは、ドライバーにとって楽なんでしょうね。ただ、暗いのと道幅がやや狭いことについては注意を要するとも書いてありました。慣れてる者しか使わないということなんでしょう」

「地元の住民もそう言ってた。付近に住んでる連中はよく使うが、いきなり走れと言われてもちょっと躊躇するだろうってね。そういう道なんだ」

面倒臭い、とぼやきながら神崎は資料に色違いの付箋を貼っていった。所有者の住所が近いもの、あるいは同じ会社の所有車などといった具合にグループ分けをしていく。後でまとめて班員に渡し、調べてもらうことになるだろう。

二時間ほど作業を続けていると、全車両の仕分けが終わった。七つのグループに分かれたリストが完成していた。

「これを全部調べるのか？　うちの班だけで？」

「交通課が手伝ってくれることになってます」

「トラックの運ちゃんが女の子の死体を乗せて運んだとは思えないけどな」

由紀が答えた。

「他班は全部調べてると聞いてます」

ここまできたらどっちでもいい、とリストを見直していたが、こいつはどうすると首を捻《ひね》った。

「わナンバーだ。レンタカーだな」所有者の名前を見ると、ダイニチレンタカーという名称があった。「こいつだけ浮いてる。レンタカーは……他にないようだな」

「いいです、それはわたしが調べますから」

よろしく、とリストを揃えながら神崎は機嫌を取るように笑いかけた。小さくうなずいた由紀が先に立って小会議室を出た。

19

リビングを走り回っていた女の子を母親が摑まえて、すいません騒がしくて、と頭を下げた。とんでもない、と里奈は微笑みかけた。隣で星野が部屋を見回している。

「元気で結構ですな。ご飯は食べたんですか？」

済ませました、と吉岡友江が娘の手を引っ張って出て行く。子供部屋に連れていったのか、すぐ戻ってきた。

「どうぞ、お茶でも……」

ありがとうございます、とひと口飲んだ星野が正面を向くと、吉岡慎二が疲れた表情を浮かべて座っていた。

「青木《あおき》さんは……一緒じゃなかったんですか？」

青木は三係の同僚で、吉岡家の担当をしている。今日は別行動でして、と星野が答えた。

「警察の組織は複雑なもので……すいません、入れ替わり立ち替わり」

「いろいろ都合があるんでしょう。わたしも会社勤めですから、わかるつもりです。つまり、それだけ多くの方に関わっていただいていると……そういうことなんですよね」

「そう受け取っていただければと」

「青木さんはこのところ、あまり捜査がどうなっているのか話してくれないんです」

里奈は目を逸らした。捜査に目立った進展はない。話すべきことがないのだ。

星野が小さく咳払いをしてから口を開いた。

「犯人が現場近くにアジトを構えていたことは確実です。この付近一帯に聞き込みをかけましたが、現段階で犯人に直接結び付く情報は挙がっていません。今後、さらに範囲を拡大することになっています」

「それじゃ、何もわかっていないってことじゃないですか」顔をしかめた吉岡が指でテーブルを弾いた。「早く捕まえてください。そうじゃなかったら、わたしたちはどうしたらいいのか……」

誰があんなことを、と友江がつぶやいた。

「あんな、惨い……どうしてうちの子だったんでしょう」

二人は里奈とも星野とも目を合わせなかった。怒っているのでも、嘆いているのでもない。息子が残酷な殺され方をしたという事実に、心が壊れかかっているようだった。

「……青木から聞いたのですが、ご主人は養子だそうですな」

星野が質問した。そうですが、と吉岡が不服そうに答えた。

「吉岡は女房の姓です。婿養子に入ったんですよ」

「そうしますと、あなたの旧姓は？」

「井関《いせき》といいます。会社や役所の手続きがちょっと面倒でしたけど、他は別に」

わかります、と星野が何度も首を縦に振った。

「同僚にもそういう男がいましてね。知らない名前で電話がかかってきたりすると、誰のことを言ってるんだかわからないので困る時もあるんですが……ちょっと立ち入ったことをお聞きしますが、ご結婚は恋愛？　お見合いですか？」

大学の友人に紹介されました、と吉岡が答えた。

「何年かつきあい、途中二度ほど別れたりもしました。お互い若かったんでね、喧嘩すると後に引かないところがあって。ですが、結局元の鞘に収まった。そういう縁だったんでしょう。結婚して妊娠がわかった時、女房は勤めを辞めています。もう何度も話しましたよ」

確認ということで、と星野が片手で拝むようにした。

「結婚に当たって、何か問題は？」

「わたしには特に……お前もだよな？」

「ええ、別にありませんでした」

友江がうなずいた。お互いそんなに派手に遊ぶ方じゃなかったんです、と吉岡が言った。

「二人とも男女関係はきれいでした。大学の時とか、つきあった相手はいますよ。何もなかったわけじゃない。ですが、交際相手とはきちんと別れています」

「過去におつきあいしていた方が今何をされているか、ご存じですか」

「知りません。どこに住んでいるのかもわからないです。連絡したこともないし、年賀状のやり取りもない。結婚した時、女房と二人で話し合いましてね。そういうのは止めようってことになった。携帯とかに残ってた電話番号とか、メールアドレスなんかも全部消しました。だから、そういう関係の人間が今になって急に何かしてくるなんてことは考えられません」

「憎まれたり、恨まれたりするようなことはしてないと思っています」友江が消え入りそうな声で言った。「こんなことされるような覚えは……」

「星野さんとおっしゃいましたね」犯人は模倣犯か、頭のおかしい変質者だと聞いています、と吉岡が身を乗り出した。「そうなんでしょう。小学六年生を殺して、あんな惨いことをするのはどうかしている。そんな知り合いは絶対にいませんよ。何でうちの子だったのかと……」

いきなり両眼から涙が溢《あふ》れた。右の拳で強く拭う。里奈にもその気持ちはよくわかった。

見つめていた星野が、ご主人は東京のご出身ですね、と聞いた。

「そうです。生まれも育ちも東京です」吉岡がひと口麦茶を飲んだ。「小中と地元の学校に行きました。親父の仕事の関係で、中学を卒業した頃北海道に引っ越しましてね。高校はあっちで通いました。三年間ずっとです」

「北海道のどちらですか」

根室です、と吉岡が鼻をすすった。

「大学受験は一浪しました。家を出て札幌の予備校に通いましたよ。翌年、こっちの大学に受かって東京に戻りました。大学は政応です。経済だったんで市ケ谷校舎でした。普通の大学生だったんです」

「なるほど」

「卒業して、今の会社に入った。その時は都心に住んでました。久米山は結婚して子供ができた時に引っ越してきたんです。環境がいいと聞いてたんですが、こんなことになるなんて……」

「なるほど。よくわかりました。奥様は?」

わたしも東京です、と友江がつぶやくように言った。

「両親は幡ヶ谷《はたがや》で暮らしてました。小学校から大学までエスカレーター式の学校です。一人で暮らしたことはありません。この人とつきあうようになって、同棲みたいなことをした時期もありましたけど、本当に家を出たのは結婚してからです」

「学生時代のことは調査済みです」里奈は星野の耳元で囁いた。「高校までさかのぼって調べました。何もありません」

そうでしたな、とうなずいた星野が向き直った。

「お父さんの仕事の関係で北海道へ？　根室というのは、なかなか大変だったでしょう」

「田舎でしたよ。僻地《へきち》って言ったら怒られるかな」吉岡がひとつため息をついた。「親父は電力会社が出資して作った全国の変電所の管理を請け負う会社に勤めてましてね。経理とか総務とか、そういう事務系の仕事をしていたはずなんですが、配置転換で電線の補修関係の部署に回されて。母に言わせると、お父さんは世渡りが下手だからという話になるんですが、東京の本社から北海道の、しかも根室なんてところに飛ばされて……左遷されたんですかね。息子としては大迷惑でしたよ」

「そうでしょうな」

「十五歳の子供がいきなり知らない土地に行って、そこで暮らせなんて無茶ですよ」吉岡が苦笑した。「大都市ならともかく、根室ですからね。あの時は子供だったから、そういうことになったと言われたら従うしかなかったですけど、今だったら絶対拒否しますよ」

「お父さんはまだ働いてらっしゃる？」

「いや、三、四年前に定年退職しています。十年以上根室にいて、ようやく最後の数年間だけ東京に戻ってきたんですが、会社を辞めてすぐ脳溢血で倒れましてね。今は病院暮らしです。根室で無理をし過ぎたんじゃないかな。やっとのんびり暮らせると思ってたんですが、それはかわいそうでした」

ふむ、と首を傾げた星野が、お願いがありますと背筋を伸ばした。

「お二人のご両親の連絡先を教えていただきたいのですが」

吉岡が友江の顔を見た。意味がわからない、という表情を浮かべている。

「何のためですか」

「お話をお伺いしたい」

「ですから……何のために？」

「捜査のためです」

星野はそれ以上説明しなかった。親は関係ないでしょうと吉岡は顔をしかめたが、いいじゃないの、と友江が言った。

「よくわかりませんけど、それが何かの足しになるのなら、行ってもらっても……」

吉岡も強く反対する理由はないようだった。仕方がない、というように住所と電話番号をメモに書き始めた。

ありがとうございます、と星野がお茶を一気に飲み干した。意図がわからないまま、里奈はメモを受け取った。

20

愛知県警本部の四階にある第七取調室で、坪川は立ったまま目の前にいる二人を見つめていた。戸森が松永利恵と向かい合って座っている。もう一人、岡崎が同席していた。

上層部との会議で、戸森は利恵が息子を殺害した可能性について強く主張したが、容疑者としての取り調べは当面見合わせるという結論が出ていた。確実な証拠がないというのがその理由だ。幼児虐待についても複雑な事情を鑑《かんが》み、その件で逮捕はしないように命じられている。

その決定には戸森も従うしかない。だが、納得していないのは明らかだった。命令に反するつもりはないが、と事情聴取の直前に坪川と岡崎に言った。

「様子を見ろと上の連中は繰り返しているが、もうそんな場合じゃないだろう。これ以上引き延ばすのは無理だ」

「どうすると?」

岡崎が暗い表情で言った。今日決着をつける、と戸森が奥歯を噛み締めた。

「これまでの聴取でわかったことも含め、全部ぶつけてやろう。最悪、幼児虐待で逮捕したっていいんだ」

「上の意向と違いませんか」

答えはなかった。時間がないのは坪川にもわかっていた。

利恵本人が息子への虐待を認めているため、それを理由に事情聴取を続けていたが、虐待の容疑で逮捕しないという決定を覆すことはできない。時間切れだというのは戸森だけでなく、捜査に関わっている全員に共通する認識だった。

現段階で利恵はあくまで参考人だ。事情を聞く法的拘束力はない。もう応じないと言われればそれまでだ。

戸森がここ何回か、あえて利恵に対して優しい態度を取っていることに坪川は気づいていた。岡崎や他の部下たちに命じて、事件を再検討させていることも知っている。玉河屋の防犯カメラ映像を解析して、精度の高い情報を手に入れたと聞いた。それを元に、一気に殺害の自供まで持っていきたいと考えているのだろう。

小さな取調室で戸森が利恵を正面から睨んでいる。利恵の顔はやつれていた。

どうなのだろう、と坪川はその表情を見ながら思った。本当にこの疲れた顔の女が子供を殺害したのだろうか。

「真人ちゃんが行方不明になった状況を洗い直しましてね」戸森がスチールデスクにのしかかるようにして切り込んだ。「あなたが駐車場係に子供がいなくなったと訴えたのは午後一時十分前後だとわかりました」

「最初からそう言っています」利恵が聞き取れないほど小さな声で答えた。「正確な時間はあれですけど……一時過ぎに駐車場の係の方に、真人を見ていないでしょうかと聞いたんです」

「あなたがスーパーで買い物をしている映像を徹底的に検証しましてね。秒単位でカウントした。おっしゃる通り、確かに二度レジを通過している。まず十二時二十分に店に入り、食料品を中心に六千七百二十円の買い物をした。外に出て行くところも写っていましたよ。それが十二時五十五分過ぎで、もう一度店に入ってきたのは四分後です。そこで洗剤を含め、数点の品物を買って五分後に出て行っている。つまり、あなたは九分間、車から離れていたことになるんです」

それぐらいでした、と利恵がうなずいた。

「五分から十分ほど真人を置いて店に行ったと、そちらの刑事さんにもお話ししました。覚えていらっしゃいますね？」

「覚えています」

坪川は答えた。まあいいでしょう、と戸森が言った。

「九分間、あなたは車を離れた。戻るとお子さんは消えていた。九分の間にさらわれたということになる。ものすごい偶然だと思いませんか、奥さん」

やや辛辣《しんらつ》な口調だった。利恵が眉をひそめたが、構わず続けた。

「犯人はたまたまあの駐車場にいて、たまたまあなたがいなくなるのを見て、車に子供が一人で残されていることを知り、たまたま誰も見ていないと思われる状況にあったことから、子供をさらうことを決め、実行した。どう思われますか」

「どうとおっしゃられても……」

「そんなことはあり得ないですよ。そうは思いませんか」

「……どうなんでしょう」利恵がすがるような目で坪川を見た。「わたしにはわからないです」

「犯人がお子さんをさらった動機は何だったのか。子供が欲しくて仕方がないのに、何らかの事情があって産めない女？　お子さんがあまりにも可愛かったので、衝動的にさらっていった誰か？　そういう人間がいないとは言いません。ですが、九分の間にあの駐車場にいた可能性は限りなく低い。そうは思いませんか」

「でも、そうとしか……」

「もうひとつ考え方があるんです。つまりですね、そんな犯人はいなかったってことです」戸森の口の回りに微妙な笑みが広がった。「あなたのお子さんをさらっていった者どいなかった。ですが、実際にはいなくなっている。どういうことか。お子さんは一歳になったばかりです。自分で移動できない以上、誰かがさらっていったことになる。誰だと思います？」

戸森さん、と坪川は遠慮がちに声をかけた。

「その言い方はまずいですよ。脅しているように聞こえます」

「脅してなんかいない。質問してるんだ」戸森が一瞬坪川を見て、すぐ利恵に視線を戻した。「もう一度聞きます。誰がさらったと思いますか」

「わたしにはわかりません……わからないんです」

利恵の目に涙が浮かんだ。はっきりさせましょう、と戸森が座り直した。

「あの駐車場から子供がいなくなったと言い出したのはあなたです。あなたが駐車場に車を駐めたことは間違いありませんが、お子さんが乗っていたのは誰も見ていない。駐車場係は見ていないとはっきり言っている。利用者、店員にも話を聞いたが、覚えていないと誰もが答えています。子供がいなくなったと主張しているのはあなただけなんですよ。本当にあなたはお子さんを車に乗せて、あの駐車場に行ったんですか」

「……連れて行きました」利恵が怯えたような声を上げた。「一歳です。一歳の子供を家に残したまま買い物に行く親がいると思いますか」

「そうでしょうね。連れて行ったというのはその通りなんでしょう」

戸森の冷たい声に、利恵が横を向いた。

「ですが、どのような形で連れて行ったんでしょう。車のどこに乗せましたか」

「助手席です。チャイルドシートに……」

「本当ですか？　その時お子さんは生きていましたか？　死体を乗せていたんじゃありませんか？」

坪川は口を開こうとしたが、岡崎の方が早かった。横から戸森の袖を引く。さすがに行き過ぎだと思ったようだ。だが、戸森は質問を続けた。

「奥さん、本当ですか？　チャイルドシートに乗せていたというのは事実だと？　実際には後部トランクに積んでいたんじゃありませんか？　あるいはトートバッグに入れて、後ろの座席に置いていたとか？」

戸森さん、と坪川は強い声で制した。

「それは憶測です。証拠は何もない。そこまで言ってしまうのはどうかと思いますが」

「では質問を変えましょう。奥さん、あなたは三カ月前、ご友人の結婚式に出席するため東京に行かれてますね」

五月のゴールデンウィーク明けの土曜日です、と続けた。はい、と利恵がうなずく。

「大学の後輩です……尚美《なおみ》は卒業してから東京の会社に就職していて……」

「わかっています。松下《まつした》尚美さんはあなたともう一人、大学時代の先輩を呼んでいる。

式は土曜日の午前十時からだったので、金曜日からあなた方は東京へ来ていた。一泊していますね。金曜日の午後、あなた方は名古屋から東京へ行き、二人で一日過ごしている。ホテルはどちらに？」

「オーガストです。ホテル内のチャペルで結婚式を挙げましたので」

「便利ですからね。オーガストホテルは有楽町にあります。あなたはお友達とゆっくり過ごしたそうですね。買い物にも行った。楽しかったですか」

利恵は答えなかったが、戸森は返答が欲しいわけではないようだった。

「名古屋のお友達にみやげを買うため、銀座の丸高屋へ行った。小一時間ほどだったとお友達は話しています。その間、別々に行動した。あなたがどのフロアに行き、何を買ったかは知らないということです。何を買いましたか」

「覚えてませんけど、お菓子とかそんなものです。東京らしい物を買おうと……」

「その時、丸高屋のトートバッグを買っていませんか？　丸高屋は東京にしかない。あそこのトートバッグは有名で、地方の人間はよくおみやげとして買って帰ります。ご存じでしょう」

「買っていません。トートバッグのことは知りませんでした。有名なんですか？」

「お子さんが栄新町駅のコインロッカーで発見された時、丸高屋のトートバッグに入れられていたことはお聞きになっているはずです。あなたはそれを購入することができた。

その時は何も考えずに買っていたのかもしれませんが、奇妙に符合していると思いませんか。偶然にしては出来過ぎでは?」

「偶然です。わたしはそんな……どういうことなんです? わたしを疑ってるんですか」

利恵が視線を逸らす。戸森さん、と坪川はもう一度言った。

偶然が過ぎませんかね、と戸森がつぶやいた。取調室を沈黙が覆った。

Part3　沛雨《はいう》

1

暑い、と里奈は立ち止まって額の汗を拭った。星野が久米山駅前の商店街を歩いている。体型はやや小太りだが、暑さは苦にならないらしい。疲れないのだろうかと思いながら後を追った。

八月に入ってからも、連日ローラー作戦をかけた久米山の家々を回り、星野が想定した犯人の条件に当てはまる人間のアリバイを調べていた。出社前のサラリーマンなどを摑まえるために、朝七時から動くこともあった。もう半月以上続いている。

事件発生から約一ヵ月半が経過していたが、捜査は進んでいない。犯人に繋がるような新事実は見つかっていなかった。捜査本部は範囲を半径十キロまで広げて再度ローラー作戦を実施していたが、成果は上がっていない。

星野は他の捜査員と別行動を取っていた。時間がありませんというのが口癖になっている。日が経てば経つほど、アリバイの確認が難しくなるという意味だった。早く作業を終わらせたいという気持ちはわからないでもないが、二人だけで五百人を調べることに無理があると里奈は思っていた。対象人数が多すぎるだろう。

だが、里奈の想定より調査は進んでいた。ローラー作戦の資料が正確だったこともあるが、星野が粘り強く作業を続けているためでもあった。態度こそ淡々としているが、執拗な性格だということは、この頃になると里奈にもはっきりとわかるようになっていた。

そろそろ十二時です、と星野が時計を見た。

「このまま三鷹まで行きましょう。約束は一時です」

今日の一時、吉岡慎二の母親、井関修子《しゅうこ》と会うことになっている。先日、吉岡に頼んで連絡先を聞き、約束を取りつけていた。

駅から井の頭線で吉祥寺へ出た。中央線に乗り換えてひと駅行き、三鷹駅で降りる。待ち合わせていたのは駅前のミドリヤという喫茶店だった。アポは電話で取っていたため、お互いをわかるだろうかという不安もあったが、出入り口近くの席に、人待ち顔の老女がいた。高級というわけではないが、それなりに質の良さそうな服を着ている。

井関さんでしょうか、と声をかけると小さくうなずいて立ち上がった。

「そのままで結構です」どうぞ座ったままで、と星野が手で制した。「早かったですな。

わたしたちも早いつもりでしたが」

年寄りは気が急くものですから、と井関修子が小さく笑った。

「どうしても時間前に出てしまいます。お気になさらずに……」

修子の前には紅茶が置かれていた。六十四歳だと聞いていたが、目の回りの老人性のしみから、もう少し老けている印象を受けた。

「わたしが電話でお話しした星野です。こちらは同僚の鶴田刑事」

里奈は頭を下げた。ご苦労様です、と修子がうなずく。店員にコーヒーを頼んで、向かい合わせに座った。

「すみませんな、お暑いところを御足労いただきまして」

微笑みかけた星野に、とんでもありません、と修子が手を振った。

「こちらこそご迷惑おかけします。本当にねえ、この暑さだと大変でしょう。ずっと外を歩いてらっしゃるんですか」

「仕事ですから……さて、早速本題に入りますが、わたしたちはお孫さんの隆一くんを殺した犯人を見つけるため、関係者に話を伺っております」

「何でもお聞きください」

修子が紅茶をひと口飲んだ。表情に無念さが漂っている。孫を殺された哀しみを思って、里奈も頭を深く垂れた。

「隆一は初孫で、そりゃあ可愛いものですよ。自分の子供とはまた違います。むしろ、余計に可愛いといいますか……」

つぶやくように修子が言った。わかります、と星野がうなずく。

犯人を逮捕してください、と修子が震える声で訴えた。

「どんな奴なのか……許せませんよ、あんな……あんな惨いことを」

必ず逮捕します、と星野が右手で拳を作った。

「そのために、事件についてすべての情報を知りたいと考えています。息子さんとお孫さんについて、詳しく話していただけますか。非常に重要なことなんです」

「お役に立てるかどうかわかりませんけど、わたしでよろしければ、何でもお話しします」

「順番に伺いましょう。息子さん、ええと、慎二さんのことから聞かせていただければと。どんなお子さんでしたか」

小さい頃はおとなしい子でした、と修子がぽつぽつと話し出した。

「小学校に上がった頃は、家にいることが多かったです。外に遊びに行くようなことはなくて……十歳ぐらいからでしょうか、だんだん活発になっていって。昔の言い方になりますけど、ガキ大将みたいな感じでした」

「リーダー的な存在ということですか。今も会社では課長代理ですね。上に立って引っ張っていくような性格でしたか」

「よくわかりませんけど、友達を従えて歩くような、そんなところがありました。中学に入った頃から成績が落ちたこともあって、言いたくありませんけど、ちょっと落ちこぼれたような……別に不良になったとか、悪いことをするとか、そういうんじゃないんです。ただ、毎日をだらだら過ごすようになって。やればできる子なんです。でも、あの頃はねえ」

「ちょっと今とイメージが違いますな」

「そういうのが格好いいと勘違いしていたんでしょう。学校をさぼったり、先輩のオートバイに乗ってどこかへ出かけたり……男の子ですから、あたしも強く言えなくて。でも、優しいところもあるんです。あの子は高校を出るまで、母の日と誕生日には必ず花を贈ってくれました。そういう子なんです」

「高校から北海道へ移ったと伺いましたが」

「はい、そうです。主人の仕事の関係で。でも、それがあの子にとっては良かったんです。ご存じかどうか、根室なんてとんでもない田舎に引っ越したんですけど……一番近い家でも二キロ先ですし、学校までは五キロ離れていました。他に遊ぶところなんてありません。学校に行くしかないんです。担任の先生がとてもいい方で、親身になってくれました。あの子も感じるところがあったようで、勉強もちゃんとするようになって、成績もどうにか人並みに。ありがたいことです」

「学生時代、何かトラブルはありませんでしたか」

「高校三年生の時、家に友達といて一緒にお酒を飲んだことがありました。それを主人が見つけて、ひどく怒られたりしてましたけど、そんなことは男の子ならよくある話なんじゃないでしょうか。他に思い当たるようなことはありません。その後は札幌の予備校に行くために自宅を出てますので、ちょっとわからないですけど、何もなかったと思います」

「大学の頃は？」

「それも別に……東京の大学を受験したのは本人の希望です。やっぱり東京が良かったんでしょうか。入学後のことはあんまり……下宿暮らしでしたからね。トラブルとおっしゃっているのはお金とかそんなことでしょうか？　そういう相談を受けたことはないです。無事に卒業して、就職も自分で決めてきました。何かあったとは思えないんですけど」

「結婚もご自分で決めたわけですね？」

「そうです。友江さんはちゃんとした家の方で、いいお嫁さんですよ。どれぐらい交際していたかとかは詳しく聞いてませんけど、男の子ってそういうものでしょう」

「いちいち親に報告する息子というのも、ちょっと不気味ですな」星野がにっこり笑った。「それまでに交際していた方とかはご存じですか」

「いえ、わからないです。どうだったんでしょうね。いたんでしょうけど、ほとんど聞いたことは……紹介とか、なかなかしてくれない子でねえ」

「そうですなあ。そういうものでしょう」

「結婚してからですよ、友江さんや孫を連れて帰ってくるようになったのは。年に三、四回でしょうか。そんなに遠くに住んでるわけじゃないですからね、もうちょっと来てほしいと思ってますけど、それが普通でしょう。幸せに暮らしていたはずでした。何でこんなことに……」

修子が顔を背けた。無言で星野がコーヒーをすする。別の質問をしてもいいでしょうか、と里奈は口を開いた。

「ご主人が入院されていると聞きましたが」

三年ほどになります、と目元を拭った修子が座り直した。

「脳溢血で倒れたんです。会社を定年で退職してから一年ぐらい経った頃のことでした。風呂場で倒れて、そのまま動けなくなって……あまり良くありません。寝たきりですね。最初は家で看ていましたが、ちょっとわたしだけではどうしようもなくて、知り合いの紹介で入院させました。体の左側が麻痺していて、動かないんです。言語障害もあって、言っていることもわかるのかどうか……本人は喋れません。意思の疎通はできないんです。北海道から戻ってきて、やっとのんびり暮らせるようになったと思っていたのですが」

「お気の毒です」

星野が言った。いいえ、と修子が首を横に振る。

「主人に隆一のことは話してません。言っても仕方ないですし、隆一が小学校に上がったところまでは見ていますから、それなりに幸せということになるんじゃないでしょうか」

「失礼なことをお聞きしますが、北海道への転勤は飛ばされた、左遷だったというように息子さんは話していました」カップを両手で包むようにしながら星野が質問した。

「実際のところ、どうだったんでしょうか」

もう二十年も前のことですから、よく覚えてないんですけど、と修子が宙を見つめた。

「ある日、いきなり北海道に転勤になったと言われて。家族全員で一緒に行く、もう決まったことなんだと……ついていくしかありませんでした。かなりバタバタした引っ越しだったことは確かです。慎二の学校のことが大変でした。担任の先生と根室の高校へ転校するにはどうしたらいいのか、相談をした記憶もあります。とにかく時間がなくて、左遷とか栄転とか、そんなことを考えてる余裕はありませんでした」

「電気関係の会社に勤めていらしたとか」

「大東都電線サービスといって、送電線の管理とか補修を請け負う会社です。電力会社の下請けをしていて、全国に営業所があるんですけど、主人は東京本社採用で、経理をしていました。転勤はめったにないと聞いてましたけど、古い会社ですし、昔は訳のわからない異動もありましたから、北海道へ行くと言われてもそういうものかなあと……断れなかったんでしょう。年齢も年齢でしたし、転職っていうのも考え辛い時代でしたからね。慎二は嫌だったと思いますよ。左遷だと思ったのもわかります」

「そうですか」

「根室がどんなところか、ご存じないですよね……まあ、すごいところですよ」修子が唇の端だけで笑った。「店なんか何もありません。高校へはわたしが送り迎えをしてました。何しろ寒いし、何でこんなところへ来なきゃならないのかって思ったとしても無理ありません。わたしもそう思いましたから」

「ご主人にそれを言ったりしましたか」

「言いました。何も答えてくれませんでしたけど、やっぱり左遷だったんでしょうか……違うと思うんですけどねえ。五十を過ぎた頃、札幌支社長にならないかと打診されたこともあったぐらいですから、評価はされていたはずなんです。ただ、根室も住んでみるといいところで、食べ物は美味しいし、人情は厚いし、いろんな人に助けてもらいました」

よろしければご主人の入院先を教えていただけますか、と星野が微笑みかけた。

「これも何かの縁です。機会があればお見舞いに伺いたいのですが」

「お忙しいでしょうに……そうですか、八王子の公正会病院っていうんですけど」修子が指でテーブルに書いた。「駅からバスで二十分ぐらいでしょうか。でも、そんなことしていただかなくても……何も話せないですからね。お気持ちはありがたいですけど、わざわざ行かれても」

わたしの父も寝たきりでして、と星野が病院名をメモした。

「脳梗塞で、病院におります。実家が遠くて、ほとんど行ってません。罪滅ぼしではありませんが、ご主人をお見舞いさせていただければと」

「そうでしたか……大変ですね。お気持ちはわかります」

「とにかく、ありがとうございました。いろいろお話しいただいて、わかったこともあります。ご協力に感謝します。何かわかりましたらまた連絡しますので。今日はこのぐらいで……」

星野が頭を下げた。こちらこそ、とうなずいた修子が立ち上がる。ではここで失礼しますと言うと、必ず犯人を逮捕してくださいと深々と頭を下げてから店を出て行った。

「お見舞い？　お父さんが脳梗塞？　適当なこと言って……」修子の姿が見えなくなったのを確かめてから、里奈は星野を睨みつけた。「どういうつもりなんですか」

「会ってみたいんです」

メモ帳をしまいながら星野が淡々と答えた。

「話せないって言ってましたけど」

「顔を見るだけです……さて、時間が少しあります。もう一杯どうですか」

返事を聞かずに、星野が手を挙げて店員を呼んだ。

「鶴田さん、ひとつだけよろしいですか。あなたはわたしの考えに納得していないかもしれません。それならそれで構いませんから、自分の意見や考えを主張してください。遠慮することはありませんよ」

「主張……ですか?」

里奈は星野の顔を見つめた。階級も年齢も経験も遥かに下の〝ジエン〟担当に過ぎない女性刑事の意見を聞きたいということなのか。

「いやその、主張といっても机を叩いて怒鳴ってほしいわけじゃありませんよ」そういうのは苦手でして、と星野が苦笑した。「ただ、言うべきだと思った時は言っていただきたいですな。何しろわたしはこういう人間です。多くの場合、間違っておりますからね。つまり、積極的に意見を交換しようということです」

「ですが――」

「思ったことは言うべきです。その後じっくり考えればよろしい。というわけで、注文をどうぞ。コーヒーだけが飲み物ではありませんよ」

近づいてきた店員に、里奈はミルクティーを頼んだ。結構ですな、と星野がうなずいた。

2

元木場駅の改札を出たすぐ左に、ゴールド・フルーツ・バーというジュース専門店がある。午後六時半、原田昌美《はらだまさみ》は出入り口を何度も確かめていた。今日は八月十五日、金曜日だ。あの人は来るだろうか。

昌美は四十五歳だ。普通に大学を出て普通に就職した。何も変わったところのない平凡な人生だったし、これからもずっとそうなのだろうと入社式で思ったのを覚えている。

だがその翌年に父親が急死し、さらに二年後母親が交通事故に遭い、半身不随になった。介護をしなければならなかったが、会社を辞めることはできなかった。家にそこまでの蓄えはなかったのだ。働きながら母親の面倒を見るしかなかった。

当時結婚の約束をしていた相手がいたが、別れることになった。母親のことが原因だろうが、話を切り出された時も黙って受け入れた。

その後も仕事と介護を続けていたが、会社の無理解もあって転職した。二度会社を移ったが、介護の時間がどうしても合わず、辞めざるを得なかった。

ゴールド・フルーツ・バーで働くようになったのは十年前だ。自宅から近かったことと、店のオーナーが昌美の事情を理解し、勤務時間の便宜を図ってくれたため、勤めることにした。皮肉なもので、母親はそれから間もなく亡くなった。

仕事に不満はなかった。オーナーには助けてもらったという恩もある。年齢的なことも含め、落ち着きたいという気持ちがあったので、また転職しようとは考えていない。

接客業は初めてだったが、難しい仕事ではなかった。注文されたジュースをジューサーで作り、席まで運ぶだけだ。アルバイトがもう一人いるし、それほど忙しいというわけでもない。人間関係のストレスもなかった。

オーナーは昌美を信頼しているのか、全部任せるからと、この何年かは閉店時に顔を出すだけで特に何も言わない。休みは週に一日だったが、他に何かやることがあるわけでもない。火曜から日曜まで、一日八時間働いている。それが昌美の生活だった。

つまらない人生だと思っている。オーナーやアルバイト、客と会話することはほとんどない。新しい知り合いができるわけでもない。ただカウンターにいて、注文をさばくだけだ。楽しみにしていることも趣味もない。淡々と毎日を過ごしている。それだけだった。

男のことは、勤め始めた頃から気がついていた。毎週金曜日の夜七時頃にやってきて、フレッシュのイチゴジュースを三十分かけて飲む。店内には喫煙席があるが、そこへ座って煙草を二本吸う。ジュースを飲み、煙草を吸い終わると席を立つ。

注文時以外、言葉を交わしたことはほとんどないが、稲葉という名前であることは知っていた。三友商事の社員証を首から下げたまま店に来たことが何度かあって、それでわかったのだ。

様子のいい人だ、という思いがある。年齢は自分より十歳以上、上だろう。背が高く、がっしりとした体つきをしている。物静かで、余計なことは何も言わず、ただジュースを飲み煙草を吸うだけだ。

それ以外のことは何もしないが、一度だけ印象に残る出来事があった。二年ほど前、支払いがもたついていた老人に、並んでいた若い男が罵声を浴びせた。老人は体が不自由なのか、なかなか財布をポケットから取り出すことができずにいた。それを若い男が罵ったのだ。

稲葉は席に座っていたが、すぐカウンターへ来た。事情を察したのか間に入り、若い男をなだめた。それから老人の支払いを手伝い、ジュースを席まで運んだ。決して恩着せがましくなく、自然な態度だった。

自分ではあんなにスムーズに事を収めることはできなかっただろう。下手をすれば余計に面倒なことになっていたかもしれない。ありがとうございますと言いに行ったが、稲葉は笑って手を振るだけだった。

だからどうだということではない。年齢が離れていることはわかっている。常に昌美に対して優しい態度で接するが、女性として意識されているわけではないことも感じていた。

何があるわけでもない、と昌美は思っている。毎週金曜日、三十分だけ店に来る客だ。今までも、そしてこれからも何もないのだろう。単なる客と店員で、それだけの関係だ。

ただ、無性に話してみたくなることがあった。何を考えているのか。何があったのか。知りたいと思っている。なぜそう思うのか、自分でもわからない。

イチゴジュースと二本の煙草は、自分に許した唯一の贅沢なのだろう。あんなふうにジュースを飲み、煙草を吸う人間は他にいない。

毎日を囚人のように過ごしている。週に一度、三十分だけ自分を解放する。そのためにこの店に来ている。

何のためにそんな暮らしをしているのかとずっと思っていたが、ひと月半ほど前からその思いが強くなっていた。七月最初の週の木曜日、帰宅する人が駅に増えるころ店に来た。木曜日に来ることは初めてで、過去一度もなかった。

それだけでも驚いたが、稲葉は店で一番高い白桃のジュースを頼み、煙草を五本吸った。何かがあったのは明らかだった。

前にも増して、辛そうな表情を浮かべていた。全身から漂う哀しみはそれまでと比較にならない。

疲れ切っていて、一気に五歳も年を取ったように見えた。店に入ってくる時、僅かにだが足を引きずっていた。

それ以降は前と同じく、金曜日に来てイチゴジュースを飲み、煙草を二本だけ吸う習慣に戻った。表情に少しだけ陰が濃くなったように思うが、それは思い込みなのかもしれない。そうなると、余計にあの日のことが気になった。一体、何があったのだろうか。

いらっしゃいませ、というバイトの声がした。顔を上げると稲葉がカウンターの前に立っていた。

「……いらっしゃいませ」

時間を確かめた。七時ジャスト。何にいたしましょうか、と普段通りに聞くと、イチゴのフレッシュジュースを、と稲葉が注文した。

「お席でお待ちください。すぐお持ちします」

聞いてみようか。何があったのか、聞いてみようか。

昌美はジューサーに冷蔵庫から取り出したイチゴを入れた。そんなことはできないとわかっていた。無言で稲葉が喫煙席へ向かった。

3

神崎が由紀と共に呼ばれたのは八月十八日の夕方だった。会議室に入ると、別班の小《こ》日向《ひなた》という刑事が待っていた。

「お前たちが調べていた車のリストのことなんだが」座れ、と言った塩谷がテーブルに書類を放った。「この前、所有者の名前を全部上げていたな」

そうです、と小日向に向かって挨拶しながら神崎はうなずいた。

「面倒臭かったですよ。作業自体はまあ何とか……でも照合しなきゃならなくてね。目が霞みましたよ」

押し付けちまって済まんな、と塩谷が薄く笑った。

「だが無駄じゃなかったかもしれん。車の所有者と実際の運転者を小日向の班に手伝ってもらって調べてみたら、ちょっと気になる奴が出て来た」

「……気になる？」

由紀が視線を向けた。ぼくが話しましょう、と小日向が鼻の辺りをこすった。四十代前半の背の高い男で、塩谷の二年後輩に当たることは神崎も知っている。

「ストーカーの可能性があると捜査本部が考えているのは知ってるよな。それで運転者の名前を前科者リストと照らし合わせたら、男が一人浮かんできてね。寺尾《てらお》隆《たかし》って奴だ」

「知りませんね」神崎は首を振った。「何者なんです?」

「四十歳、前科五犯。五件とも婦女暴行」小日向が男の写真をテーブルに載せた。「つまりレイプ魔だな。手口は簡単だ。車でさらって、人気のないところに連れ込む。そこは今回の事件と似ていなくもない。そこで犯すわけだが、殴ったりはしない。ナイフで脅し、手足を縛って自由を奪い行為に及ぶ。最低の男だが、殺人なんてとてもとても……やってることは鬼畜以下だが」

外道ですね、と神崎は写真を指でつまみ上げた。

「おとなしそうな奴だけどな。整った面をしてやがる……小柄に見えますが」

「百六十センチだよ」はっきり言ってチビだな、と小日向がかすかに笑った。「経歴はまともだ。大学出で、大手企業で勤めていたこともある。よくわからんよ、こういう奴の心理は。最初は同僚をストーキングして、家に押し入ってレイプした。十年前だ」

「最低ですね」

「その後、四件の事件を起こして逮捕され、半年前出所している。それからは大宮の実家で暮らしていたが、この一週間ほどは帰っていないようだ」

親は何をしてるんですかね、と神崎は吐き捨てた。

「甘やかして育てるからつけあがるんだ」

「そう言うな。奴は精神鑑定を受けていて、毎回ボーダーラインだ。ぎりぎりで責任能力はあると判定されているが、かなり危ない精神状態なのも確かだ。再犯の恐れが高いと医者は言っている。本部の担当者も同じ意見だ。こういう奴は何度でも同じことを繰り返すよ」

「野放しにしてるのはどうなんですかね。アソコを切っちまえばいいんだ」失礼、と神崎は由紀を片手で拝んだ。「こいつがあの晩、車で春馬山の登山道を走っていたってことですか」

「そうだ。運転免許は出所後すぐに再取得しているから、ドライブしようが何をしようが勝手だがね。とはいえ、タイミング的にちょっと怪しい。どう思う?」

証拠があっての話じゃない、と塩谷が落ち着いた声で言った。

「前科があるっていうだけで判断するのは違うだろうが、奴の記録を見ると何かあってもおかしくない。上も、少しつついてみてもいいんじゃないかと言ってる」

「珍しいことで」

神崎はぼそりとつぶやいた。そう言うな、と塩谷が苦笑を浮かべた。

「何でもかんでも人権だよ。慎重にもなるさ。奴が乗ってた車が見つかったのは、お前さんたちのリストのおかげだ。捜査にはこっちからも誰か出さなきゃならんが、流れから言って二人に任せようと思ってる。どうだ?」

いや、そりゃもちろん構いません、と神崎は隣を見た。

「捜査も行き詰まってますしね。怪しい奴は調べておきたいですよ」

そうですね、と由紀がうなずいた。

「何とも言えませんけど……公判記録を見せてもらえますか。知っておきたいんです」

もちろん構わない、と小日向が親指を立てた。

「もう奴の実家は張ってる。両親にはまだ話を聞いていない。定職には就いていないが、出所後いくつかバイトをしている。社会性がないわけじゃないんだな。そっちにも人を出してる。交友関係も押さえているが、親しくしてる女が二人いてね。どちらか選んでいいから、張り込んでくれ」

「女？　二人？」冗談じゃない、と神崎は額を押さえた。「レイプ魔にガールフレンドが二人も？　どういう奴なんだ」

「写真を見ただろ。ルックスは悪くないんだ。学生時代は相当もてていたらしい。どうしてレイプするようになったのかね……やっぱりどこかおかしいんだろうな」

小日向が二枚の写真を出した。それぞれに女が写っている。一人はまだ若く、二十代後半だろう。もう一人は四十歳前後に見えた。タイプが似ているのは好みということなのか。黒のロングヘア、表情にどこか陰がある。

若い方は浦和に住む主婦だ、と小日向が説明した。

「寺尾とは三年前、パート先の食料品店で知り合って深い関係になった。一時は別れたようだが、この数ヵ月でよりを戻したらしい。ダンナもいるのに、わざわざこんな男となあ」

「もう一人は？」

「高校の同級生だ。さいたま市でスナックを経営している。かなり親しいようだ。店にも時々顔を出している。ムショに入るずっと前からだ。高校の時、寺尾と交際していたという話もある。事実かどうかはわからん」

どうする、と神崎は聞いた。こちらの女性を、と由紀が年上の女の写真を取り上げた。選んだわけではなく、近い方にしたというだけのようだった。

どうぞどうぞ、と小日向が右の手のひらを前に出す。女の名前は、と塩谷が聞いた。

「岡部悦子《おかべえつこ》、三十九歳です。十月に四十になるとか……住所はこっちのファイルにあります。後はそちらにお任せしますよ」

どうしますかね、と神崎は首を傾げた。うっすらとだが、予感がしていた。寺尾という男に何か感じるものがある。

寺尾を捜せ、と塩谷が腕を組んだ。

「まずそこからだ。こっちはこっちで調べる。犯行時に何をしていたのかが問題だ。深夜、登山道にいたことは間違いない。少女の死体を捨てることは可能だった。だが殺したかどうかは別だ。さっきも言ったが、証拠がある話じゃない。慎重にやらんとな」

「了解しました。奴を見つけて、ヤサを確認します。迂闊なことはしませんよ」

任せる、と塩谷がデスクを指で弾いた。

「無茶はするな。見つけても手は出すなよ。指示を待て」

神崎はうなずいた。由紀が寺尾と岡部悦子の写真を手に取り、じっと見つめていた。

4

公正会病院の総合受付で、里奈は井関寛幸《ひろゆき》の病室を尋ねた。若い女性スタッフがパソコンを操作して、四階の405ですと答えた。身を乗り出して、エレベーターの場所を指さす。ご親切にどうも、と横で丁寧にうなずいた星野が歩きだした。

広いですね、と後に続きながら里奈は周囲を見回した。

「ゆったりとした造りです。通路の幅とか、車椅子五台分ぐらいありますよ」

八王子ですからな、とエレベーターに乗り込んだ星野がボタンを押した。

「土地も余ってるんでしょう。あれですな、病院とか大学とかは都心から離れていく傾向がある。公正会は確か新宿にあったはずですよね。ここまで来ればゆとりのある設計ができたでしょう」

「きれいですしね。八王子に移転して十年ぐらいと聞きましたけど」

「中にコーヒーショップやコンビニなんかも入ってるようです」星野がエレベーター内の標示板を指さした。「そんなふうにしないと患者も来ないんでしょうな」

四階でエレベーターを降りた。どっちですかね、と廊下を右に進みながら言う。逆です、と里奈は腕を摑んだ。しばらく進んだところに、405というプレートがあった。

中に入ると四つのベッドが並んでいた。四人部屋なのだろう。男性看護師が二人いて、患者の老人を車椅子に乗せている。こんにちはと星野が言うと、こんにちは、と明るい返事があった。

「お見舞いですか」

「はい。井関さんに会いに来たんですが」

奥のベッドです、と看護師の一人が窓側を指した。

「寝てるかな？　さっき食事が終わったところなんですよ」

「声をかけてもよろしいですかね？」

「構いませんよ。話はできないと思いますが」

優しく微笑んで部屋を出て行った。親戚とでも思ったようだ。

奥のベッドに近づくと、男が横たわっていた。目をつぶっている。六十四歳だと修子から聞いていたが、目の前の男は十歳以上老けて見えた。八十歳と言われてもうなずくかもしれない、と里奈は顔に刻まれた深い皺を見つめた。

長身だが、体全体は小さく見える。肉が削げ落ちているためだ。肌の色艶も悪い。半身不随と聞いていたが、自力では指一本動かせないのではないか。死臭が漂ってくるようだった。

鼻からチューブが一本延びており、ベッドサイドの医療器具と繋がっている。呼吸を補助する機械のようだ。

眠ってるみたいです、と里奈は声を落として言った。

「……起こすとか言わないですよね。どっちにしたって話せないんですよ」

「とんでもない。そんなことはしません」

星野がベッドの脇にあった丸椅子に腰を下ろした。どうするんですか、ともう一度言った。

「奥さんが言ってたじゃないですか。意志の疎通はできないって……」

「こんにちは」無視して星野が声をかけた。「星野と申します。警察の者です」

返事はない。老人は動かなかった。構わず話し続ける。

「確認のために参りました。ひとつだけ教えていただきたい。あなたは二十年前、東京から北海道へ転勤されています。会社に電話で問い合わせたところ、そんなことがあったんですかと逆に聞かれました。大東都電線サービスは各営業所が独立採算制だそうですね。人事交流は極めて稀だということでした。しかも東京本社で経理関係を担当していた人間が、北海道で電線の補修作業を担当するような転勤はほとんど例がないと。なぜ北海道へ？　東京でトラブルがあった？　左遷？　それとも別の理由が？」

　老人は動かない。静かに横たわっている。かすかな呼吸音がした。

　無駄ですよ、と里奈は低い声で言った。

「眠ってるのか、それとも聞こえてないのか……聞こえてたとしても、何も答えられないんです」

「せっかく来たんです」もう少しいいじゃないですか、と星野が小さくうなずいた。

「座ったらどうです？　ここは空調が利いている。日当たりもいい。静かなのは何よりです。汗が引くまでいてもいいでしょう」

　いいですけど、と里奈は近くにあった椅子に腰掛けた。エントランスから病院の玄関まで暑い中を歩いたため、汗が背中に滲《にじ》んでいた。

　星野が老人を見つめている。里奈は小さく息を吐いて、バッグから捜査資料を取り出した。

　病室は静かだった。他の患者たちも目の前の老人と同じように寝たきりのようだ。大学の図書館に近い雰囲気があると思いながら、集中して資料を読んだ。気づくと一時間が経っていた。

「そろそろ帰りませんか？」立ち上がって体を伸ばした。「戻ってまた家を回らないと……」

二十年前です、と星野の口からつぶやきが漏れた。

「あなたは北海道へ移り住んでいる。何があったんですか。教えていただけませんか」

行きましょう、とバッグに資料を押し込みながら里奈は言った。座ったまま星野が見上げる。

かすかな音が聞こえた。目をやると、老人の喉が動いていた。唾を吞んでいるようだ。瞼《まぶた》が震えている。右目が開いた。充血している。

何があったんです、と星野が顔を寄せた。

「仕事でミスでも？　トラブルに巻き込まれた？　それとも、東京にいられないような何かがあった？」

老人の眼球が動いた。右、左。目尻から一滴涙のようなものが垂れた。そのまま目をつぶり、また動かなくなった。

「……わかりました。ありがとうございます」

何がわかったんですか、と里奈は聞いた。

「何かがあったんです」

答えた星野が、そっと手を伸ばして老人の体に毛布をかけ、会社にも行ってみましょうか、とつぶやいた。

「今ならまだ誰かいるかもしれません。場所はどこでしたっけ」

茅場町ですと里奈は答えた。

5

捜査に目立った進展はない。愛知県警栄新町署の捜査本部は手詰まりの状態だった。虐待の容疑で松永利恵を逮捕し、一気に取り調べを進めたいと戸森は上層部に掛け合っていたが、坪川はその方針に反対だった。

あの日、現場の駐車場で利恵と話したが、突然我が子がいなくなり、本当に混乱しているように感じた。演技ではなかったと確信している。同時に、それでは別件逮捕になるという思いもあった。

だが、強く意見を言うことはできなかった。県警の警部に所轄の巡査部長が反対するのは難しい。印象だけだろうと言われればその通りで、はっきりしたことは何もわかっていないのだ。

逆に、虐待の事実は明白であり、本人も認めている。それについては疑いようがない。どう考えていいのかわからずにいた。

八月十八日、戸森が正式に虐待容疑による逮捕状を請求した日の午後、坪川は栄新町にいた。何度も訪れていたし、他の捜査員も調べている。それでも諦めきれなかった。

何か見逃しているのではないか。

松永家まで行き、近所の家々を回った。事件当日の話を聞くつもりだったが、答えてくれる者は少なかった。何も知らないと言う。それでは松永利恵さんについて知っていることを聞かせてほしいと頼んだが、それについても何も言わない。よくわかりません、と首を横に振るだけだ。

言外に、あの人はよそ者だからという響きがあった。利恵も言っていたが、なるほど暮らしにくかっただろうと思った。つきあいはあったのかと聞くと、特に、と答える者ばかりだった。静かな悪意が感じられた。

一番最後に隣の上原という家を訪れると、女が出てきた。前に一度話している。女の方も坪川のことを覚えていた。

「本当に刑事さんだったんですねえ」

上原が言った。前はどう思っていたのだろうか。目がうっすらと光を帯びている。坪川が質問を始める前に、自分の方から口を開いた。

「やっぱり松永さんの奥さんが、息子さんを殺したんですか」

「それはまだ……」

「そうなんでしょ?」上原が何度もうなずく。「だと思ってましたよ」

「いや、そこは……わかっていないのが正直なところで」

「そりゃ言えませんよね、刑事さんの立場だと」いいんですよ、と上原が手を振った。「あたしとかに、そういうこと言っちゃいけないんでしょ？　いろいろ大変ですよね」

前に来た時は無愛想だったが、一転して口が軽くなっていた。詳しい話を聞きたいようだ。好奇心が強いのだろう。

「虐待してたんでしょ？　そういう噂、聞いてますよ」

どこで聞いたのかと思ったが、噂というのはそんなものだろう。よくわかっていませんとしか答えられなかった。

「前にも言ったと思いますけど、あの子、時々凄《すさ》まじい声で泣くことがあったんですよ。火がついたみたいに……百匹の犬や猫がいたって、あんなうるさくありませんよ。たぶんそういう時って、あの女が子供に酷いことをしてたんでしょうね。陰気な顔して、何考えてるんだか。ああ、嫌だ嫌だ。あんな人が隣に住んでたなんて」

両肩を抱くようにする。言葉ほど嫌そうな顔ではなかった。

「松永さんの奥さんのことなんですが、それ以前には……」

質問しようとしたが、あの日もそうでしたよ、と上原が勝手に話し始めた。

「あの日？」

「車で家を出て行ったんです。買い物にはいつも車で行くって……玉河屋に行くのがそんなに自慢かしら。この辺の人たちは、みんな行きますけどね」

「そうでしょうね」

たぶん、出る前に子供を殴ったりしてたんじゃないかって、と上原が声を潜めた。

「凄い声で泣いてましたもん。そのまま出て行って……助手席で子供が暴れてましたよ」

「見たんですか」

うなずいた上原に、ですが、と坪川は首を捻《ひね》った。

「前にお伺いした時は、見ていないとおっしゃっていませんでしたか」

そうでしたっけ、と悪びれもせず答えが返ってきた。

「あの時はねえ、関わりあいたくなかったからそう言ったかもしれないけど。うちのキッチンから松永さんちの駐車場が見えるんですよ。別に覗き見してたわけじゃなくて、あの時は洗い物とかしてたんじゃなかったかしら。たまたま目に入ったんです」

「子供が……赤ん坊が助手席にいた？」

「たぶんね。勘違いかもしれないけど」そんなことより、と上原が顔を近づけてくる。

「本当に殺したの？　だから刑事さんがうろうろしてるわけ？　この辺じゃそんなことなかったから、もうびっくりしちゃって。やっぱり移ってきた人はねえ……」

声を聞き流しながら、坪川は顎を撫でた。子供は助手席にいた。どう考えるべきなのだろう。

表情を歪めて話し続けている上原に、ありがとうございましたと頭を下げた。

6

戸森が電話で話しているのを、栄新町から戻ってきた坪川はデスクに座って聞くともなしに聞いていた。相手が名古屋地検の検事であることは声の調子で察しがついた。逮捕状請求に関して、細かい事情を確認するために電話をかけてきているようだった。

子供の虐待の事実については本人も認めているんです、と戸森が早口で説明している。

「狙いは殺人容疑での取り調べだろうって、それは言いっこなしですよ。こっちだって証拠があるわけじゃないんです。ただ、虐待の容疑で逮捕できれば、本人が自白する可能性も……別件逮捕？　それは違います。ただ勾留期限を延長させなければならない事情があって……」

検事が見込み捜査の可能性について考えていることがわかった。別件逮捕、あるいは別件勾留について、検察の考え方と違いがあることは知っている。違法と主張する検事がいるのも事実だ。坪川は頬杖をついたまま、話に耳を傾けた。

母親が殺したと断定はしていません、と戸森の声が続いた。

「そこを調べたいと考えていますが、現状だと難しくてですね、虐待の方で逮捕できれば自宅の捜索も可能になります。何とかならないですかね……殺してから、家のどこかに隠したことも考えられます。所轄の刑事が数時間後に自宅へ行ってますが、死体を捜しに行ったわけじゃない。見つけられなかったのは仕方ないでしょう。一歳児です。大きさからいって、机の引き出しにだって隠せたかもしれません」

確かにそうだ。松永家に行ったのは自分だが、子供の死体など捜してはいない。どこにだって隠せただろう。

ただ、松永家の隣に住んでいる上原の話によれば、あの日利恵はスーパーに子供を連れて行っている。車で二、三十分かかる距離だが、その間に車内で殺したということだろうか。

「供述におかしなところは山ほどありますよ」戸森の声が大きくなった。「細かく調べていくと、矛盾が出てくるんです。松永利恵は買い物をして、一度車に戻っている。それから買い忘れたものがあったとかで、店に引き返した。その間九分、車から離れていたわけですが、そこで子供がさらわれたと主張しています。九分ですよ？　たった九分の間にそんなことができるでしょうか。あり得ませんよ」

その指摘には一理ある、と坪川も思っていた。そんな僅かな時間に犯人が子供をさらうと決め、実行したというのはおかしい。九分かかったのはレジが混んでいたためで、もっと短い時間で戻ってくるかもしれなかったのだ。

九分だ。たまたまあの駐車場にいた誰かが衝動的にさらったとしても、あまりにも短時間だ。偶然ということでは説明がつかないのではないか。

戸森の言っている通り、利恵が嘘をついている可能性は十分にある。では何のために嘘をついたか。自分で子供を殺害したという事実を隠蔽《いんぺい》するためだという戸森の論理に齟齬《そご》はない。そうなのだろうか。利恵が息子を殺したのか。

わからない、と坪川は頭の後ろで手を組んだ。戸森の声が更に大きくなっている。検事は納得していないようだった。

7

里奈は星野と大東都電線サービスの本社ビルにいた。受付に訪問の意図を伝えると、担当者を呼びますのでお待ちくださいと言われ、脇にあったソファに腰掛けた。

「何年か前の事件関係者がここの社員でしてね。証言を得る必要があって二度ほど来たことがあります」長いとは言えない足を組んだ星野が言った。「基本的に本社採用の人間は定年まで本社勤務だし、支社で現地採用した場合はそこでずっと働くと聞きました。ほとんど転勤はないんです。吉岡さんの……井関さんと言った方がいいんですかね、父親は北海道に縁はなかったはずです。だが根室に転勤している。何でそんなことになったのか、それが知りたいですな」

「事件とどう結び付くんですか。父親のことは関係ないと思うんですが」

星野は答えなかった。そのまま静かに座っている。

あの、という声がしたのは十分ほど経った頃だった。中年の男ともう一人、かなり年かさの男が受付にいた。

「総務課長の亀岡《かめおか》と申します。こちらは潮田《しおた》です」

二人が同時に名刺を差し出した。受け取ると、ここでお話しするということでよろしいでしょうか、と腰を屈めながら聞いた。

警察の人間だということは受付で伝えている。定年で辞めた社員について調べていると知り、何があったのかと怯えているようにも見えた。

「井関さんのことをお知りになりたいとか」亀岡がパイプ椅子を引っ張ってきて座った。

「先日、お問い合わせいただいた件ですよね。警察の方がどうしてそんな?」

「お忙しいところ申し訳ありません。井関さんとは無関係の事件なのですが、もしかしたら証人になっていただけるかもしれないと考えまして」

星野が淀みなく言った。亀岡がしかめっ面になる。

「もちろん協力いたしますけれども、いったいどういうことでしょう。井関さんの異動の理由が知りたいというのは……」

捜査上の機密事項でして、と星野が顔を近づけた。

「大変重要な問題なんです」

「そうなんでしょうけど……井関さんですよね」不得要領な顔で亀岡が口を動かした。

「あの人は確かにうちの社員でした。六年前、根室支社から本社勤務となっています。四年前に定年で退職していますが」

「そこはわかっております」

今調べてきたんですが、と亀岡がコピー用紙を取り出した。

「二十年前、井関さんが本社から根室に転勤したのは間違いありません。記録も残っています。ただ、今の総務部に当時のことを覚えている人間がいなくてですね」

「あなたも?」

「わたし、入社十五年目でして」初めて亀岡が笑った。「その頃は高校生でした。うちの会社の名前も知らなかったですね。ましてや社員なんて……」

「では、もう少し年齢的に上の方はいらっしゃいませんか」

質問した里奈に、去年、総務部長が早期退職しまして、と亀岡が額を叩いた。

「今年から新任の部長が来ましたが、まだ五十になってないんじゃなかったかな。井関さんが辞めてからの異動ですから、部長は直接知らないんです。ただ、うちのフロアに経理部があって、潮田が覚えていると言うので来てもらいました」

亀岡から目を離した星野が、井関さんをご存じですかと聞いた。まあどうにか、と潮田がしわがれた声で答えた。

「井関さんと同じ部署で働いたことはないんです。あの人は私の二年先輩で、財務部という資金運用を担当する部署にいたはずですが、親しいわけでもなかったので……」

「あなたはずっとこちらの会社に？」

「ええ。去年定年だったんですが、継続雇用ということで働いてます。経理部が長かったんで、そこでのんびりやらせてもらってますよ」

「二十年前も経理だった？」

「いや、その頃は総務部にいました。今も言いましたけど、井関さんは財務部にいたんですが、印象に残るような人じゃ……悪い人ではなかったですよ。よくいるサラリーマンでした。それだけです」

「井関さんが根室に転勤したことは、ご記憶にありますか」

「言われるとねえ……うっすらですが、何となく」潮田がごしごしと額をこすった。「転勤の話は総務の会議か何かで聞かされたような……うん、そうです。急な転勤でした」

「それまで聞いてなかった？　総務部で働いていたんですよね。それでも知らなかった？」

「昔のことなので……当時は人事部っていうのが別にありましてね。今は統合されて総務部内に入ってるんですが、彼らが決めたんだと思いますよ。人事部としても、かなり唐突な話だったんじゃなかったかな」

「何か理由があったんでしょうか」

「どうなんでしょう。ご存じかどうか、うちの社は地方支社への異動っていうのが非常に少ないんですね。支社から本社へっていうのはなくもないんですが、こっちからっていうと……ですが、懲罰とか左遷とかじゃありません。井関さんはトラブルを起こすような人じゃなかったし、そうだったら絶対覚えていますよ」

「では、なぜ本社から北海道へ？　しかも根室です。こんなことを言うのは失礼かもしれませんが、かなりの田舎と言いますか……」

「そうですよね。あの頃、井関さんは四十歳ぐらいだったと思いますけど、いきなりそんなところへねえ……」

「本人が希望したんでしょうか？」

「そんなことはないと思いますよ、常識で考えれば」潮田が薄くなった頭を掻いた。

「うちは何十年も前から事業所制になってまして、営業所という呼び方をしてますけど、それぞれが独立採算制なんです。本社は取りまとめをしているだけで、そんなに差があるわけじゃないんですが、やっぱり本社は本社ですからねえ。支社に行きたいなんて人は……しかも根室ですよ。誰も行きたくはないでしょう」

そうですなあ、と星野がつぶやく。潮田が笑みを浮かべた。

「出身があちらだとか、そういう理由があれば別ですけど、確か井関さんは東京の人だったと思いますよ。違うかもしれませんけど。しかし、どうなんでしょう。本人が希望したのかな」

なぜなんでしょう、と首を捻っている星野に、わかりませんと潮田が答えた。笑みが引っ込んでいた。

「でも、確かに不思議な人事ですねえ。何であんなことになったのか。わからんなあ……」

「あの……井関さんが何かしたんでしょうか」亀岡が不安そうに聞いた。「警察が調べてるってことは、何かその、事件なんですか」

そうではありません、と星野が微笑んだ。

「ちょっと参考までにということです。事件ではありません」

それならいいんですが、と亀岡が座り直した。六年前にこちらへ戻られたんですよね、と里奈は聞いた。

「ええ、そうです」

「どんな方でしたか?」

「いやあ……その、別にこれといって……地味な、真面目な方としか言いようが……」

「どなたか、井関さんと親しかった方はおられますかね」星野が頭を掻きながら尋ねた。

「お会いしたいのですが」

「すいません、今すぐには……聞いてみますけど」

亀岡が恐縮するように体を縮める。潮田も思い出すように考え込んでいた。

8

スナック・あかねは、JR大宮駅から十分ほど歩いた国道沿いにあった。造りは古く、外観からは昭和の雰囲気が漂っていた。周囲にぽつぽつと呑み屋が点在している。八月十九日の夜、そのうちの一軒のバーで、神崎は由紀と窓越しに見えるあかねを張っていた。

神崎はビールを、由紀はジンジャーエールを頼んだ。店に入ってから三時間以上が経っている。二杯目のビールを注文すると、いいんですかと由紀が咎《とが》めるように言った。

「店が店なんだからしょうがないだろう」

公務中のアルコール摂取はもちろん禁止だが、ケースバイケースだ。呑み屋のカップル客が、どちらも酒を飲まないというのもおかしな話だった。

「ちゃんと調べたわけじゃないが、岡部とかいう女の年齢から考えると、あれは他人の店を安く買ったか親の跡を継いだか、そんなところだろうな」

うなずいた由紀が、寺尾は来るでしょうかと小首を傾げた。何とも言えない、と神崎は答えた。

寺尾と岡部悦子の関係はよくわかっていない。高校の同級生だったことは事実だが、交際していたかどうかも不明だ。ただ、寺尾が月に二、三度ぐらいのペースで店に通っていたことはわかっている。来る可能性はあるだろうが、いつとははっきり言えない。

昨夜は夜八時から、閉店した深夜二時まで張った。寺尾どころか、客は数組しか来なかった。流行っていないようだ。

もう十一時を回っている。昨日より客は多かったが、それでも満席ということはないだろう。一人、二人と入っていっては、また出て行く。その繰り返しだった。

「雨が降ってきたな」

ガラス窓の外を見ながら言った。ぽつぽつとではあるが、大粒の雨がアスファルトの路面を濡らし始めている。

「雨の日の張り込みは嫌だよ……傘持ってないんだ。買ってこようかな。来る途中にコンビニあったよな」

「少し様子を見ましょう」

バーのマスターがうさんくさそうな目で見ている。昨日今日とカウンターに陣取って、ひそひそと話しているだけの二人を温かく見守るつもりはないようだった。

お前は喋らないな、と神崎は首をすくめた。

「どうなんだ。刑事になって五年か？　真面目なのはいいが、そんなに肩肘張ることもないんじゃないか」

いいえ、と由紀が視線を逸らす。いい機会だ、と座り直した。

「班長もそうだが、おれたちはお前とうまくやっていきたいって思ってる。古いことを言うなと思うかもしれないが、警察っていうのは体質的に保守的なんだ。べたべたしようなんて言う気はないが、もうちょっとコミュニケーションを取ってもいいんじゃないか」

「コミュニケーション？」

「飯だって何だって、お前は一人で行っちまう。オッサン相手に話すことなんかないっていうのはわかるが、たまにはつきあっても……」

「こうして一緒に張り込んでるじゃないですか」

「仕事はな。仕事はきちんとやってる。それはみんな認めてる。そうじゃなくて、もうちょっと……おれたちは女だからどうだなんて考えてないぞ。そんなに頭が固いわけじゃない」

「はい」

「だけど、そんなに構えられたんじゃ、こっちもなあ……」

急に面倒臭くなって話すのを止めた。若い女に何を言っても通じないだろうという諦めがある。余計なお世話だということもわかっていた。

神崎は警察に奉職して十年になる。不満がないわけではないが、警察官という職業は好きだった。性格的に向いているのだろう。誰かのために働いているという実感があったし、職場の仲間たちともうまくいっている。ただ、中江由紀については、思うところがあった。

同じ部署、同じ班にいて、一度も笑顔を見せたことがない。女性刑事が警察という旧弊な組織の中でやりにくい立場にいることは理解しているつもりだ。

個人的には男目線だけで警察組織が成り立っていける時代は終わったと考えている。女性の観点が必要になってくるだろうし、そうあるべきだという気持ちもある。県警の女性警察官たちからはオジサン呼ばわりされているが、見かけより頭は柔らかいつもりだ。

だが、由紀は塩谷以下、班の全員とコミュニケーションを取ろうとしない。拒絶している感じすらある。

一人で事件の捜査はできない。お互い助け合うことも必要だ。そう言いたかったが、理解されないだろうという諦めもあった。他にももっと話しておきたいことがあるのだが、何をどう言えばいいのか自分でも整理できていなかった。

「まあいいや……何か連絡はあったか」

「小日向さんから電話がありました」

「寺尾の所在は？」

「自宅、実家はもちろんですが、友人やもう一人の女性も含め、立ち回りそうなところは張り込んでいるそうです。まだ見つかっていません」

「おれはね、ぶっちゃけここには来ないと思ってるんだよ」神崎は小皿のピーナッツを口にほうり込んだ。「岡部って女と何かあったってわけじゃないようだ。仮に何かあったとしても、相当昔のことなんだろう。そんな女のところへ来るか？」

残っていたビールを一気に飲んで、グラスを掲げた。少々お待ちを、とマスターが言った。

傘買ってきます、と由紀が立ち上がった。

「雨が強くなってきました」

「一応、領収書をもらっておいてくれ。班長の機嫌が良かったら、経費で落ちるかもしれん」

神崎は置かれたグラスに手を伸ばした。うなずいた由紀がバッグを手にスイング式のドアを開けて外に出たが、すぐ戻ってきた。

「どうした」

「今、店に客が。男です。たぶん……」

神崎は素早く立ち上がって一万円札を出し、後でまた来ると念押ししてから外に出た。「本降りじゃないか」ジャケットをかぶるようにしながら歩を進めた。「大丈夫か？」

由紀が無言で前を行く。足元に小さな水たまりができていた。

神崎は舌打ちをして、あかねの店先から様子を窺った。古い演歌と客の酔った声が同時に聞こえてきた。ドアを引くと、正面に見えたカウンターの奥に、ママらしい中年の女がいた。岡部悦子だ。いらっしゃい、とハスキーな声で言った。

「二人なんだけど」店内を見回した。「空いてますか？」

「カウンターだけなんですけどね」ビールの栓を抜きながら悦子が答えた。「どうぞどうぞ、奥へ奥へとお進みください」

冗談のつもりなのか、けたたましく笑った。どうも、とつぶやいて足を踏み入れると、カウンターが十席あるだけの店だった。

二人連れの客が二組と、一人で飲んでいる男がいる。奥の方でもう一人、ネクタイを外したサラリーマン風の男がマイクを片手に陶酔しきった表情を浮かべていた。店内を見回したが、寺尾の姿はない。

初めてですよね、と悦子がおしぼりとタオルを差し出した。

「雨、降ってきたんでしょ？　あらお嬢さん、あなた肩がびしょ濡れよ」

すいません、とタオルを受け取った由紀が肩を拭きながら椅子に座った。神崎は立ったままだ。

「お兄さんもどうぞこちらへ……何にします？　ビールでいい？　ちょっと待っててね」

「……奴は？」

一方的に喋った悦子が裏へ引っ込んだ。

改めて店内を見た。座っている男はいずれもサラリーマンだ。常連ということなのか、言葉を交わしている。

舟唄はいいよなあ、とマイクを棚に置いた男が戻ってきた。後半は歌うのを止めたようで、哀愁を帯びたメロディーだけが続いている。

「寺尾はどこだ。見間違えたか？」

わかりません、と由紀が首を振った。外は暗く、雨も降っている。似たような男を寺尾と思い込んでしまったのかもしれない。

裏から戻ってきた悦子が、エビスよお、と言いながら一本の瓶ビールとグラスをカウンターに勢いよく置いた。

「もうね、飲んじゃって飲んじゃって。うち、明朗会計だから。ビールでもお酒でも何でも飲んで、どれだけ歌ってもぜーんぶで三千円。明朗で簡単。それが、あかね」

結構なことでと答えた時、奥のドアが開き男が出てきた。何なのよ、てっちゃん、と悦子が苦笑した。

「入ってくるなりトイレって……あんた小学生？　ちゃんと流した？」

男が空いていた椅子に腰を下ろす。その横顔を見た由紀が目配せをした。寺尾だ。間違いない。

ぶつぶつ言いながら、悦子が氷の入ったグラスにウイスキーを注いで乱暴に寺尾の前に置いた。注文を聞かないのは、何を飲むかわかっているのだろう。

寺尾は身長こそ低いが、均整の取れた体つきをしていた。ジーンズにタンクトップ、その上から薄い生地のジャンパーを着ている。写真で見た通り、端整な顔立ちだ。くわえ煙草でグラスを掲げ、お疲れ、と言った。渋い声だった。

ビールに口をつけながら、神崎は寺尾の様子を観察した。警戒している感じはない。間違いないかと隣の由紀に確認すると、絶対です、とうなずいた。

悦子がカウンター越しにあれこれと小皿を寺尾の前に並べ始めた。他の客が何か言ったが、後で、とだけ言って箸を揃えている。世話女房のようだ。

由紀が目で合図をして出入り口に向かい、店を出た。トイレは奥よ、と悦子が叫んでいる。失礼、と神崎は声をかけた。

「……何？」

顔だけを向けた寺尾に笑いかける。何か察したのか、悦子が不安そうな表情を浮かべた。寺尾さんですね、と訊いた。

「そうだけど」

「ちょっと話を聞かせてくれませんか。警察です」

寺尾が弾かれたように席を立った。神崎はとっさに腕を摑んだが、体当たりをされて振り切られた。同時に、後頭部に何かが当たって割れる。悦子が叩きつけた皿だった。

それほど痛みは感じなかったが、触れると指先に血がついていた。

寺尾が引き戸を開けたが、そこに由紀が立っていた。いつの間にか激しい雨に変わっている。雷の音も聞こえた。

「警察です。寺尾隆、公務執行妨害で――」

言い終わらないうちに、寺尾が由紀を突き飛ばして走りだした。神崎も外に出て追いかけ、ジャンパーの襟を摑んで引き倒す。転倒した寺尾の背中に覆いかぶさった。

「逃げるなって。落ち着けよ、話を聞きたいだけなんだ」

寺尾がもがくようにして這い出る。そのまま逃げようとしたが、由紀がバッグから特殊警棒を取り出し、正面に回った。容赦なく肩の辺りを殴りつける。

「中江！　待て！」

寺尾が肩を押さえてうずくまった。続けて由紀が顎を膝で蹴り、警棒を振りかざした。

「もういい！」神崎は叫んだ。「そこまでだ！」

だが、制止を無視した由紀が警棒を振り下ろした。腹、腰、腕。呻いた寺尾が手首を押さえながら地面を転がる。由紀は無表情だった。

「折れた！　折れた！　畜生、何すんだよ！」

神崎は駆け寄り、由紀の腕を摑んだ。

「中江、やり過ぎだ！」

その腕を振り払い、由紀が再び警棒を振り上げる。よせ、と背後に回り羽交い絞めにした。

「何してるかわかってんのか、馬鹿野郎！」

フラッシュの光。客たちが携帯電話を向けていた。何すんのよ、と悦子が金切り声を上げた。

「あんたたち何？　ヤクザ？　ひど過ぎない？　こんな……血が出てるじゃないのよ！」

仰向けになった寺尾が、痛え、と叫ぶ。悦子が駆け寄った。

「骨が……骨が……絶対折れてるぞ。てめえ、いったいどういう……」

救急車、と悦子が怒鳴った。今呼んだ、と客の一人が冷静な声で答える。雨が激しくなっていた。

9

まずいな、と神崎は救急病院の廊下でつぶやいた。由紀が長椅子に座って、うつむいている。

他に二人の男がいた。大宮署の刑事だ。まずいでしょう、と若い方の刑事がうなずいた。

「本部の方にこんなことを言うのはあれですけど……事情を聞いた限りで言えば、かなりまずいですよ」

わかってる、と神崎は足を止めた。

「……寺尾は？」

「医者の話だと、手首が折れてるようです。尺骨っていうんですか？　単純骨折のようですが……もう夜中ですし、朝まで様子を見るんじゃないですかね」

「そうか」

「店のママを始め、客も見ていました。寺尾という男はあなたを突き飛ばして逃げようとした。それを止めようとしたのは仕方がない。ですが、あそこまで殴るっていうのはどうかと……」

由紀を見つめた。顔を伏せたまま、微動だにしない。

「常識的に言って、明らかにやり過ぎですよ。抵抗されたわけじゃないんですよね」

神崎はうなずいた。もう一人の年かさの刑事が口元を歪めている。もっと別にやりようがあっただろうというその表情に、もう一度うなずいた。

「何であんな……どうしてだ?」

すいませんでした、と由紀がほとんど聞き取れない声で言った。更に深く頭を下げる。

そんなことを言ってるんじゃない、と神崎は問い質《ただ》した。

「顔を上げろ。質問してるんだ。何であんなことをした? 捕まえるのは当然だが、あんなにひどく殴ることはないだろう」

すいませんでした、とそのままの姿勢で由紀がまた頭を下げる。そちらの上司は、と年かさの刑事が尋ねた。

「連絡してますよ」班長が来ます、と神崎は答えた。「それまではちょっと何とも」

「店の客の一人が、新聞記者の友達がいるとかで、その場から電話してます」若い刑事が口を開いた。「隠し通せることじゃない。他社の記者も来るでしょう。騒ぎになりますよ」

「だろうな」

「いったいどうしてあんたは……」年かさの刑事が由紀に目を向けた。「寺尾に前科があることはさっき問い合わせてわかったが、あの男は逃げようとしただけだろう。暴力っていうのは……」

「……すいません、本当に」由紀が切れ切れに答える。「そんなつもりでは……なかったんです」

ここだけの話だが、中学生の女の子を殺したかもしれないんだ、と神崎は説明した。

「他には言うな。奴はレイプ魔で、最悪の……」

「春馬山の件ですよね」聞いてます、と若い刑事が肩をすくめた。「同じ埼玉県内ですからね。でも、奴がやったという証拠はないんですよね。思い込みだけで暴力をふるったんですか」

「あんた、人権派の弁護士か」

「本部だからって何でもありってわけじゃないでしょう。そっちが面倒な事を起こしたら、本当に迷惑するのは市民と直接接するぼくたち所轄なんだ。それはわかるでしょう」

止めろ、と年かさの刑事が腕を押さえた。

おっしゃる通りだよ、と神崎は首を振った。

「言ってることは当たってる。おれだって交番にいたんだ。気持ちはわかる。言いたいことがあったら言えよ。だが、後にしてくれ。寺尾の様子はどうなんだ」

全治一カ月ぐらいじゃないでしょうか、と冷静さを取り戻した若い刑事が言った。

「大怪我と言えばそうなんですが、後遺症が残るようなことはないでしょう。ただ、凄まじく怒ってます。警察が善良な市民に暴力をふるうとはどういうことかと」

「善良ね……はいはい、そうですとも」

「声をかけられて逃げたのは、借金取りだと思ったからだと言ってます。確かに奴は闇金業者から百五十万つまんでいる。とっさに逃げただけで、抵抗もしていないのにいきなり殴られたと憤ってましたよ。知り合いの弁護士に連絡すると……ぼくたちもなだめようとしたんですが、興奮していてそれどころじゃなくて」

「迷惑をかけたな。すまない。ケツはこっちで持つ。心配するな」口をすぼめた神崎の携帯が鳴った。「ああ、班長……着きましたか。いや、タクシー乗り場じゃないです。夜間受付ってのがあるんですが……いや、ぼくもこの病院は初めてでなんで、そう言われても……わかりましたわかりました、迎えに行きます。そこにいてください」

携帯をジャケットのポケットにしまいこみながら、うちの班長は方向音痴でね、とつぶやいた。二人の刑事は笑わなかった。

10

八月二十日午前八時、塩谷と神崎、そして由紀が県警本部の会議室に集められた。待っていたのは本部長の鈴村《すずむら》と警務部理事官の張本《はりもと》だった。

「報告は聞いてる……困ったもんだ」

制服姿の鈴村が腕を組んだ。申し訳ありません、と塩谷が頭を下げた。由紀はうつむいている。

「はっきり言うが、相当厄介な事態だ。もう弁護士から連絡がきている。テレビ、新聞も大勢来てる」東京に近いっていうのは、こういう時困るな、と鈴村が苦笑した。「寺尾の身柄はこっちで押さえた。謝罪はもちろんだが、賠償について相談したいと申し出たら乗っかってきたよ。弁護士はオープンな話し合いを求めたが、そこはどうにかごまかした」

四十八時間だ、と張本が鋭い目で言った。

「今から四十八時間、寺尾は我々との話し合いに同意している。取り調べじゃない。あくまでも謝罪がメインってことで了解を取ったが、実際は違う。四十八時間以内に奴を徹底的に調べて、少女殺しとの関連を見つけだすんだ」

どうなんだ、と鈴村が天井を見上げた。

「奴は……寺尾は本当に被害者を殺したのか？　そうじゃないと困るんだがね」

「不明です」神崎は顔をまっすぐ向けた。「しかし、可能性はあります」

「可能性？　証拠は？」

「奴は事件当日の深夜、春馬山にいました。これは絶対です。アリバイはありません。

死体を捨てていくことは可能だったんです」

「そんなもの、証拠とは言わんよ」

張本が不機嫌な顔で呻いた。それはいい、と鈴村が手を振る。

「そんなことを言ってる場合じゃない。大不祥事なんだぞ。とにかく四十八時間で奴が犯人だという証拠を挙げてくれ。こっちはこっちで調べる。それができなかったら……本当にまずいことになる」

責任を取ります、と由紀が顔を上げた。

「すべての責任はわたしにあります」

「当たり前だ。君には何かしらの責任を取ってもらうが、今はそれを決める時じゃない。寺尾の証拠が先だ」

鈴村が吐き捨てるように言って煙草をくわえた。会議室は禁煙だが、どうでもよくなっているようだ。

「はっきり言うが、証拠を挙げられなかった時は、君一人の問題では済まないだろう。私を含め、各部の部長クラスは全員、処分を受けることになる。前科者というだけで、過剰な暴力をふるったと言われても仕方のないことをしたんだぞ。とにかく、君は指示があるまで自宅待機だ」

わかりました、と塩谷が立ち上がった。「では、我々は捜査に。時間を無駄にできませんので」

行くぞ、と神崎の肩を叩いた。ツイてることを願うよ、と鈴村が新しい煙草に火をつけた。

11

「へえ、そうなの」スウェット姿の老人が玄関先で頭を振った。表札に前川《まえかわ》とある。

「いや、言われりゃあ思い出すけどね。小学生が殺されたあれねえ……近いよな？　どこ小だったっけ」

星野が機嫌を取るように、にこにこと笑いかけている。隣に並んでいた里奈はファイルを開いた。

「不審者の目撃情報を調べていまして……前川さんは七月一日、犯行があった日なんですけど、どちらにいらっしゃいました？」

「七月？　そんな前のこと、覚えてないよ」

前川は六十七歳の男だった。久米山の自宅に妻と暮らしている。定年退職後、嘱託で勤めていた会社を二年前に退職し、それ以降は家にいるとローラー作戦の担当者が作成した資料に記されていた。

「前にうちの刑事が来ているはずなんですが……その時は碁会所に行っていたとおっし

やったそうですね」

「ああ、来たねえ。もうずいぶん前だよ……碁はね、毎日だから。七月一日って何曜日なの？」

「火曜日です」

「じゃあ間違いない。碁を打ちに行ってたんだろう。吉祥寺にあるんだ。昼から六時ぐらいまでいたはずだよ。他に行くとこないもん」

自嘲《じちょう》するように笑った。

「毎日打ってるんですか」

「雨が降らなきゃね」

碁会所の名前を確認して、家を後にした。里奈はため息をついた。

「いつまでこんなことをするんですか。もうすぐ九月ですよ」

七月の後半から、ローラー作戦の資料を元に作成した約五百人のリストを順番に調べ続けていた。二人で調べるには膨大な数だ。

それなりに順調じゃありませんか、と星野が微笑んだ。

「今週中には全員のアリバイが確認できるでしょう」

「そうなんですけど……」

アリバイについて調査がスムーズに進んでいるのは、犯人の行動した時間が他の捜査員の調べで、ある程度はっきりしていたためだった。

犯人は午後の早い時間から学校近辺にいた。二時間近く見張り、犠牲者として選んだ隆一少年を尾行し、コンビニから出てきたところをさらった。

その後アジトに連れていって殺害し、首を切断している。更に真夜中、アジトを出て小学校の校門に少年の頭部を置きに行った。つまり、三つの時間帯にわたって何かをしていたのだ。

すべての時間のアリバイが証明できなくても、どこか特定の時間にアリバイがあれば、犯人ではないことになる。丸一日の行動は無理でも、特定の時間ということであれば、ほとんどの者が何かを思い出していた。

住民同士がすれ違ったり、買物をしているところを見かけていたり、話が聞けた中でアリバイがまったくないという者はいなかった。

予定より早く終わりそうなのは本当だ、と里奈はうなずいた。星野の言う通り、今週中に決着がつくかもしれない。だが、問題はむしろそこからで、今のところ不審に思われるような人間は一人として見つかっていなかった。

「首を切断したのは深夜十二時前後ですが」家族はまだ起きていてもおかしくありません、と星野が歩きだした。「口で言うほど簡単じゃない作業です。かなり難しいと言ってもいい。自分の部屋で子供の首を切り落としているところに、奥さんでも入ってきたら？　大騒ぎになりますよ」

「それはそうですけど」

「血だって流れるし、臭いで気づかれることもあるでしょう。後始末も大変です。風呂場でその作業をした可能性が高いと思っていますが、六十過ぎの男が一時間風呂場から出てこなかったら、わたしが女房だったら覗きに行きますね。倒れてるんじゃないかと心配するのが普通じゃありませんか？」

「奥さんなり同居人が寝るのを待って、首を切断したかもしれません」里奈は言った。「十時過ぎだったら、寝てるんじゃないですか？　老人は寝るのが早いですよね」

「年寄りは目ざといものですよ。絶対ではないので条件にしませんでしたが、おそらくは一人暮らしなのでしょう」星野が前を見つめて歩く。「最初から一人だったのか、それとも犯行のために部屋を借りたか……外で首を切り落とすような、そんな馬鹿なことはしていません。屋内でやったんでしょう。家族がいたのなら、気づかないはずがありません」

「……かもしれないですけど」

「しかもその後、深夜に学校まで行っている。歩いてか、車でか、そこはわかりませんが、深夜に家を抜け出したのに誰もわからなかったと？　ちょっと考えにくいですな」

調査対象者の中には当然一人暮らしの者もいた。子供が独立した、妻に先立たれた、離婚、未婚者。

ここまでのところ、全員のアリバイが証明されている。次はどっちですかね、と星野が顔を左右に向けた。

12

埼玉県警本部では寺尾隆の捜査が始まっていた。塩谷の指示で、神崎と諸見里が寺尾本人から話を聞いている。

建前上、取り調べという形は取っていない。状況を知るために必要なのでと理由をつけて、七月二日の行動を確認したが、寺尾は覚えていないと言うだけだった。

ただ、同日春馬山の登山道を車で通過したことはNシステムのデータからも間違いない。重要なのは何のために深夜そこを通ったかだが、それについては趣味でドライブをしていたと主張している。あの辺りの道には詳しいとも言った。

なぜ夜中に車を走らせていたかについては、そんな気分だったとしか答えない。妙な感じはするが、それ以上突っ込めない、と塩谷に途中経過を報告しているところに電話が入った。

塩谷が電話をスピーカーにすると、まずいです、と前置きしてから話し出す立川の声が神崎にも聞こえてきた。

「寺尾なんですが、七月二日どこにいたかわかりました。所沢です。パルフィムにいました」

「所沢？　デパートのパルフィム？」

そうです、という声が捜査部屋に流れた。

「午後二時から七時まで、パルフィムにいました。確かです。警備員が一緒でした」

「警備員？」

「奴は服を万引きして、店員に捕まっていたんです」立川の声の後ろで音楽が鳴っていた。「寺尾は服を買い取り、それで店側も話を収めています。反省しているということで、警察には通報していません」

「五時間っていうのは長くないか？」

「当初、奴は万引きを否認していたそうです。防犯カメラの映像を確認して、証拠があると言うと一転して泣きながら詫びたそうですがね。店長が奴に説教したこともあって、五時間かかったと」

二時から七時か、と塩谷の口からつぶやきが漏れた。

「浅川順子が和光市でさらわれたのは五時前後だ。寺尾にはできない」

どうもそのようです、と言う立川の声は低かった。参ったな、と塩谷が髪をくしゃくしゃに掻き毟《むし》った。

「立川、戻ってこい。上に説明しなきゃならん。ちょっとこれは……まずいな」

了解、と立川が電話を切った。どうするか、と塩谷が湯呑みを手にした。

「少女をさらい、殺害した犯人と寺尾が共犯関係にあったという線はどうでしょう」神崎は天井に目をやった。「殺したのは別の人間で、奴は春馬山に死体を捨てにいったということで」

「本気で言ってるのか」

「いえ……ただ、それぐらいしかないんじゃないんですか」

「諸見里に伝えろ。事情聴取はストップだ。引っ張ったら、それだけ面倒になる」

「班長は？」

上と話す、と塩谷が受話器を取り上げた。

「おれたちのレベルで対処できる問題じゃない。上の判断を待つ」

「中江は……」

「おれがどうこう言えると思うか？」

もしもし、と塩谷が受話器に向かって言った。参ったな、と神崎は顔を手のひらで拭った。

13

星野が建物を見上げた。メゾン・ド・久米山という小さな看板が掲げられている。ローラー作戦の担当を臨時に命じられた時、里奈もこのマンションを訪れていたが、あまりよく覚えていない。対象になる家屋が多すぎて、一軒一軒の記憶は曖昧だった。

「稲葉という男性が住んでいるはずなんですがね」

「それはわかってます」里奈はうなずいた。「もう四回目ですから」

先週、朝に二度、夜に一度訪れている。いずれも不在だった。資料には稲葉秋雄という五十九歳の男性の名前と、勤務先が記されていた。三友商事だ。

商社マンが忙しいのはわかるが、三回訪問してまだ会えていない。住んでいないんですかね、と首を捻りながら星野が呼び鈴を押した。八月二十一日、午前八時を回ったところだった。

そうだと思います、と里奈は言った。

「前にあたしたちがローラー作戦に加わった時、話を聞いたじゃないですか。引っ越してきたばかりでまだ前の家もあるとか、そんなことを言ってませんでした?」

インターフォンから低い声が返ってきた。

「……どなたですか」

おや、とつぶやいた星野が、稲葉さんのお宅でよろしいでしょうかと言った。

「こちら警察なんですが」

「警察？」

「稲葉秋雄さんですね」

「そうですが……」

「ちょっとよろしいでしょうか。少しだけ、お話を聞かせていただきたいんですが」

インターフォンがぷつりと切れ、すぐにドアが開いた。ランニングシャツとスラックス姿の男が立っていた。

朝から申し訳ありません、と星野が警察手帳を見せた。

「先月のことなんですが、この近くで殺人事件がありまして……」

「はあ……そんなこと、ありましたね」稲葉が訝《いぶか》しげに視線を向けた。「覚えてますよ。確か前にも刑事さんが来て……」

「そうです。我々二人も一度お邪魔してるんですが」

「ええと、すいません、そうでしたっけ？」

覚えていないようだった。里奈も稲葉について強い印象はなかった。人間の記憶など、その程度のものだろう。

「近隣の皆さんに、あの日何か目撃されてないか、何をされていたのかを聞いて回っております」星野が微笑みかけた。「警察というのは上がうるさい組織でして、何でも確認しろと命令してくるんですよ。頭が固いというか杓子定規というか……協力していただけますか」

出勤前なんです、と稲葉がスラックスの腿の辺りをつまみ上げた。

「着替えていたところで」

「五分で結構です。三分でも構わんのですが。形式的なことでして」

そりゃまあ、と肩をすくめた。

「市民の義務なんでしょうね……私にわかることなら、何でもお答えしますが」

事件が起きたのは七月一日です、と星野が質問を始めた。

「その日、あなたはこちらにいましたか？　不審な人物を見たとか、いつもと変わったことはありませんでしたか？」

そう言えば前も聞かれましたね、と稲葉が苦笑した。

「一日ですよね？　会社を休んで、この部屋の片付けをしていました。引っ越してすぐのことだったんで、いろいろ整理しなきゃならなかったものですから」

「なるほど。ところで、車はお持ちですか」

「持ってますよ。裏の駐車場に駐めてます。必要ですからね。この年です、持ってない方がおかしくありませんか」

「もちろん。わたしも持っております。あの日、車を運転してはいませんか」

「どうですかね……どうだったかな。覚えてないですよ、そんなことまで」

そりゃそうですな、と星野が腕時計を見た。

「すいませんが、もう少しよろしいですか？　できれば、少々お邪魔させていただければと……」

星野さん、と里奈は脇腹を突いた。出勤前のサラリーマンに、そんな時間はないだろう。

「どうでしょう？」稲葉に顔を向けたまま、星野が里奈の手を払った。「今が難しいのであれば、また日を改めて出直しますが……」

その顔をじっと見つめていた稲葉が、いいですよ、とうなずいた。

「警察には協力したいですからね。事件のことはニュースか何かで見ただけですが、小学生を殺して首を切ったとかいうあれですよね。そんな惨いことをねえ……ひどい奴がいるもんです。許せませんよ。会社に電話してもいいですか？　少し遅くなると言っておかないと……」

もちろんです、と答えた星野が玄関に入った。いったい何を考えているのか、と半ば呆れながら里奈はその後に続いた。

スラックスのポケットに入っていたスマホで話していた稲葉が、済まないねと最後に言ってから、どうぞと手を差し出した。玄関から繋がる狭い廊下を先に立って進み、木製の扉を押し開く。

「どうぞと言っても、ひと間しかないんですが」

いえいえ、と顔の前で手を振った星野が十畳ほどのリビングへ入る。廊下の右手にあったバスルームに引っ込んだ稲葉が、ワイシャツに袖を通しながら出てきた。

「おかけください」

明るい茶色の小さなテーブルを指した。椅子は四脚ある。稲葉が向かいに腰を下ろした。

里奈は前にこの部屋に入っていたが、その時とほとんど変わっていないように見えた。前回は夜に訪問していたためわからなかったが、大きいとは言えない窓から陽の光が差し込んでいる。南向きでしてね、と稲葉がエアコンのリモコンを押した。

「そこが気に入ってます。年を取ると太陽が恋しくなるものでね……夏はちょっとあれですが、冬になっても暖かいと不動産屋は言ってました」

「……なかなかシンプルですな」

辺りを見回していた星野がつぶやいた。確かに殺風景な部屋だった。小型のテレビがフローリングの床に直接置いてある。それ以外には小さな箪笥《たんす》があるだけだ。

「この年になりますと、余計な物は何もいらないことがわかります」稲葉が短く刈った頭を掻いた。「昔はねえ、ロッキングチェアに揺られながらブランデーでも飲むような、そんな生活に憧れていたんですが……よく考えると、あんな椅子はいらないですよね」

私もだんだんとそういう心境になっております、と星野がうなずいた。

「枯淡の境地というんですかな。誰でもそうなるんでしょう」

お茶も出せないんですよ、と立ち上がった稲葉がキッチンに入った。ヤカンもなくて、と大型の冷蔵庫を開く。

「いや、お湯ぐらい沸かすつもりはあるんですが……ついつい買い忘れてしまって。すいませんが、こんなものしかないんですよ」

ウーロン茶のペットボトルを出して、冷蔵庫の脇にあった棚から何かの景品のようなコップを取って星野と里奈の前に置いた。

「よろしければどうぞ。冷えてはいます。刑事さんっていうのも大変でしょうね。こんな暑い日でも、朝早くからずっと歩き回ってるわけですか」

「私たちは公務員ですから」遠慮するそぶりもなく、ペットボトルのキャップをひねりながら星野が答えた。「与えられた仕事をこなしているだけです。正直、ルーティンワークですよ。確認事ばかりですな。毎日同じです」

前に伺った時にもお聞きしましたが、と里奈は少し身を乗り出した。

「三友商事にお勤めだとか……」

そうです、と稲葉がうなずく。星野がウーロン茶をコップに注いで、ひと口飲んだ。ずっと三友なんですか、と里奈は聞いた。

「大学を卒業して、そのまま入社しました」

「確か総務部にいらっしゃるんですよね。長いんですか」

「そうですね。若い頃はエネルギーとか鉄鋼とか、そういう部署にいたこともありましたけど、四十を過ぎた頃、総務に異動しましてね。それからはずっとです」

事件が起きたのは七月一日なのですが、と星野が口を開いた。

「被害者の頭部が発見されたのは二日です。その日、不審な人物や車を見てはおられませんか？」

「そう言われましても」

ここだけの話なんですが、と星野が声を潜めた。

「この辺にお住まいの方は、お年寄りや学生さんが多いようです。信用できないということではありませんが、どうもなかなか……おわかりでしょう？　その点あなたは違います。何しろ三友商事ですからねえ」

「そんなことは……」

「いや、会社の大きさでどうこう言うつもりはありません。申し上げたいのは、あなたがきちんとしたビジネスマンだということです。記憶力も判断力も十分に現役でしょう。

その証言は信頼できます。仕事柄、我々はそういうことに敏感になっておりましてね。何か見てはおられないでしょうか？　もし良かったら、事件についてのご意見も聞かせてください。よろしいでしょうか？」

星野がテーブルに手をついて頭を下げた。いや、と稲葉が手を振った。

「すいませんが、さっきも言った通り何も覚えていないんです。七月一日と二日はこの家で荷物の整理をしていたんですが、外出したかどうかもはっきりしません。コンビニぐらいは行ったんでしょうけど、あなたのおっしゃるような不審人物を見た記憶はありません」

無理もないですよね、と里奈はうなずいた。普通そうだろう。コップに口をつけていた星野が、氷はありませんかとやや唐突に言った。

「いやどうも、私は暑さに弱くて……」取り出したハンカチで首筋を拭う。「せっかく出していただいたのに申し訳ありませんが、もうちょっと冷たい方が……」

里奈はスーツの袖を強く引いた。失礼過ぎるだろう。星野が知らん顔でキッチンに目を向けた。

「大きな冷蔵庫ですなあ……氷は下ですか？　いただいてもよろしいでしょうか」

苦笑した稲葉が立ち上がった。すいません、と頭を下げた星野から受け取ったコップにいくつかの氷をほうり込んでテーブルに置く。

申し訳ないですとウーロン茶を一気に飲み干した星野が、お邪魔しましたと立ち上がった。

「朝からすいませんでした。何も見ていらっしゃらないというのは残念ですが、参考にはなります。それもまたひとつの証言というわけで……今からご出社されるわけですか？」

「そのつもりです」

今度、ゆっくりお話を伺えればと思うのですが、と星野が顎を掻いた。

「あなたは久米山にお住まいで、地元住民です。我々のような部外者にはわからないことでも、気づかれることがおありでしょう。よろしかったらまたお邪魔しても？　もし何でしたら会社にお伺いしても構いませんが」

「それは……もちろん、協力したいと思います」

「よろしくお願いします。いや、助かりますよ。では鶴田さん、行きましょう」リビングを出た星野が振り向いた。「ところで、こちらにはいつ引っ越してきたんですか」

「契約は六月でした。ですがいろいろ忙しくて、まだ完全に引っ越したというわけではないんです」

「なるほど、それでいつお伺いしても留守だったんですな。今日はどうしてこちらに？」

「昨夜から来てるんですが、服を何着か持ってきたんです。こちらで暮らすのに、スーツだけっていうのはどうもね。ぼちぼちですが、少しずつでもやっておかないと……」

ごもっともですとうなずいた星野が何か言おうとしたが、今から会社なんですよ、と里奈は釘をさした。困惑した表情の稲葉を見て、そうでしたな、とうなずいた。

「ではまたの機会に……どうも失礼しました」

背後でドアが閉まった。どういうつもりなんですか、と里奈はきつく言った。

「話を聞くのはいいとしても、氷をくださいとか会社に伺いたいとか……非常識もいいところですよ。稲葉さんが親切な人だったから許してくれましたけど、普通だったら怒られたっておかしくありません」

面目ない、と星野が歩きだした。次の家に行きましょうと里奈は声をかけたが、はあ、という気の抜けた返事があっただけだった。

14

県警本部で事情を聞かれていた寺尾が身柄を釈放されたのは八月二十一日午後一時半のことだった。県警幹部が正式な謝罪を申し出たが、寺尾はそれを拒否し、不当逮捕について告訴すると言い残して去っていった。

一時間後、自宅で待機していた由紀が呼ばれ、その場で無期限の停職処分を言い渡された。本人も覚悟していたのか、用意していた辞表を塩谷に預け、そのまま県警本部を後にした。

処分はもっと事情がはっきりしてからでもいいのではないかと神崎は言ったが、現状ではこうするしかないと塩谷は首を振るだけだった。仕方ないだろう、と立川が言った。

「寺尾に前科があろうと何だろうと、暴力はまずいよ。奴が本当に告訴したら、マスコミは喜んでニュースにする。今は寺尾をどういう手段でもいいから懐柔して、裁判ざたになるのを止めるべきじゃないか？　そのためには、中江を厳しく処分する必要があるだろう」

マスコミは騒ぐだろうさ、と塩谷が低い声で言った。

「事件との関連は置いておいて、一般市民に骨折させるほどの暴力をふるった刑事はあいつらの格好のネタだ……告訴しようがしまいが糾弾されるだろう。上の謝罪ぐらいで済む話じゃない」

「臭い物には蓋《ふた》をしろと？」

神崎は口を尖らせた。そうは言ってない、と塩谷が目を剝《む》いた。

「何とかしてやりたいが時間がない。寺尾にはアリバイがある。殺された少女をさらうのは不可能だ。この件で奴をどうこうすることはできん」

「ですが、奴の行動にも不審な点はありますよ。そもそも、何であんな夜中に春馬山にいたんです？」

神崎は腕を組んだ。ドライブをしていたと言ってる、と立川が頬をこすった。

「誰だってするだろう。真夜中のドライブを禁止する法律はない」

「そんな柄ですか？　最低のレイプ魔がロマンティックに夜道をドライブ？　妙だと思いませんか」

「それはそうですけど、そんな気になったと言われたらどうしようもないじゃないですか」

苦々しい表情を浮かべた山辺がため息をついた。

「中江は何で奴を殴ったりしたのか……」神崎はあの夜の由紀の顔を思い出しながら言った。「暴力をふるったのは許される話じゃない。警察官だからってそんな権利はないですよ。それはわかってます。ですが……」

落ち着けよ、と立川が肩に手をかけたが、背中を丸めて振り払った。

「あいつは毎日不機嫌そうな顔をしてましたけど、仕事はちゃんとやってました。そうでしょ？　おれなんかよりよっぽど。真面目な奴なんです。どうしてあんなことをしたのか……」

「わからんが、やり過ぎたのは事実だ」

「確かにやり過ぎでしょう。ですが、たった一度のミスだけで切り捨てますか？　処分は仕方ないでしょうが、無期限停職っていうのは辞職勧告と同じですよ。そこまで追い込むっていうのは違いませんか」

切り捨てるなんて言ってないぞ、と塩谷が頬を膨らませた。

「ただ、暴力はどうしたってまずい。寺尾が被害者を殺していたとしても、許されることじゃない。建前じゃないぞ。おれたちは警察官なんだ。最悪の犯罪者が相手でも、暴力で片付けていいってもんじゃない。そうだろ？」

それは、と言いかけて神崎は口を閉じた。塩谷の言う通りだとわかっていた。

「知らん顔をするなんて言ってない。俺だって何とかしてやりたいと思ってる。部下を守るのが自分の仕事です、なんてカッコいいことは言わんよ。そんなに立派な班長じゃないからな。ただ、仲間をあっさり見捨てることもしたくない。どうしたもんかな」

塩谷が小さく息を吐いた。何もするなと命令が出てますよね、と山辺がおずおずと手を挙げた。

「この件には……中江さんには触れるなって。上が預かるって本部長から言われているはずです。何をしようっていうんです？　ぼくたちまで巻き込まれたら――」

「つまらんことを言うんだな、お前は」神崎は山辺の肩を小突いた。「あれか？　最近の若い奴はみんなそうか？　上に命令されたら砂利《じゃり》でも食うのか？」

「止めろよ。こいつの言ってることも間違っちゃいないんだ」立川が苦笑した。「上の連中はこっちを見てる。余計なことだけはしてくれるなって本気で祈ってるさ。そういう立場なんだ」

「ぼくが言いたかったのはそうじゃなくて」山辺が顔を真っ赤にした。「ぼくたちまで泥に足を突っ込んだら、誰があの女の子を殺した犯人を捕まえるんですかって、そういう意味で……」

「落ち着けよ。とにかく時間がない」塩谷が指の関節でデスクを叩いた。「辞表は俺が預かる。上には渡さん。マスコミがどれだけ騒ぐか知らんが、放っておけ。それはお偉いさんに任せよう。だが寺尾が告訴すれば、結局は中江が辞めるしか納まりはつかん。告訴状の提出までに何かできることはあるか？　明日か明後日かわからんが、それぐらいしか猶予はないぞ」

「何ができるかわかりませんが、やるべきことをしましょう」立川が手をこすり合わせる。「しょうがない。馬鹿な後輩のケツを拭くのも仕事のうちだ」

神崎はそれぞれの顔を見つめた。皆、緊張した表情を浮かべていたが、絶対に諦めないという意志がそこにあった。

15

神崎は大宮に来ていた。住所は大宮署に問い合わせてわかっている。駅から一キロほど離れたマンションまで歩き、表札を確認した。

チャイムを鳴らしたが、返事はない。時計を見た。午後三時。いるはずだ。

岡部さんと呼びかけ、そのままドアを叩いていると、いきなり開いた。

「何なの……ったく」スナック・あかねのママ、岡部悦子が目をこすりながらドアを開けた。「……しつっこいわねえ」

体にぴったり張り付くようなTシャツとショートパンツ姿だった。メイクはしていない。髪形だけが整っているのが不思議だったが、こんにちは、と神崎は愛想よく挨拶した。

「……この前の刑事ね」

悦子がドアを閉めようとしたが、素早く靴の先を突っ込んだ。

「正解。寝てたかい？」

「いけないの？」悦子の頬にシーツの跡がかすかに残っていた。「うちは四時までやってるから、こんな時間でも寝てるわよ。そんなのこっちの勝手じゃない。それともあの女刑事みたいに殴る？　夜明けまで店をやってるような奴は殴ってもいいって？　ホント、警察ってねえ……」

「そんなことはしない。ちょっとだけ話を聞かせてもらえないか。嫌だって言われても聞くんだけどさ。何しろ時間がない」

「何言ってんの？　勝手なことばっか言って」

睨みつけていた悦子が諦めたように息を吐いた。神崎の顔に、何を言われても帰らないと書いてあるのを読み取ったらしい。

「一昨日は迷惑をかけたな」

「ホントだよ。あたしらの商売はね、騒ぎになったって何も得しないんだ。昨日だってまともな客は来ないしさ。何があったんですかってマイク突き付けられても、面倒なだけだもん……入んなよ、ここで話してたら近所の人に変な目で見られるだけだし」

「いや、このままでいい。ドアを閉めると自分でも何をするかわからん。おれはあんたみたいな女がタイプでね」

「嬉しいよ」

表情を変えずに悦子が言った。そっちのタイプは寺尾みたいな優男かと聞いた。

「さあ、どうだかね。てっちゃんは高校の時、クラスの女子から人気があったんだよ。背は低いけど、顔が良かったからね。でも、あたしはそんなに……」

「あんたとつきあってたという話を聞いたんだがね。あんたの方から告白したと」

嘘ばっかり、と悦子が手を振った。

「仲は良かったよ。あたしの母親とてっちゃんのお母さんが中学の同級生だったんだ。家も近所で、だから小さい時から一緒に遊んでた。男っていうか……ホント友達だよ、てっちゃんは。それだけ」

「寺尾はあんたの店に通っていたんだよな」

「まあね。ずいぶん前からだよ。いつぐらいだったかは忘れたけど」

「あいつがどういう奴だったかは知ってるんだろ？　つまり、とんでもない野郎だってことは」

「女のことでしょ？　酷いことしてたみたいだね。だけど、自分のせいじゃないって言ってたよ。女の方から誘ってきたんだって。そんなそぶりをするからちょっと手を出しただけで、無理やり何かしたってわけじゃないんだって」

「本人はそう言うだろうさ。だがあいつは前科五犯だ。何度捕まっても同じことを繰り返す。そういう奴なんだ」

警察はそう言うよね、と唇を嚙みしめながら悦子が睨んだ。

「あんたが調べたの？　それともこの前の女？　殴りつけて、やってもないことを言わせた？」

「おれたちは寺尾のことなんか知らなかった。管轄が違うんだ。それはいい。七月二日の夜のことを聞きたい。奴は真夜中にあんたの店に顔を出したそうだな」寺尾本人が埼玉県警でそう供述しているのは、神崎も直接聞いていた。「春馬山にドライブに行って、帰りに寄ったと言ってた。本当か」

「その日だったかどうかは覚えてないよ。でも、七月の頭でしょ？　てっちゃんが夜中に来たことはあった。それは確か」

「よく覚えてるな。高校の同級生とはいえ、いちいち何時に店に来たか覚えてるもんかね」

「さっきも言ったけど、うちの店は四時までやってる」悦子が指を四本立てた。「だけど、てっちゃんがそんな遅い時間に来ることはなかった。その時が初めてだったんだ。三時頃だったと思うけど、いきなりやってきて……どうしたのって聞いた。何でこんな時間にってね。そしたら、車で遠出してたみたいなことを言ってた」

「ずっと店にいたのか」

うぅん、と悦子が首を横に振った。

「ビール一本ぐらい飲んだかな。でも他に客がいなかったから、もう店閉めちゃおうって。二人でカラオケボックスに行った。街道沿いのチューブってとこ。あたしら、あそこしか行かないからそれは間違いない」

「どうしてそんな時間に店へ？　そんなことは今までなかったんだろ？」

「知りませーん。聞いたけど、眠れなくてとかそんなことしか言わなかった。別に聞きたいわけじゃないし……ああそうって。それだけ」

もういいでしょ、と神崎の体を押しのけてドアを閉めようとした。

「アリバイだか何だか知らないけど、夜中に来たのは本当だって。二日かどうかはわかんないけど、そうなんじゃない？　だいたい、てっちゃんは女の子を殺したりしないって。ケンカとか弱いんだから。ナイフで刺すような人じゃないよ。どっかの女刑事みたいにいきなり殴ったりなんかしないって」

「皮肉は止めてくれ。夜中の三時と言ったな。春馬山は志木市にある。大宮まで、その時間なら一時間かそこらで来ることができるだろう。時間的には合う。奴が深夜一時過ぎに春馬山にいたことはわかってる。まっすぐ大宮へ向かったんだろう。山で何をしていたとか、そんなことは言わなかったか」

「知らない。山にいたなんて聞いてないよ。もういいでしょ？　帰ってよ。あたしは何も知らないんだから」

待ってくれ、と神崎はドアを押さえた。もう後がない。立川と山辺、諸見里も寺尾の足取りを追っているが、何か新しい情報が出てくるかどうかはわからない。望みがあるのは岡部悦子だけだ。追い出されたら、それですべての線は切れる。

「春馬山の話は聞かなかったんだな？　だが、あいつがあの日の午後、所沢にいたことは確かだ。その後どこへ行ったかがわからん。春馬山をドライブしていたと本人は主張しているが、それは深夜になってからで、それまでのことは覚えていないとしか言わないんだ。何か聞いてないか」

「だから聞いてないってば」

「あいつの様子はどうだった？　あんたの店でどんな話をした？　カラオケボックスでは？」

「別に……覚えてないって。そりゃ、そんなに元気はつらつってわけじゃなかったと思うよ。夜中っていうか、もう明け方近い時間だもん。あたしみたいに昼夜逆転してるんなら別だけど、てっちゃんはねえ……普通だったら寝てる時間でしょ」

「だが、あの日は起きていた。どうしてだ」

ドアノブから手を離した悦子が、まじまじと神崎を見つめた。

「そんな必死な顔して……知らないって。眠れなかったんじゃないの？」

「どうして眠れなかったと思う？」

「そんなのわかるわけないじゃない。誰だって眠れない日ぐらいあるでしょうよ」

「どうしてなんだ」

知らないよ、と悦子が気味悪そうに一歩引いた。

「あんた、何なのよ。オッサンがそんな泣きそうな顔して……誰か死ぬの？」

死ぬよりもっと悪いことになるかもしれない、と神崎は言った。

「まずい事態なんだ。黙って見てるわけにはいかない。助けてほしい。奴は、寺尾は何か言ってなかったか？　思い出してくれ。何でもいいんだ。頼む」

そんなこと言われたって、と悦子が面倒臭そうに腕を組んだ。

「そりゃあ疲れた顔してたよ。いつもそんな顔だけどね。無口で、余計なことは言わない人だけど、あの日はそういうことじゃなかったかもしれない。でも、ずっと外にいたんでしょ？　何とか山から大宮まで車の運転でしょ？　そりゃ疲れるんじゃないの？」

「所沢からどこかへ移動し、その後春馬山に行き、そして大宮に戻った。ロングドライブもいいところだ。疲れもしただろう。だが、何のためにそんなことをしたのかがわからん。所沢を出てからどこへ行ったのか」

「何か言ってたけどね……どこだっけな。川越？」悦子が髪を掻き上げた。「そう言ってたような気がする。あんなとこまで何しに行ったのって聞いたような……教えてくんなかったけど」

「川越？」

神崎は頭の中で地図を描いた。所沢のパルフィムを出たのは七時過ぎだった。そこから車で川越へ向かったとすれば、道路状況にもよるが一時間ないし二時間ほどで着いただろう。

「八時……遅くとも九時には川越にいたということか。そこで何をしていたんだ……何か言ってなかったか」

「言ってないってば……ちょっと、しつこいよ。いいかげんにしてよ。おまわりだったら何してもいいって？　あんたも暴力刑事？」

続けて質問しようとしたが、肩を強く押された。無理強いはできない。目の前でドアが閉まった。玄関先に佇《たたず》みながら、寺尾は何のために川越へ行ったのだろうと神崎は考えた。

16

八月二十一日の夕方、戸森が岡崎と共に名古屋地検へ行った。担当検事が虐待容疑の逮捕状請求について具体的な説明を要求したためで、戸森の狙いが殺人の取り調べにあるとわかっている以上、やむを得ないだろう。

検事を説得するまで待っていろと命じられたが、他に指示はない。いつ戻ってくるかもわからなかった。栄新町へ行ってきますと隣席の刑事に断ってから、坪川は県警本部を出た。

松永利恵の家へ直行し、周囲に目をやった。典型的と言ってもいいような住宅地だ。似たような家が立ち並んでいる。

まだ訪問できていなかった家を回ったが、収穫と呼べるものはなかった。栄新町には他にも何人もの捜査員が調べに来ている。新しい事実が出てくる方がおかしいだろう。それでも聞き込みを続けた。汗が背中を伝った。

小橋《こばし》、という表札の出ている家の前に出た。八軒目だ。誰かいるだろうかと思いながらチャイムを押すと、返事はなかったが、ドアが細く開いた。痩せた三十代半ばの女が視線を向けていた。

「すいません、警察ですが、ちょっとお話を聞かせていただけますか」

うなずきながら女がドアを大きく開いた。ジーンズに薄いグリーンのカットソー。やや不健康そうな顔立ちだった。

「小橋さん……奥さんですか？　小橋絵理子《えりこ》さん？」

表札にあった名前を確かめながら聞いた。そうですけど、と絵理子がうなずく。うつむき加減の表情に戸惑いの色が浮かんでいたが、構わず話し続けた。

「こちらの並びの松永さん。五軒向こうですが、ご存じですか」

「ああ、お子さんが……かわいそうにねえ。あの方ですよね」絵理子が低い声で答えた。

「知ってます。本当に大変なことに……」

これまでとは印象が違った。上原たちは明らかに利恵のことを嫌っていたが、この女はそうでもないらしい。

「松永さんの奥さんとはよくお話しされますか？」

「いえ、すれ違えば挨拶ぐらいはしますけど、親しいわけじゃありません」

「そうですか」

「松永さんは越してきてそんなに経ってないですよね？　うちは八年前に引っ越してきたんですけど、この辺は」絵理子が素早く辺りに目を走らせた。「……何て言うか、すぐに受け入れてはくれませんから。松永さんも大変だったと思います。馴染《なじ》むまで時間がかかるんです」

「そうみたいですね」

「テレビのニュースでやってたんですが、何だか、奥さんがお子さんを、その――」

「虐待？」

絵理子が目を伏せた。

「何かご存じなんですか」

「いえ、特にないです。五軒離れてますし、そんなにしょっちゅう顔を合わせるようなこともないので」

「でも、松永さんがこの近所に親しい方がいなかったのは、知っていたわけですよね」

「ここに住んでいるのは、ほとんどが十年とか二十年とか、もっと前からの方が多くて。うちもそうでしたけど、新しく移ってきた者には冷たいっていうか。松永さんも積極的な人じゃなかったみたいで、あまりいいことを言う人は……何か力になれればとは思ってたんですけど」

どんなことを知りたいのかと聞かれて、子供がいなくなった日の状況を確かめたが、松永利恵と子供のことは見ていなかった。

「七月の三日なんですが、覚えていませんか」

坪川はさらに聞いた。さあ、と絵理子が小さく息を吐いた。

「七月に入ってすぐ風邪を引いてしまって、一週間ほど寝込んでたんです。三日もそうでしたから、外には出ていなくて……松永さんとは会ってません」

「家にいたわけですね。何も見ていない？」

「熱が四十度近くまで上がって、食事もまともに取れないぐらいでした。何か見たかと言われても、ほとんど部屋で寝てましたから」

仕方がないですね、と坪川は微笑みかけた。そんなにうまくいくはずがない。これ以上聞いても、何も出てこないだろう。

お邪魔しましたと頭を下げると、絵理子が玄関から外へ出てきた。

「暑いのにご苦労様です。松永さんは何もしてないと思います。そういう人には見えません」

「かもしれません」

「うちもそうですけど、松永さんもここへ越して来ない方が良かったのかも」絵理子がうつむいた。「いいところだって皆さんおっしゃいますけど、あんまり……だんだんと変わってはきてますけどね。引っ越していく方もいらっしゃいますし、それと入れ替わりに移ってくる方も。うちがここへ来た時は、国道に出る道に古い酒屋さんがあったんですよ。今は閉まっちゃって……うちの隣に住んでらしたお年寄りの夫婦も、老人ホームに入るとかで家を処分してパーキングにして」

やや感傷的な口調だった。坪川は少し下がって隣を見た。来た時には通り過ぎただけだったが、町でよく見かけるコインパーキングがあった。四台分のスペースがある。前から住んでらっしゃる方が感情的になるのもわからなくはないんです、と絵理子が坪川と並んだ。

「静かな住宅街だったはずなのに……お年寄りのことを悪く言いたいわけじゃないですけど、パーキングにするなんて話は全然聞いてなくて。いきなり工事が始まったかと思ったら、こんなふうに。迷惑とまでは言いませんけど、夜中でも車が出入りするんで、うるさいんですよ」

「でしょうね」

パーキングの機械は小橋家にぎりぎりまで接近して設置されていた。二十四時間駐車が可能だから、時間に構わず利用する者もいるだろう。エンジン音がうるさいというのは想像がついた。

「七月三日でしたっけ？」あの日も朝から駐まってたんです、と絵理子が肩をすくめた。

「一番熱が上がった日で、病院へ行こうかどうしようか迷ってて……朝、新聞を取りに出たら、その手前のところに白い車が駐まってたんです。エンジンをかけっ放しにしていて迷惑だなあって思ったんですけど、文句言う気力もなくて、そのままに――」

「エンジンをね……出るところだったんですかね？」

「わからないです。運転席に男の人が座ってたのは覚えてますけど……しばらくして、熱が下がらないんで病院へ行くために外へ出たんです。その時もまだいましたね。エンジンはさすがに切ってましたけど」

「そうですか」

「病院で診《み》てもらって、二時間ぐらいして帰宅した時はもういませんでした。何か、いろいろと変わっていきますよね。そういうものなんでしょうけど」

なるほど、とうなずいてコインパーキングに目をやった。一台も駐まっていなかった。

17

岡部悦子のマンションを出て、大宮駅までの道を歩いていると携帯が鳴った。山辺からだった。

「今パルフィムにいるんですが、寺尾が万引きをしたっていう店で話を聞きました」

「どうだった？」

神崎は歩きながら携帯を強く耳に押し当てた。街道を走る車の音がうるさい。

「情けない奴ですよ。安い服を二着盗んで、バッグに突っ込んでるところをガードマンに見つかって……もうちょっとまともな服ならわかりますけどね。声をかけたら、何もしてねえよって開き直ったっていうんですが」

「往生際の悪い野郎だな」

「ガードマンは万引きをはっきり見ていましたし、防犯カメラにも写っていましたが、それでも認めなかったそうです。何かの間違いだって。ガードマンが防犯カメラの映像を見せたら、いきなり泣き出して、土下座までして見逃してくれって」

「情けないねえ。それで？」

「ガードマンは説教して終わらせようと思ったそうですけど、洋服屋の店長がそんなんじゃ済まないって。寺尾も言い返したりしたようです。それで余計にこじれて、五時間以上揉めたと……寺尾っていうのは、他人を怒らせる才能があるんですかね」

「そんな面してたよ。それで夕方までパルフィムにいたわけだな？」

「そうです。警察は呼びたくなかったって店長は言ってました。面倒臭かったんでしょうね。店にも責任があるとか、ガードマンの口の利き方が乱暴だとか、クレームをつけてきたようです。そういう態度が許せないんだよと怒鳴りつけると、またすいませんって泣き出すみたいな。情緒不安定な奴ですよ」

「それからどうするとか、そんな話は出なかったのか」

「別に……車で来ていたのはわかったそうですが、すごくイライラしていたのは確かだったと。怒鳴られてストレスが溜まったんでしょうか。もうしませんとか反省してますとか口では言ったそうですが、目が据わっていたと……どういうつもりだったんですかね」

「そこから川越に向かったようだ。何か用事でもあったのかな」

「わかりません。その辺は店長もガードマンも何も……川越ですか。何をしに行ったんです？」

わかりゃ苦労しないと電話を切り、その場で塩谷に連絡した。

「寺尾の足取りなんですが、所沢から川越へ向かったようです。ただ、川越へ何をしに行ったのか、それがわかりません」

「寺尾の犯歴資料を取り寄せたんだが」塩谷の声が少しかすれていた。「生まれも育ちも大宮市だ。地元の学校に通ってる」

「そうですか」

「ちょっと待て……六年前、奴は川越で女子大生を暴行して逮捕されている。二度目だったんだな。一年二ヶ月ほどぶち込まれた」

「女子大生ですか」

「聖楓女子大の学生だ。手口は初犯の時と変わらん。車でつけていって、誰もいないところで車内に引きずり込み、ナイフで脅かして犯す……最低の野郎だな」

「何で川越くんだりまで行ったんですかね」

「聖楓の女子大生っていうのが重要なんだろう。有名なお嬢様学校だ。興奮するものがあったんじゃないのか？　多少の土地勘はあったかもしれん。あの辺のことは知ってるか？　駅から離れると、意外と人通りは少ない」

「もうちょっと詳しく調べられますか」

やってみよう、と塩谷が電話を切った。どういうことなのか、と神崎は携帯でこめかみの辺りを軽く叩いた。

万引きを見つかり、説教された。五時間以上絞られたというから、腹も立っただろう。フラストレーションが溜まり、発散させたかった。それとも最初からそういうつもりだったのか。レイプすることを考えていたのか。

川越へ向かったのはそのためだったのかもしれない。六年前のことは覚えていただろう。聖楓に通う女子大生がどの道を通るとか、どこにいれば彼女たちが来るか、そして人通りが少ない場所もわかっていた。考えられないことではない。

携帯で川越警察署に電話を入れ、自らの所属を告げて刑事課に繫いでもらった。質問したのはひとつだけだ。

七月二日の夜、川越署管内でレイプ事件の被害届は出ていないか。

しばらく待つと、出ていないという返事があった。管内の交番その他からも報告は上がっていないという。

礼を言って電話を切ったが、事件がなかったということではないと思った。暴行された被害者の多くは警察に通報しない。それを知っていて、犯人は犯行に及ぶ。そういう卑劣な犯罪だ。被害届を出さない者の方がむしろ多いぐらいだろう。

立川に電話をかけると、どうした、という低い声が聞こえた。県警のコンピューター室で寺尾の過去を調べているという。

状況を説明し、病院を調べてほしいと頼んだ。レイプの被害者がいたとしても、警察に届けなかった可能性は十分に考えられるが、病院には行っているかもしれない。

折り返すと短く答えた立川が電話を切った。そのまま歩き続けると大宮駅が見えた。近くにあったファストフード店に入って少し待つと、携帯が鳴った。

早かったですね、と電話を耳に当てたまま店を出た。

何もかもついてないってわけじゃないな、と立川が言った。

「お前が言うように、寺尾がレイプをしたとしたら、それは早くても八時以降だろう。二軒目でヒットした。川越国際病院ってとこだ。七月二日夜十時過ぎ、聖楓の女子大生が来ている。一人だった。手首と両足に傷があったそうだ。縛られた跡だと医者は思ったそうだが、本人は転んだとか、そんなふうに答えたらしい」

「寺尾が縛ったってことですかね？」

「寺尾かどうかはわからんが、奴の常套手段ではある。過去にもそんなふうにして女性の自由を奪い、犯している。女子大生は様子がおかしかったそうだ。怯えていて、詳しい事情を話すように促したが、何も言わずに病院を出ている。その後は来ていない」

「住所と名前はわかりますか」

「何とか聞き出した。苦労したんだぜ」

立川が小さく咳払いをした。

18

夕方、東杉並署に戻ると星野が椅子に座っていた。何をしているというわけでもない。ただぼんやりと低い天井を眺めている。戻りましたと言ったが姿勢はそのままだ。

あの、と里奈はデスクを叩いた。

「戻りました」

「……ああ、お疲れさまです」暑かったでしょう、とおもねるように星野が言った。

「本当にあなたは刑事の鑑《かがみ》ですな。わたしはいつも言ってるんですが……」

「何をしてたんですか？」無造作にバッグを放り、立ったまま見下ろした。「あれからどこへ？　いきなり、今日からは二手に分かれて調べましょうとか言われても困ります。

二人一組で動くのが原則じゃないですか」

「前からそうしようと思っていたんです。効率から考えても、その方がよろしいかと……」

星野の指示自体は納得していた。確認のための調査だから、危険なことはない。ただ、のんびりとデスクに座っている星野の顔を見ると、嫌味のひとつくらい言わないと気が済まなかった。

「あたしが久米山中を歩き回ってる間、もちろん星野さんも家々を訪問してたわけですよね？　まさかあたし一人に押し付けて、ご自分は喫茶店にでも？　もしそうなら……」

とんでもない、と手を振った星野が目を逸らして顎の辺りを掻いた。小学生でももう少しうまくごまかすのではないか。

「今日の担当分は終了しました。数人が不在でしたけど、それ以外については確認が取れています。不審な行動をしていた人はいません」

「それはそれは……お茶でもどうです？　それともスターバックスで何か買ってきましょうか」

「止めてください。警部にそんなことさせたら、何を言われるかわかりません。星野さんの方はどうだったんですか？」

「同じです。話を聞いた中で疑わしい人はおりません。ほとんどの方が七月一日の自分の行動について記憶されていて、覚えていない方も怪しいというわけでは……管理社会ということなんですかね」

アリバイの証明ができないのはほとんどが七十歳以上の高齢者で、小学生殺しに関わっているとは考えにくい。五十代の人間もいたが、車の運転をしていないなどの理由があって、事件への関与は薄いと思われる者ばかりだ。

ローラー作戦の結果から作ったリストにある名前は残り少ない。約ひと月かけて調べたが、結果としては何も得られなかったことになる。徒労感だけが残っていた。

「これからどうします?」

「とはいえ、アリバイのない人もいます。もう一度徹底的に調べましょう」最初からそのつもりだったらしく、星野の答えは明瞭だった。「異常な事件です。取りこぼしがあってはいけません。ですが、犯人とおぼしき人物は見当たりませんな。なかなか難しいですよ、これは」

だから言ったんです、と里奈は口を尖らせた。

「星野さんのつけた条件っていうか、想定そのものが違ってるんじゃないですか? 五十歳以上の男とか近くに住んでるとか、根拠もないのにそんなことばっかり……これ以上調べろって言われても、難しいと思います」

意味がなかったわけではありません、と星野が資料をぱらぱらとめくった。

「参考にはなりました。思ったのですが、捜査本部の捜査員はほとんどが警視庁本部から派遣されてますよね。わたしやあなたもこの辺の人間というわけじゃない。所轄の連中は別ですけど、基本的にはよそ者なんです。実際に住んでいる人に話を聞くのは有益ですよ」

「もちろん、住んでないとわからないこともあるんでしょうけど、でもそんなこと言ったらどんな事件だって――」

「住んでなければ気づかないことは絶対にあります」遮るように星野が手を伸ばした。「些細なことかもしれませんが、話を詳しく聞けば、また違った事実が浮かんでくるでしょう」

「そうでしょうか」

例えばこの人です、と星野がリストに指を当てた。稲葉秋雄という名前があった。

「こういう方の意見をぜひ伺いたいですな」

「今朝会った三友のサラリーマンですよね。どうしてこの人に？」

「見た目で判断するのはどうかとおっしゃるかもしれませんが、わたしだって無駄に齢を重ねてるわけじゃありません。話せばわかることはありますよ。稲葉氏は頭の回転も速そうだ。記憶力も分析力もあるでしょう。論理的な思考法を持っていると感じました。

ぜひ意見を聞きたいですな。今回の事件についても興味があるようでしたし」

「そうは見えなかったですけど……引っ越してきたばかりだと言ってませんでしたか?」里奈はリストの項目に目をやった。「住民じゃないとわからないことがあるっていうのは、そうなのかもしれないですけど、この人もその意味ではあたしたちと変わりません」

他にちゃんと意見を持っていそうな人がいないんです、と星野が顔をしかめた。

「特にリタイアしてしまった老人はねえ……あの人たちは何を聞いてもよくわからんとか言うだけで、どうも頼りになりません。そう思いませんか?」

「そういうところはあるかもしれないですね」このひと月のことを思い出しながら、里奈はうなずいた。「男の人ってどうしてああなんでしょうか。何も知らんよとか言って、にやにや笑うばっかりで」

「男は駄目ですな……稲葉氏は毎日久米山にいるわけではないと言ってましたよね。あのマンションを訪れても、簡単には捉まらんでしょう。会社に行った方が確実です。東銀座だったと思うんですが、どの辺りでしたかな?」

「確か大きなデパートが近くにあって……丸高屋の向かいじゃありませんでしたっけ。就職の時にエントリーシートを出しに行った記憶があります」

「さすがに日本有数の商社ですな。いいところにあります……あなたは商社ウーマンになるつもりだったんですか」

「女子大生の就職は厳しいんです。どこだって何だって受けますよ。それより、本当に稲葉さんに話を聞くんですか？　何もわからないって言ってましたけど」

意見はおありでしょう、と星野が胸の前で手のひらを合わせて、ぜひ伺いたいですな、とつぶやいた。それ以上何も言う気がしなくなり、里奈は今日の調査結果をまとめるためパソコンに向かった。

19

埼玉県警本部は県内で起きた事件の捜査を行う。県下すべてが管轄だ。だからといって本部の捜査員全員が県内の地理に精通しているかといえば、そんなことはない。

神崎もそうだ。県庁や県警本部のあるさいたま市なら、それこそ目をつぶってでも歩けるが、川越市は県内でも大きな町という程度の認識しかなく、ほとんど来たことはなかった。

立川から女子大生の住所を聞いていたが、川越駅から川越街道を東京方面に一キロほど行ったところだと説明されてもよくわからなかった。最後は勘だけで、ようやく目指すマンションにたどり着いた。

建物を見上げた。四階建てで、外壁が真っ白であることを除けばとりたてて特徴的なところはない。

大学生の頃、マンションとアパートのちょうど間を取ったような造りの部屋を借りていたことを思い出した。当時と今を比較すれば、大学生の住環境は良くなっているのだろう。

郵便受けで部屋を確認して、二階へ上がった。外廊下に面した窓から明かりが漏れている。在宅しているのだ。

午後九時二十分。少し遅いが、迷わずノックした。

「すいません、田代《たしろ》さん」田代香苗《かなえ》さん、と小声で呼んだ。「埼玉県警の者です。夜分すいません。お話を聞かせていただけないでしょうか」

部屋からかすかに聞こえていた音が止まる。テレビでも見ていたようだ。

「こんな時間に申し訳ありませんが、緊急なんです。お願いします、話を聞かせてください」

五分粘った。声が大きくなりそうになるのを堪《こら》える。両隣にも人は住んでいる。警察と聞けば後が面倒になるだろう。この後、もっと迷惑をかけることになるかもしれない。だが、話を聞かないわけにはいかなかった。

ノックの手を止めた。数センチほどドアが開いた。チェーンはかかったままだが、ややぽっちゃりした顔が半分覗いている。

「……何ですか？」

低い声がした。警察手帳を開いて見せると、田代香苗が顔を伏せた。

「県警捜査一課の神崎と申します。こんな時間に申し訳ありません。あなたにどうしても確認しなければならないことがあるんです」

「うち、警察なんてカンケーないから」ドアが閉まった。「帰ってよ」

「五分で済むとは言いません。あなたにとっていい話でもない。ですが、協力してください。あなたが最後の望みなんです」

再びノックする。数分後、根負けしたのかドアが開いた。

「何なの？　近所迷惑だって……非常識だと思わない？」

「わかっています。とにかく話を聞かせていただきたい。それだけなんです」

「……何？」

ドアが大きく開いた。グレーの長袖シャツ、ジーンズ姿だ。色白で、少し不健康そうに見える。化粧っ気がなく、黒髪のロングヘアをひとつにまとめている。地味な印象だった。

殺人事件がありまして、と神崎は説明を始めた。

「七月二日です。新聞などで報道されていますから、あなたもご存じかもしれません。中学二年生の女の子が殺された事件です」

「知らない。うち、新聞取ってないし」

香苗がそっぽを向く。その事件の担当をしています、と辛抱強く言葉を重ねた。

「事件について重要な情報を知っていると思われる男のアリバイを調べています。お伺いしたいのは七月二日夜のことです。あなたは病院に行ってますね？　夜間外来で、外科を受診しています」

「……覚えてないよ、そんなの」

七月二日です、と神崎は繰り返した。

「夜十時、川越国際病院へあなたは行っている。行っていないとおっしゃるなら、病院まで同行して確認を――」

「行ったかも」顔を伏せたまま早口で香苗が答えた。「二日……だったかもしんない。ちょっと転んで、怪我をしたんです」

丁寧語が混じった。神崎の態度に何かを感じたようだった。

「転んだ？　どこでです？」

「忘れた……階段？」

「どこの階段ですか」

「大学」

「夜十時に大学にいたと言うんですか」

「マンションだったかも……そんなのいちいち覚えてないです。病院は行ったかもしんない。たいしたことなかったけど、痛かったし……」

神崎は一歩前に出て、香苗の手を摑んだ。怯えたように首をすくめたが、構わずシャツの袖をめくる。手首にかすかだが赤い跡があった。

「もうひと月半前のことです。だが跡が残っている。たいした傷ではなかったと？」

「やめてよ……離して」手を振りほどいた香苗が、素早くシャツを直した。「そうだったかもしんないけど、もう治ったし」

「この暑い時期に長袖のシャツを着ているのは、傷を隠すためですね」

「馬鹿じゃないの？　何言ってんの？　ホントに警察？」

出てって、と香苗が肩を強く押したが、壁に手をついて踏ん張った。

「はっきりお聞きします。あなたは七月二日の夜、男性に乱暴をされていますね？　男はあなたの手足を縛った可能性が高いと考えています。どうですか？」

「何なんだよ、あんた」出てけ、と香苗が怒鳴った。「わけわかんないことばっか……出てって。帰ってよ！」

大きな声は止めた方がいい、と神崎は努めて冷静に言った。

「あなたのためです。秘密は守ります。絶対だ。あなたのためにならないことはしません、約束します。ですからお話を――」

香苗が靴箱の上に置かれていた花瓶を勢いよく振った。数本の花と水が頭に降りかかる。

「出てって！　警察呼ぶわよ！」

呼べばいい、と神崎は濡れた髪を手で拭った。

「呼んでもらった方がいいかもしれない。その方が話は早い。だが、君のためにはならない。何があったのかを知る人間が増えるだけだ。その中にはマスコミも含まれる。取り返しのつかないことになるかもしれない。君を巻き込みたくない」

「だったら放っといてよ！」

「自分のことなら放っておくかもしれないが、そうじゃない。仲間がトラブルに巻き込まれている。同じ部署で働いている女性の刑事だが、不当捜査の責任を取って謹慎中だ。このままでは懲戒免職になるだろう」

「フトウ……ソウサ？」

「事情を聞きに行った男を必要以上に殴ったんだ。刑事としては失格だよ。だが、理由もなしにそんなことをする奴じゃない。彼女を救えるのは君だけだ。あいつは頑張ってた。警察という男社会の中で必死に戦っていた。女性の社会進出は常識になっているが、働き続けるのはそんなに簡単じゃない。大学生の君は何を言ってるんだと思うだろう。でも、そういう現実は確かにある。世の中そんなにきれいじゃない。女性にとって辛い現実ってものがあるんだ」

「……何言ってんの」

「それでも頑張ってる女性はいる。あいつもそうだ。頑張ってる奴に男も女もない。仲間なんだ。助けたい」

「そりゃあ……」

「君が辛い思いをしたのはわかっている。だが、力を貸してくれ。頼む」

神崎は膝に手を当てて深く頭を下げ、頼む、と何度も繰り返した。

「何なの、カンベンしてよ……うち、何も知らないってば」

本当にすまないと思っているが、と神崎はスマホを取り出した。

「写真を見てもらいたい。嫌な記憶を思い出させることになるが、君は勇気ある女性だと信じている。おれも、おれの仲間も、この先ずっと君の側にいる。君の味方になる。何を言ってるのかわからんだろうが、とにかく信じてほしい」

神崎を見つめる香苗の表情が歪んでいた。目は逸らさない。画面を操作して、立川に送ってもらった写真を見せた。

「この男に見覚えは？」

寺尾の顔写真だった。香苗の手が伸びて、スマホを摑んだ。指が激しく震える。小さくうなずいた。

「……こいつ……こいつが」

崩れるように、玄関にしゃがみこんだ。こいつ、と唇からつぶやきが漏れた。

「ずっと……毎晩、夢に出てきて。あんな、あんなこと……」

大丈夫だ、と肩にそっと手を置いた。

「もう大丈夫だ。ありがとう。君のことはおれたちが守る。約束する」

香苗が顔を上げた。頬が涙で濡れている。絶対だ、と神崎は強くうなずいた。

20

深夜、神崎は田代香苗を伴って県警本部に戻った。香苗は七月二日夜九時頃、自宅マンションへ帰宅途中に車でつけてきた男に暴行を受けたと話し、示された寺尾隆の写真を見て、この男に乱暴されたと証言した。

翌日、県警は香苗の名前を伏せてこの事実を公表した。犯人が婦女暴行の常習犯で、犠牲者が女子大生だったとわかり、マスコミの態度は一変した。由紀について、それまでの暴力刑事という扱いから、連続暴行魔を逮捕した勇敢な女性刑事として扱ったのだ。

寺尾を殴って骨折させたことについても、緊急事態でやむを得なかったと、マスコミの論調も変化した。同時に、県警本部には市民からの声も多く寄せられた。すべて由紀を賞賛するものだった。これらの状況から、由紀の処分は解除され、即日現場への復帰が決定した。

「皆さんのおかげです。ありがとうございました」

午後になって県警本部に出てきた由紀が、同僚たちに頭を下げた。しょうがない、と塩谷がうなずいた。

「こんなこともあるさ。だが、次はもうちょっと考えてからにしてくれ。おれは二日泊まり込んだ。また女房に怒られる」

「お帰りなさい」山辺が笑いながら手を握った。「良かったですね。本当に良かったです」

「面倒をかけさせるんじゃないよ、お前は」立川が由紀の後頭部を小突いた。「とはいえ、暴行魔逮捕のおまけまでついた。詳しく調べることになるが、余罪もありそうだ。結果論かもしれんが、お手柄だったな」

「ありがとうございます」

由紀がもう一度頭を深く下げた。諸見里も黙ってうなずく。その姿を見ながら、お疲れさんでした、と神崎は軽い口調で言った。

「こっちも疲れたけどね。埼玉中を走り回らされましたよ。ああ、面倒臭え」

中江、と呼んだ塩谷が耳元で囁いた。うなずいた由紀が歩み寄って来る。何だよ、と神崎は欠伸混じりに言った。

「ちょっといいでしょうか」

由紀がそのまま捜査部屋を出て行く。首を捻りながら、神崎はその後に続いた。

21

「神崎さんにお礼を言っておけと班長が……」

空いていた取調室に入った由紀が振り向いた。別にいいよ、と神崎は小さなデスクに腰掛けた。

「そのうち、くるまやのラーメンでもおごってくれ。あそこの塩ラーメンはいい味だよな」

「ありがとうございました」

立ったまま深々と頭を下げる。いやいや、とくわえ煙草で手を振った。

「照れるじゃないの。よしなさいって」

座れよ、と椅子を指すと、由紀が静かに腰を下ろした。煙草を一本吸い終わるまで、神崎は何も言わなかった。

「そんなことはいいが、聞きたいことがある」アルミの灰皿に煙草を押し付けながら、視線を由紀に向けた。「どうして奴を殴った？」

由紀が無言で目を伏せた。あの時点では参考人ですらなかった、と神崎は続けた。

「少女殺しとの関連性は不明だった。過去に暴行を繰り返していたことは確かだが、それだけで決めつけられるもんじゃない。おれたちの仕事は確認だけだった。スナックで声をかけたら逃げ出したが、それはあいつが女子大生の一件で追われていると勘違いしたからだ」

「そうです」

逃げる奴を追いかけて捕まえるのはおれたちの仕事だ、と神崎は苦笑しながら言った。

「それはどうしようもないが、あそこまでするほどのことじゃなかった。抵抗されたってわけでもない。だがお前は一切躊躇することなく奴を殴りつけた。しかも一発二発じゃない。どうしてだ」

「わたしは……」

それだけ言って由紀が口をつぐんだ。神崎は新しい煙草に火をつけて、煙を吐いた。

「想像はついてる。言いたくなかったら——」

暴行されたことがあります、と由紀が声を絞り出すようにして言った。

「小学校五年生でした。中二の姉も一緒にいました。家で留守番をしていた時、男が押し入ってきて乱暴されました。わたしは肋骨を折られ、姉は……」

「もういい、わかった」

「男は姉の足を折りました。逃げられないようにするためだったんでしょう」顔を両手で覆いながら由紀が続けた。「障害が残りました。今も姉は足を引きずって歩いています。時々二人で会います。別れて家に帰る姉は右足を……あの時のことを思い出します。忘れられることじゃないんです」

つまらんことを聞いた、と神崎は頭を下げた。

「そんなに酷い話だとは思ってなかったんだ。すまない」

「犯人はすぐわかったんですが、逮捕直前に自殺しました。事件は終わったものとして処理されましたが、わたしの中では何ひとつ片付いてません。長く記憶に残りました。今もです」

「……それで刑事になったのか」

「あの時、わたしは何もできなかった」自分のことも姉のことも守れなかった、と由紀がうなずいた。「強くなりたいと思いました。刑事を志したのはそれが理由です。女性に対する暴力犯罪を許すことはできません。姉もわたしも両親も、ずっと苦しい時間を耐えるしかなかったんです。十五年以上前のことですが、今だって家族は誰も忘れていません。わたしたちはそれまで普通の暮らしをしていました。それが幸せだとわからないぐらい普通に……あんなことさえなければ」

「……そうか」

「寺尾の犯罪歴を調べました。暴行を繰り返しています。最低最悪の男です」由紀の声が大きくなった。「でも、春馬山の少女殺しとは関係ないと思っていました。前にも言いましたが、粗暴犯の犯行ではありません。寺尾は犠牲者の体を丁寧に扱ったりするような男じゃないんです。それはわかっていましたが、許せませんでした。顔を見た瞬間、いろんなことがフラッシュバックして……気がつくと殴っていました」

わからなくもない、と神崎はうなずいた。正しいことではない。間違っている。だが気持ちは理解できた。

「犯罪者を憎むのは間違いではないと思いますが、暴力をふるったのは本当に反省しています。でも、同じことがあればまたやってしまうかもしれません。わたしは刑事として失格なんだと思います。辞めるべきなんじゃないかと……」

沈黙が流れた。何と言っていいのかわからんが、と神崎は顔を手のひらで拭った。

「おれも刑事失格なのかもしれん。お前のことで本来の仕事を後回しにして動いた。私情だ。警察官としてどうなのかと言われたら、ひと言もない。失格なのはお前だけじゃない。辞めるなんて言うな」

「ですが……」

「おれだってこの仕事が向いてるかどうかわからん」こんなことを話すつもりじゃなかったんだが、と神崎は横を向いて苦笑した。「しばらく前から、よくわからなくなってた。七年刑事をやってるが、何のためなのか……ルーティンでもこなせるところはある。

大抵の仕事がそうなんだろう。別にそれでいいと思っていたが、何かが間違ってるとわかっていた。お前の件でむきになったのは、自分のためだったんだ」

「そんな……そうではないと思います」

神崎は顔を上げた。由紀がまっすぐ見つめている。昔、自分もあんな目をしていたと思った。十年前、巡査を拝命したあの頃だ。

顎を指で掻いた。言えなかったことがある。恥を重ねることになるが、ついでだ。構わない。

「おれは、毎日署に来るのが嫌じゃない。どうしてかっていうと、それはつまり……その」

両手で額を強くこすった。どうしましたか、と由紀が不安そうな顔で見つめている。

「つまり、あれだ……」お前と一緒に働くのが、と低い天井を見上げた。「だから要するに、それも悪くないと思ってる。お前は仲間だ。そういうことなんだ」

「神崎さんがわたしを救ってくれました」由紀の体が前に傾いた。「暴力刑事の汚名を着せられたまま辞めることになるはずでした。免れたのは神崎さんのおかげです。本当に感謝してます」

いい格好がしたかっただけなんだ、と神崎は顔を手で何度か叩いた。

「山辺のためだったら指一本動かさなかった。家に帰って酒飲んで寝たさ。おれはその程度の男なんだ」

そんなことありません、と由紀が首を振った。

「山辺くんに何かあったとしたら、彼のためにどんなことでもしたと思います」

「しないよ。おれはあいつが嫌いなんだ。生意気だと思わないか？」

「でも、仲間です」そっと手を伸ばした由紀が肩に触れた。「わたしも山辺くんのためなら何でもします。立川さんでも、諸見里さんでも、班長でも。刑事とかそんなことじゃなくて……仲間だから」

「おれのためだったら？」

さあ、と由紀が肩をすくめた。どういうことよ、と神崎は立ち上がった。

「その、何だ……今度映画でも行くか？　つまり、休みの日にってことだけど」

「そういうの、どうなんでしょうか」

うつむいた由紀に、冗談だよ、と慌てて手を強く振った。

「決まってんだろ、冗談ですよ。そんなねえ、暴力刑事と映画なんて、笑っちゃうよね」

「……冗談？」

由紀が見つめる。そんな顔するなよ、と神崎はつぶやいた。

「いや、それはさ、ほら、何て言うか……」

「そこは押すところなんじゃないですか」

「いや、そんなさあ、お前……つまり……」

「ていうか、押してよ」由紀がデスクを平手で叩いた。「ちゃんと言って、鈍感男」

神崎は口を閉じた。由紀の顔に微笑が浮かんだ。

22

西原町に住む三十九歳の主婦、杉原美貴《すぎはらみき》が愛知県警を訪ねたのは八月二十二日昼のことだった。戸森が外出していたため、坪川が対応した。話自体は三十分もかからなかったが、すぐに報告しなければならない内容だった。

「松永利恵にはアリバイがあります」

どういうことだ、と一課長の時政が口を歪めた。

「七月三日の夕方五時過ぎ、栄新町の隣にある西原町の薬局で松永利恵を見たそうです。こなみ薬局という古い個人経営の店です」

「知ってるよ。だいぶ前だが、おれはあの辺に住んでたんだ。こなみ薬局はその頃からあった」

「店主の老婆には、前にうちの刑事が話を聞いていますが、覚えてないの一点張りだったそうです。八十の婆さんですからね、それも無理ない話なんですが」

「それで?」

「杉原という主婦は、薬局に頭痛薬を買いに行ったと言っています。棚にひとつだけ残っていた薬を取ろうとした時に女と手がぶつかり、それが松永利恵だったと……顔や服装についても記憶があり、確認すると当日松永利恵が着ていたものと一致しました」

「それで?」

「杉原さんは家計簿をつける習慣があり、薬局でもらったレシートをノートに貼り付けていました。時間が入っていて、五時四十分となっています。家は薬局から五分ほどですから、五時半の時点で杉原さんも松永利恵も店にいたということになります」

「……うむ」

「夫の証言などから、利恵は六時に帰宅していることがわかっています。犯人は栄新町駅に死体を遺棄していますが、薬局と駅の間は約五キロあります。コインロッカーの使用記録から、五時半に薬局にいた人間が駅まで行って死体を捨てるのは、時間的に不可能です」

右の手のひらで時政が顔を拭った。不愉快そうな表情になっている。何を考えているか、坪川にもわかっていた。

ここまで、戸森の意見通り、松永利恵が子供を殺害した可能性は高いという前提で捜査を進めている。アリバイが証明されれば、その前提が覆されることになる。

だからこそ、坪川としては時政に報告しなければならなかった。戸森が杉原という主婦の証言を握り潰すとまでは思っていないが、否定的に捉えるのは間違いない。だが証言内容から考えて、おそらく事実なのだろう。このままでは、戸森というより愛知県警の責任が問われる。できるだけ早く対応しなければならない。

「何でその杉原って女は、今頃になってそんなことを言い出したんだ？」

杉原さんは七月中頃から入院していました、と坪川は答えた。

「子宮筋腫の手術後、経過が良くなくて、今月に入ってからも家から出られなかったそうです。事件のことはテレビで何度か見た程度で、あの時の女性客が松永利恵だと思い出したのは数日前だったと言っています」

「とにかく確認が先だ。君が調べろ」時政が声を荒らげて言った。「放っておくわけにはいかん」

「証言内容は間違いありません」坪川は杉原から預かっていた家計簿をデスクに置いた。「レシートも確認しています。証言の信憑性は高いと思います」

まずいな、と時政が爪を嚙みながら舌打ちした。

「まだ虐待容疑での逮捕状は出ていなかったな？」

「まだです」

「戸森に連絡しろ。すぐ呼び戻せ。急いで処理しなきゃならん」

時政がデスクの電話に手を伸ばした。

「わたしだ。部長はいるか?」

坪川は説明を始める時政を無言で見つめた。

23

東京メトロ東銀座駅の改札を抜けて地上に上がった。星野が後からついてくる。大きく伸びをして、里奈は息を吸い込んだ。都会の匂いがした。

東京出身だが、銀座へ遊びに行くことはそれほど多くない。学生の頃は上品な感じがして行きにくかったし、警察官になってからは時間がなかった。

地方出身者とは違った意味で憧れがある。約二カ月、武蔵野地区に詰めていたので、久しぶりの銀座は新鮮だった。

三友商事へ行きませんか、と星野が声をかけてきたのは九月最初の水曜、夕方近い時間だった。

このところ、星野とは別々に行動することが多く、顔を合わせない日もあった。里奈は相変わらず久米山での聞き込みを続け、その結果をデータ化していた。星野が何をしているのかはわからない。

三友商事と聞いて、稲葉秋雄に会いに行くのだろうと思った。以前から星野は稲葉に興味を持っていたので不思議はなかった。データ化の作業を後回しにして、久米山の駅から井の頭線と地下鉄を乗り継ぎ、東銀座に向かった。

駅から五分ほど歩くと、三友商事の巨大なビルが目の前に現れた。古めかしい外観が町並みによく似合っている。

「やっぱり丸高屋でしたね」里奈は通りの反対側を指さした。「あたしも就職の時、帰りに寄りましたよ。ピエール・マルコリーニのショップでショコラ・カフェを飲みに行って……行きましょうか。アポは取ってあるんですよね」

正面エントランスに向かおうとしたが、いいんです、と星野が手を振った。

「とりあえず、ここにいましょう」

「……稲葉さんに会いに来たんじゃないんですか？」

星野が三友商事から少し離れたところにあるファストファッションの路面店まで里奈を引っ張っていった。十メートルほどある大きなショーウインドウの前に並んで立つ。

「ここは庇《ひさし》があるので、あまり暑くありませんから」

「来たことがあるんですか」

「何度か」星野が小さくうなずいた。「今日の昼も、ちょっと……」

「今日だけですか？　違いますよね。最近、署にも顔を出さなかったのは、ここへ来てたからですか？」

「まあ、そういうこともありましたな」

「どうしてそんな……稲葉さんとは会ったんですか」

「会ってません。見ていただけです」

意味がわかりません、と里奈は頭を振った。

「どういうことなんですか」

「真面目な方ですな」星野がどこか遠くに目をやりながらつぶやいた。「規則正しい毎日を送ってます。昼過ぎに会社を出て、一キロほど離れたそば屋へ行くんです。たぬきそばを食べて社に戻る。見ている限り、毎日同じでした。よほどお好きなんでしょう。わたしも一度食べました。普通のそばでしたな」

「あの……いったい何をしてるんですか？」里奈は星野の顔を覗き込んだ。「稲葉さんが事件についてどう思っているか聞きたいというのは、わからなくもないですけど、それなら直接聞けばいいだけの話ですよね。跡をつけるなんて、どういうつもりですか」

わたしは人見知りでして、と星野が頭を掻いた。そういう問題ではないだろう。

里奈は肩をひとつすくめて後ろを見た。数体のマネキンが秋冬の服を着てディスプレイされている。もうそういう季節なのだ。

どうしてオフィスへ行かないのかと聞いたが、星野はのらりくらりと答えをはぐらかすだけだった。どうやら久米山でのアリバイ調査はストップし、ほとんど毎日銀座へ来ていたようだ。

そろそろ出てきます、と時計を見てつぶやいたのは日が沈み始めた時だった。

「あまり残業はしないようです。ベテラン社員ですからね。周りも許してくれるんでしょう」

「どこの職場でもそうなんじゃないですか」里奈はバッグを抱え込んだ。「普通ですよ。総務部だとそんなに残業は――」

あそこを、と星野が指さした。目をやると、地味なグレーの背広を着た稲葉がショルダーバッグをたすきがけにしてビルから出てくるところだった。

「……どうするんです？」

「ご一緒しましょう。行き先はわかっていますが」

ゆっくりと星野が歩きだした。稲葉も早足というわけではない。むしろ、落ち着いた足取りだった。

二十分ほど歩き、銀座駅近くのビルへ入っていく。里奈は建物を見上げた。

「いくつかテナントが入ってますが、稲葉さんの目的はこちらです」星野がビル正面にあった看板を指した。「スポーツジムですな」

「ザップス？」

「ご存じですか」

有名ですから、と料金表を見ながら、里奈はため息をついた。

「都内には結構あります。友達が南青山店の会員なんですけど、公務員だとなかなか……」

「ジムは三階です」星野が先に立って中へ入った。「階段で行きましょう。会費が払えなくても、体を鍛えることはできます。むしろこっちの方が効果的かもしれませんな」

星野の後に続いて階段を上がると、ザップス・フィットネスクラブのロゴが入ったドアが見えた。

「ここで待つんですか」

「せっかく来たんです。入りましょう」時計を見ていた星野がドアの前に立った。「もう稲葉さんは受付を済ませているはずです」

ジムに足を踏み入れると、アップテンポの洋楽が清潔なフロアに流れていた。白を基調とした受付カウンターの奥で、背の高い女性が何百回も練習しているようなタイミングで、いらっしゃいませと微笑んだ。気圧《けお》されたように、星野が一歩下がった。

「すいません、入会しようかと思っているんですが、どうも踏ん切りがつかなくて……また見学させていただいてもよろしいでしょうか」

里奈は顔を上げた。前にも中まで入っているということだろうか。稲葉の行動を徹底的に調べているようだ。

どうぞお入りになってください、と髪を明るい茶に染めた女性がカウンターから出てきた。

「もちろんです。どうぞ中へ」こちらをお使いください、とスリッパを二つ出した。「見学は大歓迎です。私どもザップスは全国にあるスポーツクラブで最も設備が充実していますので、自信を持ってお奨めできます。ぜひご覧になってください。お連れの方もご入会ですか」

同僚でして、と星野がうなずく。

「太りぎみで、ダイエットしたいそうです」

「それならぜひザップスへ!」女性がはちきれんばかりの笑顔で言った。「うちにはダイエット専門のトレーナーが三人いるんです。栄養面から運動まで、幅広くサポートできると思いますよ」

あたしは別に、と里奈は星野の肩を小突いた。気にしてませんでしたか、とスリッパに足を突っ込んで奥へ向かった星野が立ち止まった。広いフロアに、二十台ほどのランニングマシンが並んでいる。

男が背中を向けて走っていた。かなりのスピードだ。ジョギング用のシャツが大きく揺れている。

「あの人は六十歳でしたっけ? 五十九? いや、日本人が若くなったというのは本当ですな。昔は六十と言えばすっかり老人でしたが……あの人を見てると、とてもそんな感じはしません。大学生より速いんじゃないですか？」

「大学生ってことはないと思いますけど、その辺の中年男性よりはよっぽど速いでしょうね」里奈は星野をちらりと見た。「かなり鍛えてるんでしょう。お腹回りも引っ込んでますし」

羨ましい限りです、と星野がうなずく。皮肉に気づかないのか、横を通り過ぎようとしたスタッフの女性を呼び止めた。

「ちょっとお伺いしたいんですが、ああいう年配の会員もいるわけですね？」

そうです、と足を止めた女性が笑みを浮かべた。

「やはり高齢化ということなんでしょうか、この五年で五十歳以上の会員様は倍に増えています。年齢のいった方でも、鍛えれば体はどこまでもメンテナンスできるということが理解されているのではないかと――」

わたしもそうありたいものです、と星野がうなずいた。会釈した女性がスタッフルームに入っていく。

確かにあの人はよく走りますな、と星野がつぶやいた。

「星野さんはここへも来てるんですか？」

質問した里奈に、何度か、とぼんやりした返事があった。

「この前来た時、別のトレーナーに聞いたんですが、稲葉さんは時速十キロで走っているそうです。わたしだったら心臓が破裂しますな。しかも三十分ぶっ続けです。その後はマシントレーニング。あそこにベンチプレスがあるでしょう？　七十キロぐらいなら平気で上げますよ。立派なものです」

星野の言葉通り、きっかり三十分間のランニングを終わらせた稲葉がマシンを使った筋力トレーニングを始めた。トータルで一時間以上になるだろう。五十九歳とは思えない運動量だ。

トレーニングを終えた稲葉が、タオルで汗を拭いながら更衣室に入った。出ましょうと促されて、里奈はスポーツジムのドアを開いた。

「たいしたもんです」エレベーターに乗り込んだ星野が感心したように言った。「あの年齢であれだけねえ……ストイックというか何というか」

「そうですね。でも、星野さんが言うほどじゃないと思いますよ。リタイアしたサラリーマンとか、スポーツジムに通う人は多いそうです。見習った方がいいですよ」

耳が痛いですな、とつぶやいた星野がエレベーターを降り、少し待ちましょう、と四、五軒離れたところにある喫茶店の前に移動した。

「すぐ出てきますよ。あの人は支度が早いですからね」

数分後、稲葉がビルの外に出て来た。背広姿だが、ネクタイは外している。

「どこへ？」

帰るんです、と星野が答えた。

「地下鉄です。元木場まで帰ります」

「それも知ってるということは、尾行したんですか？」

「まあ、何度か」星野の足が速くなった。「なかなか混んでますよ。そのつもりで」

地下へ続く階段を下りた稲葉がまっすぐ改札へ進み、ホームへ向かった。よくわからないまま、里奈はその後を追った。

入ってきた地下鉄に乗り込んだ稲葉が、混雑する車内で上を見つめている。吊り広告を読んでいるようだ。

平均より少し背が高いので、離れたドアから乗った里奈からも辛うじて横顔が見えた。ただじっと広告に目をやっている。

二十分ほどそのままの姿勢でいたが、元木場駅に到着するというアナウンスを聞いてドアに近づいていった。多くの乗客に紛れて一瞬姿を見失ったが、星野は落ち着いていた。ついていくと、稲葉の背中が見えた。改札を抜け、小さな商店街に入り、中ほどにあった弁当屋で立ち止まった。

「お弁当？」

数十メートル後ろでその様子を見ながら囁いた。あの人は一人暮らしですから、と星野がうなずいた。

「自分では作らんのでしょう。面倒ですからね。のり弁を買います。毎日です」

「毎日？　どうして知ってるんです？」

「店員に聞きました」あっさりと答えが返ってきた。「もう何年もだそうです。毎日毎日……なかなかそんな人はいないと言ってました。そりゃそうです。二日連続でもどうでしょうな。わたしは別にグルメじゃありませんが、毎日同じメニューっていうのはちょっとねえ」

すぐに稲葉が出て来た。ビニール袋を手に下げたまま歩きだす。どうしますかと聞くと、星野が足を止めた。

「あとは家まで帰るだけです。古いマンションに住んでいましてね。徒歩十分ほどでしょうか。帰宅すれば外出はしません。規則正しい生活ということなんでしょう」

「稲葉さんのことを調べてたんですね？　なぜです？　まさか、あの人が事件に関係していると思ってるんですか？」

「ああ、金曜だけは違いましたな」答えずに星野が微笑んだ。「駅からここまでの間にジュースの専門店があるんですが、そこへ寄るんです。イチゴジュースを頼んでましたな。甘いものがお好きなんですかね」

「さあ……」

「店に喫煙席がありましてね。稲葉さんはそこへ座ってジュースを飲み、煙草を二本吸ってから出て行きました。あれだけ節制してる人が煙草をね……」

興味深いですな、と続けた。何と答えていいのかわからないまま、里奈は去っていく稲葉の後ろ姿を見つめた。疲れた男の背中だった。

（下巻へつづく）

双葉文庫

い-38-13

贖《あがな》い（上《じょう》）

2018年8月11日　第1刷発行
2018年9月11日　第3刷発行

【著者】
五十嵐貴久《いがらしたかひさ》

【発行者】
稲垣潔

【発行所】
株式会社双葉社
〒162-8540 東京都新宿区東五軒町3番28号
［電話］03-5261-4818(営業)　03-5261-4840(編集)
www.futabasha.co.jp
（双葉社の書籍・コミックが買えます）

【印刷所】
大日本印刷株式会社

【製本所】
大日本印刷株式会社

【CTP】
株式会社ビーワークス

【表紙・扉絵】南伸坊
【フォーマット・デザイン】日下潤一
【フォーマットデジタル印字】恒和プロセス

落丁・乱丁の場合は送料双葉社負担でお取り替えいたします。
「製作部」宛にお送りください。
ただし、古書店で購入したものについてはお取り替えできません。
［電話］03-5261-4822(製作部)

ISBN978-4-575-52136-8 C0193
Printed in Japan

○本作品は2015年6月、小社より刊行されました。
作中に登場する人名・団体名は全て架空のものです。